Lisa Kleypas

······· Série The Travis Family - 4 ·······

A escolha

Tradução A C Reis

Copyright © 2015 Lisa Kleypas
All Rights reserverd to William Morris Endeavor Entertainment, LLC
Copyright © 2019 Editora Gutenberg

Título original: *Brown-Eyed Girl*

Todos os direitos reservados pela Editora Gutenberg. Nenhuma parte desta publicação poderá ser reproduzida, seja por meios mecânicos, eletrônicos, seja via cópia xerográfica, sem a autorização prévia da Editora.

EDITORA RESPONSÁVEL
Rejane Dias

EDITORA ASSISTENTE
Carol Christo

ASSISTENTE EDITORIAL
Andresa Vidal Vilchenski

PREPARAÇÃO
Carol Christo

REVISÃO
Júlia Sousa

CAPA
Larissa Carvalho Mazzoni (sobre imagem de Anastasiya Ramsha e Evgeny Karandaev / shutterstock e Erstudiostok / istock)

DIAGRAMAÇÃO
Larissa Carvalho Mazzoni

Dados Internacionais de Catalogação na Publicação (CIP)
Câmara Brasileira do Livro, SP, Brasil

Kleypas, Lisa
  A escolha / Lisa Kleypas ; tradução A. C. Reis. -- 1. ed. -- Belo Horizonte : Editora Gutenberg, 2019. -- (Série The Travis Family , 4)

  Título original: *Brown-Eyed Girl*.
  ISBN 978-85-8235-592-3

  1. Romance norte-americano I. Título. II. Série.

19-27485   CDD-813.5

Índices para catálogo sistemático:
1. Romances : Literatura norte-americana 813.5

Iolanda Rodrigues Biode - Bibliotecária - CRB-8/10014

A **GUTENBERG** É UMA EDITORA DO **GRUPO AUTÊNTICA**

São Paulo
Av. Paulista, 2.073, Conjunto Nacional, Horsa I, 23º andar .
Conj. 2310-2312 Cerqueira César . 01311-940 São Paulo . SP
Tel.: (55 11) 3034 4468

Belo Horizonte
Rua Carlos Turner, 420, Silveira .
31140-520 Belo Horizonte . MG
Tel.: (55 31) 3465 4500

www.editoragutenberg.com.br

Para Eloisa James e Linda Francis Lee,
que me deixam feliz quando o céu está cinza.
Amor, sempre,
L.K.

Capítulo um

Como uma experiente cerimonialista, eu estava preparada para quase todo tipo de emergência que poderia ocorrer no grande dia.

A não ser escorpiões. Isso foi novidade.

O movimento característico o revelou: corridas furtivas para frente e para trás nos ladrilhos do pátio da piscina. Na minha opinião, não existe criatura de aparência mais maligna que um escorpião. Normalmente o veneno não mata, mas durante os primeiros minutos após ser picado, você iria preferir estar morto.

A primeira regra para lidar com emergências é: *não entre em pânico*. Mas quando o escorpião deslizou na minha direção, com suas garras e a cauda curva para cima, esqueci a regra número um e soltei um grito. Frenética, vasculhei minha bolsa, sempre tão pesada que, quando a ponho no banco do passageiro, o carro sinaliza para que eu coloque o cinto de segurança nela. Minha mão passou por lenços, canetas, curativos, garrafa d'água, produtos para o cabelo, desodorante, álcool em gel, hidratante, estojos de maquiagem e manicure, pinças, um estojo de costura, cola, fones de ouvido, xarope para tosse, uma barra de chocolate, analgésicos, tesoura, lixa, escova, tarraxas de brincos, elásticos, absorventes, removedor de manchas, aparelho de depilação, grampos, uma lâmina de barbear, fita dupla face e cotonetes.

O objeto mais pesado que consegui encontrar foi uma pistola de cola quente, que joguei no escorpião. A pistola quicou inofensiva no ladrilho, e o escorpião se eriçou para defender seu território. Pegando uma lata de spray para o cabelo, dei um passo à frente, determinada, porém cautelosa.

— Isso não vai funcionar — ouvi alguém dizer numa voz grave e divertida. — A menos que você queira que ele adquira brilho e volume.

Assustada, levantei os olhos enquanto o estranho passava por mim, um homem alto, de cabelos pretos, vestindo jeans, botas e uma camiseta muito gasta por incontáveis lavagens.

– Eu cuido disso – ele declarou.

Recuei alguns passos e enfiei spray de volta na bolsa.

– Eu... eu pensei que o spray pudesse sufocar o bicho.

– Não. Um escorpião pode prender a respiração por até uma semana.

– Sério?

– Sim, senhora. – Ele esmagou o escorpião com a bota, e finalizou com um pisão extra com o salto. Não havia nada que um texano matasse mais completamente do que um escorpião ou um cigarro aceso. Após chutar o exoesqueleto para um canteiro de flores ao lado, ele se virou e me deu um olhar demorado, me estudando. Aquela avaliação puramente máscula fez meu batimento cardíaco entrar em novo frenesi. Eu me peguei encarando aqueles olhos cor de melaço. Era um homem impressionante, de feições marcantes, o nariz forte e o maxilar definido. A barba por fazer parecia dura o suficiente para lixar a pintura de um carro. Era grande, mas magro, com os músculos dos braços e do peito definidos como pedra lapidada por baixo daquela camiseta gasta. A aparência de um homem cafajeste, quem sabe até um pouco perigoso.

O tipo de homem que faz você se esquecer de respirar.

As botas e as bainhas esfarrapadas do jeans estavam manchadas de barro que já começava a secar. Ele devia ter passado perto do riacho que cortava os dois mil hectares do Rancho Stardust. Vestido daquele jeito, não podia ser um dos convidados do casamento, que, em sua maioria, possuíam fortunas inconcebíveis.

Enquanto seu olhar deslizava por mim, soube exatamente o que ele estava vendo: uma mulher robusta, beirando os 30 anos, cabelos ruivos e óculos enormes. "Forever 51", era como Sofia, minha irmã mais nova, descrevia meu jeito de vestir; blusa social e calças com pernas largas e elástico na cintura. Se o visual era pouco atraente para os homens – e de fato era –, melhor ainda. Não pretendia atrair ninguém.

– Escorpiões não costumam sair à luz do dia – eu disse, um pouco nervosa.

– O inverno foi curto, e a primavera, seca. Estão procurando umidade. A piscina vai fazer os escorpiões aparecerem.

Ele tinha um jeito preguiçoso e tranquilo de falar, como se cada palavra fosse cozinhada durante horas em fogo baixo.

Desviando-se do meu olhar, o estranho se abaixou para pegar a pistola de cola quente. Enquanto me entregava, nossos dedos se tocaram por um instante, e senti uma pontada abaixo das costelas. Também senti seu cheiro: sabonete branco, poeira e grama selvagem.

– É melhor trocar isso – ele aconselhou, olhando para o meu sapato de ponta aberta. – Você tem botas? Tênis?

– Receio que não – eu disse. – Vou ter que me arriscar. – Reparei na câmera que ele tinha colocado sobre uma das mesas do pátio, uma Nikon com lentes profissionais. – Você é fotógrafo? – perguntei.

– Sim, senhora.

Ele devia ser um dos assistentes contratados por George Gantz, o fotógrafo do casamento. Estendi-lhe minha mão.

– Sou Avery Crosslin – disse num tom amistoso, mas polido. – A cerimonialista do casamento.

Ele segurou minha mão, um aperto quente e firme. Senti um pequeno choque de prazer com o contato.

– Joe Travis. – O olhar dele continuou preso ao meu, e, por algum motivo, ele segurou minha mão por alguns segundos além do necessário. Um calor inexplicável inundou meu rosto numa onda repentina. Fiquei aliviada quando ele finalmente me soltou.

– George lhe deu cópias da linha do tempo e da lista de fotos? – perguntei, tentando parecer profissional.

Essa pergunta recebeu um olhar inexpressivo como resposta.

– Não se preocupe – eu disse –, temos mais cópias. Vá até a casa principal e procure o Steven, meu assistente. Ele deve estar na cozinha com o pessoal do bufê. – Peguei um cartão de visita na minha bolsa. – Se tiver algum problema, aqui está meu telefone.

– Obrigado – ele pegou o cartão. – Mas na verdade eu não...

– Os convidados deverão estar sentados às 18h30 – eu disse, abruptamente. – A cerimônia vai começar às 19 horas e terminar às 19h30. E vamos querer fotos dos noivos antes do pôr do sol, que acontecerá às 19h41.

– Você agendou isso também? – Um brilho de deboche reluziu nos olhos dele.

Disparei-lhe um olhar de advertência.

– É melhor se arrumar antes que os convidados acordem e apareçam. – Procurei um aparelho de barbear descartável na minha bolsa. – Pronto, pegue isto. Pergunte ao Steven onde você pode se barbear e...

– Devagar aí, querida. Tenho minha própria lâmina de barbear. – Ele sorriu. – Você sempre fala assim tão rápido?

Franzi a testa e voltei o aparelho para a bolsa.

– Tenho que trabalhar. Sugiro que você faça o mesmo.

– Não trabalho para esse George. Sou fotógrafo comercial e *freelancer*. Não faço casamentos.

– Então o que você está fazendo aqui? – perguntei.

– Sou convidado. Amigo do noivo.

Pasma, encarei-o com os olhos arregalados. O calor do constrangimento foi se espalhando até me cobrir dos pés à cabeça.

– Me desculpe – consegui dizer. – Quando vi sua câmera, deduzi...

– Não tem problema.

Não havia nada que eu detestasse mais do que parecer uma tonta; *nada*. Ser vista como competente era essencial para criar uma base de clientes... principalmente uma clientela de classe alta, que era o que eu buscava. Mas no dia do maior e mais caro casamento que eu e minha empresa tínhamos organizado, aquele homem iria contar para seus amigos ricos que eu o tinha confundido com um empregado. Haveria risadinhas pelas minhas costas. Piadas maldosas. Desprezo.

– Se me der licença... – Eu me virei e me afastei o mais depressa que consegui sem começar a correr.

– Ei – ouvi Joe dizer, me alcançando com algumas passadas largas. Ele tinha pegado a câmera e a pendurado pela alça no ombro. – Espere. Não precisa ficar nervosa.

– Não estou nervosa – disse, seguindo na direção de um pavilhão com piso de ladrilho e telhado de madeira. – Estou ocupada.

Ele acompanhava meu ritmo com facilidade.

– Espere um instante. Vamos começar de novo.

– Sr. Travis... – comecei, e parei onde estava quando percebi quem ele de fato era. – Deus – disse, nauseada, fechando os olhos por um instante. – Você é um daqueles Travis, não é?

Joe se colocou à minha frente e me encarou, curioso.

– Depende do que você quer dizer com "daqueles".

– Petróleo, jatos executivos, iates, mansões. *Daqueles*.

– Não tenho uma mansão. Moro numa casa caindo aos pedaços em Sixth Ward.

– Você continua sendo um deles – insisti. – Seu pai é Churchill Travis, não é?

– Era. – ele respondeu, uma sombra nublando seu semblante.

Tarde demais, lembrei que, cerca de seis meses antes, o patriarca da família Travis tinha morrido de um ataque cardíaco repentino. Os meios de comunicação deram muito espaço ao funeral, descrevendo sua vida e suas realizações detalhadamente. Churchill tinha feio sua imensa fortuna com investimentos em capital de risco e com seu crescimento, em grande parte relacionado à energia. Com grande visibilidade nos anos 1980 e 1990, foi frequente convidado por programas de TV sobre finanças e negócios. Ele e seus herdeiros eram o equivalente à realeza no Texas.

– Eu... sinto muito por sua perda – disse, constrangida.

– Obrigado.

Um silêncio cauteloso se seguiu. Senti o olhar dele passeando por mim, tão intenso quanto o calor do sol.

– Escute, Sr. Travis...

– Joe.

– Joe – repeti. – Estou muito preocupada. Este casamento é uma produção complicada. No momento estou administrando a montagem do local da cerimônia, a decoração de uma tenda de oitocentos metros quadrados, um jantar de gala e um baile com orquestra ao vivo para quatrocentos convidados, além de uma *after-party* tarde da noite. Então peço desculpas pela confusão, mas...

– Não precisa se desculpar – ele disse, com delicadeza. – Eu deveria ter falado antes, mas é difícil conseguir dizer algo quando você está falando. – Um toque de divertimento brincou nos cantos de sua boca. – Isso quer dizer que ou eu vou ter que falar mais rápido, ou você vai ter que diminuir o ritmo.

Por mais tensa que estivesse, senti vontade de retribuir o sorriso.

– O nome Travis não precisa te deixar sem graça – ele continuou. – Acredite em mim; ninguém que conhece minha família fica impressionado com a gente. – Ele me observou por um instante. – Aonde vai agora?

– Ao pavilhão – eu disse, indicando com a cabeça a estrutura com teto de madeira ao lado da piscina.

– Vou com você. – Diante da minha hesitação, ele acrescentou: – Para o caso de você topar com outro escorpião ou alguma outra praga. Tarântulas, lagartos... abro o caminho para você.

Cheguei à conclusão de que aquele homem conseguiria encantar até o chocalho de uma cascavel.

– Aqui não está *tão* ruim assim – eu disse.

– Você precisa de mim – ele afirmou, decidido.

Fomos juntos até o local da cerimônia, atravessando um bosque de carvalhos. A tenda branca da recepção, a distância, estava disposta sobre uma relva cor-de-esmeralda como uma imensa nuvem que tinham baixado para descansar. Não havia como saber quanta água preciosa tinha sido usada para manter aquele oásis de grama verde, disposto ali poucos dias antes. E cada uma daquelas folhas verdes teria que ser arrancada no dia seguinte.

Stardust era um rancho ativo de dois mil hectares, com uma casa principal, um grupo de casas para convidados e outras edificações, um estábulo e uma arena de adestramento. Minha empresa de planejamento de eventos tinha conseguido alugar aquela propriedade enquanto os donos estavam em um cruzeiro. O casal tinha concordado com a condição de que a propriedade seria devolvida exatamente do jeito que estava antes do casamento.

– Há quanto tempo faz isso? – Joe perguntou.

– Organização de casamentos? Eu e minha irmã Sofia começamos a empresa há cerca de três anos. Antes disso eu trabalhava com design de vestidos de noiva em Nova York.

– Você deve ser boa, já que foi contratada para o casamento de Sloane Kendrick. Judy e Ray não aceitariam nada que não fosse o melhor.

Os Kendricks eram proprietários de uma rede de lojas de penhores que se estendia de Lubbock a Galveston. Ray Kendrick, ex-peão de rodeios com um rosto que parecia um nó de madeira, estava gastando um milhão de dólares com o casamento de sua única filha. Se minha equipe desse conta desse evento, não daria pra mensurar quantos clientes de primeira linha poderíamos conseguir.

– Obrigada – disse. – Temos uma boa equipe. Minha irmã é muito criativa.

– E você?

– Eu cuido da parte administrativa. E sou a organizadora principal. É minha responsabilidade garantir que cada detalhe esteja perfeito.

Chegamos ao pavilhão, onde três funcionários da empresa de locação arrumavam as cadeiras pintadas de branco. Vasculhando na minha bolsa, encontrei uma trena de medição, que estendi entre os cordões dispostos como guias para alinhar as cadeiras.

– O corredor tem que ter 1,80 m de largura – avisei os funcionários. – Afastem o cordão, por favor.

– Está com 1,80 m. – um deles respondeu.

– Está com 1,75 m.

O rapaz me dirigiu um olhar de sofrimento.

– Não está quase lá?

– 1,80 m. – insisti e deixei a trena recolher a fita com um estalo.

– O que você faz quando não está trabalhando? – Joe perguntou atrás de mim.

– Estou sempre trabalhando – disse, virando-me para ele.

– Sempre? – ele repetiu, cético.

– Acredito que poderei diminuir o ritmo quando a empresa estiver bem estabelecida. Mas por enquanto... – Dei de ombros. Parecia que eu nunca conseguiria fazer o suficiente no meu dia. E-mails, telefonemas, planos a serem feitos, providências a serem tomadas.

– Todo mundo precisa de algum tipo de hobby.

– Qual é o seu?

– Pescar, quando consigo. Caçar, dependendo da temporada. De vez em quando, faço trabalho voluntário com fotografia.

– Que tipo de trabalho?

– Fotografo para um abrigo de animais. Uma boa foto no site pode ajudar um cachorro a ser adotado com maior rapidez. – Joe fez uma pausa. – Talvez algum dia você pudesse...

– Desculpe... sinto muito – ouvi um toque de celular em algum lugar do abismo da minha bolsa, repetindo as cinco primeiras notas da marcha nupcial. Quando peguei o aparelho, vi que era minha irmã.

– Estou ligando para o adestrador de pombos, mas ele não atende – Sofia disse assim que atendi. – Ele nunca confirmou o contêiner que nós queríamos para a revoada.

– Você deixou mensagem? – perguntei.

– Cinco mensagens. E se algo estiver errado? E se ele estiver doente?

– Ele não está doente – procurei tranquilizá-la.

– Ele pode ter pegado gripe aviária dos pombos.

– As aves dele não são pombos comuns. São pombos brancos, de uma raça resistente à gripe.

– Tem certeza?

– Tente de novo dentro de duas horas – eu disse, procurando tranquilizá-la. – Ainda são só 7 horas da manhã. Acho que ele ainda nem acordou.

– E se ele não aparecer?

– Ele vai aparecer – eu disse. – Ainda está cedo demais para entrar em pânico, Sofia.

– Quando posso entrar em pânico?

– Não pode – afirmei. – Sou a única que pode fazer isso. Avise se não conseguir falar com ele até as 10 horas.

– Está bem.

Guardei o celular na bolsa e dei um olhar interrogativo para Joe.

– Você dizia algo sobre um abrigo de animais?

Ele me observava com os polegares enganchados nos bolsos e a maior parte de seu peso apoiado em uma perna, uma postura que era ao mesmo tempo firme e relaxada. Nunca tinha visto nada mais sexy na minha vida.

– Posso levar você comigo – ele disse – da próxima vez que eu for ao abrigo. Não me incomoda dividir meu hobby até você encontrar o seu.

Demorei para responder. Meus pensamentos estavam dispersos como um bando de pintinhos em uma fazendinha para crianças. Tive a impressão de que ele estava me convidando para ir a algum lugar. Quase como... um encontro?

– Obrigada – eu disse, enfim. – Mas minha agenda está lotada.

– Deixe-me levar você a algum lugar, algum dia – ele insistiu. – Nós podemos sair para beber... ou almoçar.

Raramente eu ficava sem saber o que dizer, mas tudo que consegui foi ficar parada, pasma, em silêncio.

– Vamos fazer o seguinte – a voz dele tornou-se insistente e suave. – Vou levar você a Fredericksburg uma manhã dessas, enquanto o dia ainda estiver fresco, e teremos a estrada só para nós. Pararemos para comprar café e um pacote de *kolaches*[1]. Então vou levá-la até um campo tão cheio de *bluebonnets* que você vai jurar que meio céu caiu sobre o Texas. Vamos encontrar uma árvore debaixo da qual assistiremos ao nascer do sol. O que acha?

Isso me parecia o tipo de dia adequado a alguma outra mulher, acostumada a receber atenção de homens atraentes. Por um segundo me permiti imaginar a cena: eu descansando com ele numa manhã silenciosa, em um campo azul. Estava prestes a concordar com qualquer coisa que ele pedisse. Mas não podia correr esse risco. Nem naquele instante nem nunca. Um homem como Joe Travis com certeza tinha partido tantos corações que o meu não significaria nada para ele.

– Não estou disponível – soltei.

– Você é casada?

– Não.

– Está noiva?

– Não.

– Mora com alguém?

Neguei com a cabeça.

Joe ficou quieto por alguns segundos, encarando-me como se eu fosse um enigma aguardando ser decifrado.

– Vejo você mais tarde – ele disse, enfim. – Enquanto isso... vou pensar num modo de conseguir um "sim" de você.

---

[1] Doce de origem tcheca feito de massa fermentada e recheada de queijo e frutas. Levado ao Texas por imigrantes, recentemente se tornou popular na região de Houston, onde é conhecido como "comida de estrada". (N.T.)

Capítulo dois

Sentindo-me um pouco atordoada depois do encontro com Joe Travis, voltei para a casa principal e encontrei minha irmã no escritório. Sofia era tão linda, com os cabelos pretos e os olhos cor de mel esverdeados. Era curvilínea como eu, mas vestia-se com estilo, sem medo de exibir seu corpo de violão.

– O adestrador de pombos acabou de ligar – Sofia disse, triunfante. – As aves estão confirmadas. – Ela me olhou, preocupada. – Seu rosto está vermelho. Está desidratada? – Ela me entregou uma garrafa de água. – Tome.

– Acabei de conhecer uma pessoa – eu disse depois de alguns goles.

– Quem? O que aconteceu?

Sofia e eu éramos meias-irmãs que cresceram distantes. Ela morava com a mãe dela em San Antonio, enquanto eu morava com a minha em Dallas. Embora eu soubesse da existência de Sofia, não a conheci até sermos ambas adultas. A árvore da família Crosslin tinha galhos demais, graças aos cinco casamentos desfeitos e aos inúmeros casos de nosso pai Eli, um homem de cabelo dourado e sorriso ofuscante que corria compulsivamente atrás das mulheres.

Ele adorava a sensação da conquista. Depois que a empolgação diminuía, contudo, ele não era capaz de se acomodar à vida com uma mulher. A propósito, ele também nunca conseguiu ficar no mesmo emprego por mais do que um ano ou dois.

Houve outras crianças além de Sofia e eu, meios-irmãos e filhos e filhas das companheiras de meu pai. Todos nós fomos abandonados por Eli. Após uma visita ou um telefonema eventual, ele desaparecia por longos períodos, às vezes alguns anos. E então reaparecia brevemente, carismático e animado, cheio de histórias interessantes e promessas nas quais eu sabia que não devia acreditar.

Quando conheci Sofia, Eli tinha acabado de sofrer um derrame grave, algo inesperado para um homem da idade dele, que estava em boa forma física. Saí de Nova York de avião para encontrar uma jovem desconhecida no quarto do hospital. Antes mesmo de ela se apresentar, eu sabia que era uma das filhas de Eli. Embora suas cores – o cabelo preto e a pele dourada brilhante – viessem do lado hispânico da família de sua mãe, as feições delicadas e esculpidas vinham, sem dúvida, do nosso pai.

Ela me deu, então, um sorriso cauteloso, porém amistoso.

– Eu sou a Sofia.

– Avery. – Estendi-lhe a mão para um cumprimento constrangido, mas ela se adiantou e me abraçou, e me peguei retribuindo o carinho, pensando *minha irmã*, e sentindo uma ligação que jamais teria esperado. Olhei sobre o ombro dela para Eli deitado na cama do hospital, ligado às máquinas, e não consegui soltá-la. Não foi um incômodo para Sofia, já que ela nunca era a primeira a se desvencilhar de um abraço.

Apesar de todas as ex-mulheres e os filhos que Eli tinha acumulado, Sofia e eu fomos as únicas a aparecer. Não culpo nenhum dos outros por isso; eu mesma não tinha muita certeza de por que estava ali. Eli nunca tinha lido uma história de ninar para mim, nem feito um curativo num joelho ralado, nem qualquer outra coisa que pais deveriam fazer. Em seu egocentrismo, nunca lhe sobrou atenção para dar a seus filhos. Além do mais, a dor e a raiva das mulheres que ele tinha abandonado dificultavam o contato com os filhos, mesmo que ele o quisesse. O método habitual de Eli terminar um relacionamento ou casamento era ter um caso, traindo a mulher até ser pego e posto para fora de casa. Minha mãe nunca o perdoou por isso.

Mas mamãe também repetia o mesmo padrão, ficando com cafajestes, mentirosos, fracassados – homens que exibiam um sinal de perigo na testa. Em meio a uma confusão de casos, ela tinha se casado e se divorciado mais duas vezes. O amor tinha lhe trazido tão pouca felicidade que era de admirar que ela continuasse a procurá-lo.

Na cabeça da minha mãe, a culpa cabia inteiramente ao meu pai, o homem que a tinha colocado no caminho da autossabotagem. Quando fiquei mais velha, contudo, comecei a imaginar se o motivo para a mamãe odiar tanto Eli era o fato de serem tão parecidos. Era grande a ironia, já que ela era uma secretária temporária, indo de um escritório para outro, de um chefe para outro. Quando lhe ofereceram um emprego permanente em uma das empresas, ela recusou. Seria monótono demais, ela disse, fazer a mesma coisa todos os dias, ver as mesmas pessoas sempre. Eu tinha 16 anos na época, e era impertinente o bastante pra dizer que, com aquela atitude, ela não teria mesmo ficado casada com Eli. Isso provocou uma discussão que quase me fez ser expulsa de casa. Mamãe ficou tão furiosa com meu comentário que me fez perceber que eu tinha razão.

Pelo que pude observar, o tipo de amor que ardia mais quente era também o que queimava mais rápido. Não podia sobreviver depois que a novidade e a empolgação tinham passado, e era necessário tirar os pares de meia da secadora e combiná-los, passar o aspirador no sofá para tirar os pelos de cachorro e organizar a bagunça da casa. Eu não queria saber desse tipo de amor; não conseguia enxergar os benefícios. Como os altos e baixos de uma droga destrutiva, os momentos de empolgação nunca duram o bastante, e os de desânimo deixam a pessoa se sentindo vazia e querendo mais.

Quanto ao meu pai, cada mulher que ele supostamente amou, até mesmo aquelas com as quais se casou, não foi nada além de uma parada no caminho antes de encontrar outra. Ele tinha sido um viajante solitário na jornada da vida, e foi assim que terminou. O administrador do condomínio de apartamentos em que Eli morava o encontrou inconsciente no chão de sua sala de estar, depois que meu pai não apareceu para renovar o aluguel.

Eli foi levado para o hospital numa ambulância, mas nunca recuperou a consciência.

– Minha mãe não vem – eu disse para Sofia quando nos sentamos naquele quarto de hospital.

– A minha também não.

Então nos entreolhamos com compreensão mútua. Nenhuma de nós precisou perguntar por que ninguém mais tinha ido se despedir. Quando um homem abandona sua família, a mágoa que isso causa continua a extrair o pior das pessoas mesmo muito tempo depois que ele partira.

– Por que está aqui? – arrisquei perguntar.

Enquanto Sofia pensava na resposta, o silêncio era preenchido pelos bipes de um monitor e pelo ruído rítmico do ventilador.

– Minha família é mexicana – ela disse, enfim. – Para nós, tudo é uma questão de tradição, de estarmos juntos. Sempre quis essa sensação de pertencimento, mas sabia que era diferente. Meus primos todos têm pais, mas o meu era um mistério. *Mamá* nunca falava dele. – O olhar dela foi para a cama onde nosso pai jazia em meio a um emaranhado de tubos e fios que o hidratavam, alimentavam, oxigenavam, regulavam e drenavam. – Eu só o tinha visto uma vez, quando era pequena e ele apareceu para uma visita. *Mamá* não o deixou falar comigo, mas corri atrás dele enquanto ele voltava para o carro. Segurava uns balões que tinha levado pra mim. – Sofia sorriu, distante. – Achei que aquele era o homem mais bonito do mundo. Ele amarrou a fita dos balões no meu pulso, para que não voassem para longe. Depois que ele foi embora, tentei entrar na casa com os balões, mas *mamá* falou para eu me livrar deles. Então soltei a fita e deixei que fossem, fazendo um pedido enquanto os via subindo.

– Você pediu para ver seu pai de novo algum dia – eu disse em voz baixa. Sofia assentiu.

– Foi por isso que vim. E você?

– Porque pensei que ninguém mais viria. E se alguém tivesse que cuidar de Eli, não queria que fosse um completo estranho.

A mão de Sofia cobriu a minha com uma naturalidade que fez parecer que nos conhecíamos a vida toda.

– Agora somos duas – ela disse apenas.

Eli faleceu no dia seguinte, mas no processo de perdê-lo, Sofia e eu nos descobrimos.

À época eu trabalhava fazendo vestidos de noiva, mas minha carreira estava estagnada. Sofia trabalhava como babá em San Antonio, e também planejava festas infantis. Nós conversamos a respeito de começarmos uma empresa de cerimonial de casamentos. No momento, um pouco mais de três anos depois, nossa empresa, sediada em Houston, ia melhor do que jamais tínhamos ousado imaginar. Cada pequeno sucesso preparava terreno para o próximo, permitindo que contratássemos três empregados e um estagiário. Com o casamento da jovem Kendrick, estávamos para dar um grande passo.

Desde que não estragássemos tudo.

– Por que não disse "sim"? – Sofia quis saber depois que contei sobre o encontro com Joe Travis.

– Porque não acreditei, nem por um minuto, que ele estivesse mesmo interessado em mim. – fiz uma pausa. – Ah, não me olhe assim. Você sabe que esse tipo de homem só quer mesmo uma mulher-troféu.

Eu era cheia de curvas desde a adolescência. Ia para todo lugar caminhando, subia de escada sempre que possível e fazia aula de dança duas vezes por semana. Minha alimentação era saudável; comia salada suficiente para fazer um peixe-boi engasgar. Mas nenhuma quantidade de exercício nem qualquer dieta faria com que eu coubesse num vestido menor que 40. Sofia vivia me dizendo para comprar roupas mais reveladoras, mas sempre lhe dizia que faria isso no dia em que chegasse ao "tamanho certo".

– Mas está certo agora – Sofia respondia.

Sabia que não devia deixar uma balança de banheiro ficar entre mim e a felicidade. Alguns dias eu ganhava, mas com mais frequência era a balança que vencia.

– Minha avó sempre dizia: "Sólo las ollas saben los hervores de su caldo".

– Algo a respeito de sopa? – tentei adivinhar. Sempre que Sofia contava uma frase sábia de sua avó, geralmente tinha a ver com comida.

– Só as panelas sabem como ferver seu caldo – Sofia traduziu. – Quem sabe Joe Travis não é do tipo que adora uma mulher com corpo de verdade? Os homens que conheci em San Antonio preferiam mulheres com *pompis* grande. – Ela bateu no próprio traseiro para enfatizar, indo até seu notebook.

– O que está fazendo? – eu perguntei.

– Pesquisando sobre ele no google.

– Agora?

– Só vai levar um minuto.

– Você não tem um minuto... deveria estar trabalhando!

Me ignorando, Sofia continuou apertando as teclas, com apenas dois dedos.

– Não ligo para o que encontrar sobre ele – eu disse. – Porque estou meio ocupada com essa coisa que nós temos... O que era mesmo?... Ah, sim, um casamento.

– Ele é gato – Sofia disse, olhando para o monitor. – E o irmão dele também.

Ela tinha clicado num artigo do *Houston Chronicle*, que exibia uma foto de três homens, todos vestindo lindos ternos sob medida. Um deles era Joe, mais novo e esguio do que é hoje. Ele devia ter acumulado uns quinze quilos de músculos desde que aquela foto tinha sido tirada. A legenda sob a imagem identificava os outros dois como Jack, irmão de Joe, e Churchill, o pai deles. Os dois filhos eram uma cabeça mais altos que o pai, mas ambos carregavam seus traços – os cabelos castanhos, os olhos intensos e o maxilar definido.

Franzi a testa quando li o artigo que acompanhava a foto.

> HOUSTON, Texas (AP) Após a explosão de seu iate, os dois filhos de Churchill Travis, empresário de Houston, passaram quatro horas em meio a destroços fumegantes enquanto aguardavam resgate. Após um imenso esforço de busca feito pela Guarda Costeira, os irmãos Jack e Joseph foram localizados nas águas do Golfo perto de Galveston. Joseph Travis foi levado de helicóptero diretamente para a unidade de trauma do Hospital Garner e submetido a cirurgia de emergência. De acordo com um porta-voz do hospital, sua condição foi definida como crítica, mas estável. Embora detalhes da cirurgia não tenham sido liberados, uma fonte próxima à família confirmou que Travis sofria de hemorragia interna e também...

– Espere! – protestei quando Sofia clicou em outro link. – Eu estava lendo.

– Pensei que não estava interessada – ela disse, provocativa. – Ei, olhe isto. – Ela encontrou uma página intitulada "Os dez solteiros mais desejados de Houston". O artigo exibia uma foto espontânea de Joe jogando futebol na praia com amigos, o corpo esguio e definido, musculoso, mas sem exageros. Os pelos escuros do peito estreitavam-se mais para baixo, formando uma linha que descia até a cintura dos shorts largos. Era o retrato da masculinidade descontraída, sensual acima de qualquer medida.

– 1,85 m – Sofia disse, lendo as informações. – 29 anos. Formado na Universidade do Texas. Signo de Leão. Fotógrafo.

– Que clichê – eu disse, fazendo pouco caso.

– Ser fotógrafo é clichê?

– Não para um cara comum. Mas para um garotão herdeiro, é uma manifestação de vaidade.

– Quem liga para isso? Vamos ver se ele tem um site.

– Sofia, está na hora de parar de tietar esse cara e começar a trabalhar.

Uma nova voz entrou na conversa quando meu assistente, Steven Cavanaugh, apareceu no escritório. Ele era um homem atraente, com 20 e tantos anos, loiro, esguio, de olhos azuis.

– Tietar quem? – ele perguntou.

Sofia respondeu antes que eu pudesse.

– Joe Travis – ela disse. – Da família *Travis*. Avery acabou de conhecer o Joe.

Steven olhou para mim com interesse genuíno.

– Fizeram uma reportagem sobre ele no CultureMap no ano passado. Ele ganhou um prêmio Key Art pelo cartaz daquele filme.

– Que cartaz de filme?

– O cartaz daquele documentário sobre soldados e cães militares. – Steven nos deu um olhar irônico ao ver nossas expressões pasmas. – Esqueci que vocês duas só assistem a novelas. Joe Travis foi para o Afeganistão com a equipe do filme. Era fotógrafo de cena. Usaram uma das fotos dele no cartaz. – Ele sorriu quando viu minha expressão. – Você devia ler o jornal de vez em quando, Avery. Às vezes é útil.

– É para isso que tenho você – eu disse.

Nada escapava ao intrincado sistema de arquivo que era a mente de Steven. Invejava a capacidade que ele tinha de guardar quase todos os detalhes, como onde o filho de fulana fez faculdade, ou o nome do cachorro de alguém, ou se a pessoa tinha acabado de fazer aniversário.

Entre seus muitos talentos, Steven era designer de interiores, especialista em design gráfico e paramédico. Nós o contratamos logo após fundarmos a Crosslin Design de Eventos, e ele tinha se tornado tão necessário à empresa que não conseguia imaginar como faríamos sem ele.

– Joe Travis convidou Avery para sair – Sofia contou para Steven.

– O que você respondeu? – perguntou Steven, dirigindo-me um olhar desconfiado. Diante do meu silêncio, ele se virou para Sofia. – Não me diga que ela recusou.

– Ela recusou – Sofia confirmou.

– É claro. – O tom de Steven foi áspero. – Avery nunca iria gastar seu tempo com um cara rico, bem-sucedido, cujo nome lhe abriria qualquer porta em Houston.

– Parem com isso – eu disse, brusca. – Temos trabalho a fazer.

– Primeiro quero falar com você. – Steven olhou para Sofia. – Faça-me um favor e verifique se já começaram a montar as mesas da recepção.

– Não comece a me dar ordens.

– Não estou dando ordens, estou pedindo.

– Não pareceu um pedido.

– *Por favor* – Steven disse com acidez. – Por favorzinho, Sofia, vá até a tenda da recepção e veja se já começaram a montar as mesas.

Sofia saiu do escritório fazendo uma careta.

Balancei a cabeça, exasperada. Sofia e Steven eram hostis um com o outro, ofendiam-se com qualquer coisa e demoravam para perdoar – coisas que nenhum dos dois fazia com outras pessoas.

Não tinha sido assim no começo. Quando Steven foi contratado, ele e Sofia logo se tornaram amigos. Ele era sofisticado, arrumava-se com perfeição e possuía tal humor ácido que eu e Sofia acreditamos, automaticamente, que ele fosse gay. Passaram-se três meses antes de nos darmos conta de que não era.

– Não, sou hétero – ele disse, num tom despreocupado.

– Mas... você foi fazer compras comigo – Sofia argumentou.

– Porque você me pediu.

– Eu deixei você entrar no provador – Sofia continuou, cada vez mais brava. – Experimentei um vestido na sua frente. E você não disse nada.

– Eu disse obrigado.

– Você deveria ter me dito que não era gay!

– Eu não sou gay.

– Agora é tarde demais! – Sofia protestou.

Desde então, minha irmã, sempre tão bem-disposta, tinha dificuldades em demonstrar a Steven algo além do grau mínimo de educação. E ele reagia de acordo, com seus comentários espinhosos sempre atingindo o alvo. Apenas minhas frequentes intervenções evitavam que o conflito desandasse para uma guerra declarada.

Depois que Sofia saiu, Steven fechou a porta do escritório para termos privacidade. Ele encostou as costas na porta e cruzou os braços, contemplando-me com uma expressão enigmática.

— Sério? — ele enfim perguntou. — Você é assim tão insegura?

— Não posso dizer "não" quando um homem me convida para sair?

— Quando foi a última vez que você disse "sim"? Quando foi a última vez que você saiu com um cara para tomar um café, uns drinques, ou apenas conversar sem que fosse sobre trabalho?

— Isso não é da sua conta.

— Como seu empregado... você tem razão, não é mesmo. Mas no momento estou conversando com você como amigo. Você é uma mulher saudável de 27 anos, e, até onde eu sei, não esteve com ninguém nos últimos três anos. Para seu próprio bem, seja com esse cara ou com qualquer outro, você precisa voltar à ativa.

— Ele não faz meu tipo.

— Ele é rico, solteiro e um Travis — foi a resposta sarcástica de Steven. — Ele faz o tipo de todo mundo.

Ao fim do dia, eu sentia como se tivesse andado o equivalente a mil quilômetros entre a tenda da recepção, o pavilhão da cerimônia e a casa principal. Embora tudo parecesse estar dando certo, eu sabia que não devia me entregar a uma falsa sensação de segurança. Problemas de último minuto nunca deixavam de atormentar até as cerimônias planejadas meticulosamente.

Os membros da equipe de produção trabalhavam em sintonia para lidar com qualquer problema que surgisse. Tank Mirecki, um "faz-tudo" forte, era ótimo em carpintaria, eletrônica e mecânica. Ree-Ann Davis, uma assistente loira e espevitada com experiência em hotelaria, foi escalada como responsável pela noiva e pelas madrinhas. Uma estagiária morena, Val Yudina, que estava tirando um ano de folga antes de começar a faculdade, cuidava da família do noivo.

Eu usava um rádio com fone de ouvido e microfone de lapela para permanecer em comunicação constante com Sofia e Steven. A princípio, eu e Sofia nos sentimos umas tontas usando procedimentos padrão de comunicação com aqueles rádios que deixavam as mãos livres, mas Steven insistiu, dizendo que não conseguiria tolerar minha voz e a de Sofia no ouvido dele sem que estabelecêssemos algumas regras. Logo percebemos que ele tinha razão; do contrário, estaríamos o tempo todo falando um por cima do outro.

Uma hora antes do programado para os hóspedes estarem sentados, fui até a tenda da recepção. O interior tinha recebido um piso de oitocentos metros quadrados de pau-roxo, uma madeira rara. Parecia um lugar tirado de contos de fadas. Uma dúzia de árvores de bordo com seis metros de altura, cada uma pesando meia tonelada, tinha sido colocada dentro da tenda, para criar uma floresta majestosa com vagalumes de LED piscando entre as folhas. Cordões de cristais não polidos foram pendurados, formando voltas em lustres de bronze. Cada lugar aguardava o convidado com uma lembrancinha do casamento: mel escocês dentro de um pequeno pote de vidro.

Do lado de fora, uma fileira de ares-condicionados portáteis, pesando dez toneladas no total, funcionava sem parar, resfriando o ar dentro da tenda a refrescantes 20º C. Inspirei fundo, apreciando o frescor enquanto conferia minha lista final.

– Sofia – eu disse ao microfone. – O gaitista de fole chegou? Câmbio.

– Afirmativo – minha irmã respondeu. – Eu o levei para a casa principal. Tem um ateliê entre a cozinha e a despensa da copa onde ele pode afinar o instrumento. Câmbio.

– Entendido. Steven, aqui é Avery. Preciso trocar de roupa. Você pode cuidar de tudo por cinco minutos? Câmbio.

– Negativo, Avery, temos um problema com a revoada de pombos. Câmbio.

Franzi o rosto.

– Entendido. O que está acontecendo? Câmbio.

– Tem um falcão no bosque de carvalhos perto do pavilhão da cerimônia. O adestrador diz que não pode soltar as aves com um predador por perto. Câmbio.

– Diga para ele que nós pagamos a mais se uma das aves for comida. Câmbio.

Sofia interveio.

– Avery, não podemos deixar que um pombo seja apanhado no céu e morto na frente dos convidados. Câmbio.

– Estamos num rancho no sul do Texas – eu respondi. – Se tivermos sorte, metade dos convidados não começará a atirar nos pombos. Câmbio.

– É contra leis federais e estaduais capturar, ferir ou matar um falcão – Steven disse. – Como você propõe que lidemos com isso? Câmbio.

– É ilegal assustar essa droga de falcão? Câmbio.

– Acredito que não. Câmbio.

– Então peça para o Tank pensar num jeito. Câmbio.

– Avery, aguarde – Sofia interveio com urgência na voz. Depois de uma pausa, ela disse: – Estou com Val. Ela está dizendo que o noivo está amarelando. Câmbio.

– Isso é uma piada? – perguntei, pasma. – Câmbio. – Durante todo o noivado e o planejamento do casamento, o noivo, Charlie Amspacher, foi absolutamente firme. Um cara bacana. No passado, alguns casais tinham me feito duvidar de que chegariam ao altar, mas Charlie e Sloane pareciam estar apaixonados de verdade.

– Não é piada – Sofia disse. – Charlie acabou de dizer para Val que quer cancelar. Câmbio.

Capítulo três

Cancelar. A palavra pareceu ecoar na minha cabeça.

Um milhão de dólares no lixo.

Todas as nossas carreiras estavam em risco.

E Sloane Kendrick ficaria arrasada.

Eu me senti tomada pelo que parecia ser mil doses de adrenalina.

– *Ninguém vai cancelar este casamento* – eu disse num tom pungente. – Vou cuidar disso. Diga para a Val não deixar o Charlie falar com ninguém até eu chegar aí. Coloquem-no em *quarentena*, entenderam? Câmbio.

– Entendido. Câmbio.

– Desligo.

Caminhei apressada até a casa de hóspedes onde a família do noivo se aprontava para a cerimônia. Lutei contra a vontade de começar a correr. Assim que entrei na casa, enxuguei meu rosto suado com um punhado de lenços de papel. Sons de risos, e copos tilintando vinham da sala de estar do térreo.

Val apareceu ao meu lado no mesmo instante. Ela vestia um *tailleur* prateado. Suas microtranças estavam puxadas num coque baixo. Situações de grande pressão nunca pareciam afetá-la. Na verdade, ela normalmente parecia mais calma face a emergências. Quando a fitei nos olhos, contudo, vi sinais de pânico. O gelo da bebida que ela segurava chacoalhava um pouco. O que estava acontecendo com o noivo devia ser sério.

– Avery – ela sussurrou. – Graças a Deus você está aqui. Charlie está querendo cancelar tudo.

– Alguma ideia do motivo?

– Tenho certeza de que o padrinho tem algo a ver com isso.

– Wyatt Vandale?

– Hum-hum. Ele vem fazendo comentários a tarde toda, do tipo "casamento não é nada além de uma armadilha", "Sloane vai se transformar numa gorda produtora de bebês" e "é melhor Charlie ter certeza de que não está cometendo um erro". Não consigo tirá-lo da sala do andar de cima. Está grudado no Charlie como cola.

Eu me xinguei por não ter previsto algo assim. Wyatt, o melhor amigo de Charlie, era um fedelho mimado cuja condição financeira familiar tinha lhe permitido adiar a idade adulta o máximo possível. Era grosseiro, ofensivo e nunca perdia a oportunidade de humilhar as mulheres. Sloane detestava Wyatt, mas tinha me dito que, como ele era amigo de Charlie desde o primeiro ano do fundamental, precisava ser tolerado. Sempre que Sloane reclamava da maldade de Wyatt, Charlie lhe dizia que o amigo tinha bom coração, mas não sabia se expressar. O problema era que Wyatt se expressava bem até demais.

Val me entregou o copo cheio de gelo e um líquido âmbar.

– O drinque é para o Charlie. Sei da regra que não permite álcool, mas acredite em mim, está na hora de ignorá-la.

Eu peguei o copo.

– Tudo bem. Levo para ele. Eu e Charlie vamos ter uma conversa muito séria. Não deixe ninguém interromper.

– E o Wyatt?

– Vou me livrar dele. – Entreguei meu rádio para ela. – Mantenha contato com Sofia e Steven.

– Digo para eles que vamos atrasar?

– Nós vamos começar exatamente no horário marcado – eu disse, sombria. – Se não começarmos, vamos perder a melhor luz natural para a cerimônia. E também não vamos poder fazer a revoada de pombos. Eles têm que voar de volta a Clear Lake, e não vão conseguir no escuro.

Val assentiu e colocou o fone de ouvido, ajustando o microfone. Subi a escada, fui até a sala e bati na porta entreaberta.

– Charlie – chamei-o com a voz mais calma que consegui encontrar. – Posso entrar? Sou eu, Avery.

– Olhe quem está aqui – Wyatt exclamou quando entrei na sala. Seu *smoking* estava desgrenhado, e sua gravata preta tinha sumido. Estava cheio de si, certo de ter arruinado o grande dia de Sloane Kendrick. – O que foi que eu lhe disse, Charlie? Agora ela vai tentar convencer você a ir em frente. – Ele me olhou, triunfante. – Tarde demais. Ele já se decidiu.

Olhei para o noivo, cujo rosto estava sombrio, jogado numa cadeira. Não parecia o mesmo homem.

– Wyatt – eu disse –, preciso de um momento a sós com o Charlie.

– Ele pode ficar – Charlie disse em voz baixa. – É meu amigo.

"É mesmo", senti-me tentada a dizer, "um amigo que quer acabar com seu casamento e te apunhalar pelas costas". Em vez disso, apenas murmurei:

– Wyatt precisa se arrumar para a cerimônia.

O padrinho sorriu para mim.

– Você não ouviu? O casamento foi cancelado.

– Não é você que decide isso – eu disse.

– Por que você se importa? – Wyatt perguntou. – Vai ser paga do mesmo jeito.

– Eu me importo com Charlie e Sloane. E me importo com as pessoas que trabalharam duro para tornar este dia especial para os dois.

– Bem, conheço esse cara desde o primeiro ano. E não vou deixar que você e seus lacaios o pressionem só porque Sloane Kendrick decidiu que era hora de colocar um laço no pescoço dele.

Fui até Charlie e lhe entreguei a bebida. Ele a aceitou com gratidão. Eu peguei meu celular.

– Wyatt – eu disse num tom de voz decidido, enquanto rolava minha lista de contatos. – Sua opinião não é relevante. Esse casamento não lhe diz respeito. Gostaria que você saísse, por favor.

Ele riu.

– Quem vai me obrigar?

Ao encontrar o número de Ray Kendrick, liguei para ele. Ex-peão de rodeio, o pai de Sloane era do tipo de homem que, apesar das costelas quebradas e dos órgãos machucados, dispunha-se a montar num animal enfurecido de uma tonelada para uma cavalgada, o que era equivalente a ser atingido várias vezes entre as pernas com um taco de beisebol.

– Kendrick – Ray atendeu.

– É a Avery – eu disse. – Estou aqui ao lado com Charlie. Estamos tendo um problema com o amigo dele, Wyatt.

Ray, que tinha ficado visivelmente incomodado com o comportamento de Wyatt no jantar pré-casamento, perguntou:

– Esse filho da puta está arrumando confusão?

– Está – respondi. – E pensei que você provavelmente gostaria de ensinar a ele como se comportar no grande dia de Sloane.

– Pensou certo, querida – Ray disse com entusiasmo. Como eu tinha imaginado, ele parecia mais do que feliz por ter algo para fazer além de ficar de *smoking* conversando amenidades. – Vou até aí para falar com ele.

– Obrigada, Ray.

Quando eu terminava a ligação, Charlie se deu conta do nome e seus olhos saltaram.

– Merda. Você chamou o pai da Sloane?

Dei um olhar gelado para Wyatt.

– Se eu fosse você, desapareceria – eu disse. – Ou dentro de alguns minutos não vai restar de você nem o bastante para carregar uma escopeta.

– *Vaca*. – fuzilando-me com o olhar, Wyatt saiu como um furacão.

Tranquei a porta atrás dele e me virei para Charlie, que tinha engolido o drinque. Ele não conseguiu me encarar.

– Wyatt só está tentando cuidar de mim – ele murmurou.

– Sabotando seu casamento? – Puxei uma poltrona e me sentei de frente para Charlie, forçando-me a não olhar para o relógio nem pensar no quanto eu precisava trocar de roupa. – Charlie, tenho acompanhado você e a Sloane desde o começo do noivado até agora. Eu acredito que você a ame. Mas a verdade é que nada do que Wyatt dissesse teria feito diferença se não houvesse algum problema. Então, conte para mim qual é.

O olhar de Charlie encontrou o meu, e ele fez um gesto de desalento enquanto respondia.

– Quando a gente pensa em quantos casais se divorciam, é maluco pensar que alguém queira se arriscar. Uma probabilidade de divórcio de cinquenta por cento. Que cara com a cabeça no lugar aceitaria esse risco?

– Essa é uma probabilidade geral – eu disse. – Mas não é a probabilidade de vocês. – Vendo a confusão dele, continuei: – As pessoas se casam por todos os tipos de motivos errados: entusiasmo passageiro, medo de ficarem sozinhas, gravidez não planejada. Algum desses se aplica a você ou à Sloane?

– Não.

– Então, quando pessoas como vocês são tiradas da conta, as *suas* probabilidades se tornam bem melhores do que cinquenta por cento.

Charlie esfregou a testa com a mão trêmula.

– Tenho que dizer para Sloane que preciso de mais tempo para ter certeza disso.

– Mais tempo? – perguntei, atordoada. – A cerimônia de casamento vai começar em 45 minutos.

– Não estou cancelando. Só estou adiando.

Eu o encarei, incrédula.

– Adiar não é uma opção, Charlie. Sloane tem planejado esse casamento, sonhado com ele, há meses. E a família dela gastou uma fortuna. Se você cancelar no último minuto, não vai ter outra chance.

– Nós estamos falando do resto da minha vida – ele disse, cada vez mais agitado. – Não quero cometer um erro.

– Pelo amor de Deus – eu estourei. – Você acha que a Sloane não tem nenhuma dúvida? O casamento é um gesto de confiança também da parte dela. É um risco também para ela! Mas Sloane está disposta a correr o risco porque te ama. Ela vai andar até aquele altar. E você está realmente me dizendo que vai humilhá-la na frente de todo mundo que vocês dois conhecem, torná-la motivo de risada? Você compreende o que isso vai fazer com ela?

– Você não sabe como é. Nunca foi casada. – Quando Charlie viu meu rosto, fez uma pausa antes de continuar, em dúvida: – Ou já foi?

Minha fúria sumiu de repente. No processo de planejar e coordenar um casamento, principalmente um daquele tamanho, era fácil esquecer como aquilo podia ser aterrorizante para as duas pessoas, que tinham mais coisas em jogo. Tirando os óculos, eu balancei a cabeça.

– Não, nunca me casei – eu disse, limpando as lentes com um lenço de papel que peguei na bolsa. – Eu levei um fora no dia do meu casamento. O que, provavelmente, me torna a pior pessoa para falar com você neste momento.

– Merda – ouvi Charlie murmurar. – Sinto muito, Avery.

Recoloquei os óculos e apertei o lenço com a mão.

Charlie estava diante de uma decisão que mudaria sua vida, e parecia um porco de cinco meses no dia do abate. Eu precisava fazer com que ele entendesse as consequências do que estava fazendo. Para seu próprio bem e, principalmente, para o bem de Sloane.

Lancei um olhar de inveja para o copo vazio nas mãos de Charlie, desejando que eu também pudesse beber.

– Cancelar este casamento não é o mesmo que cancelar um evento social, Charlie – eu disse, sentando no sofá. – Vai mudar tudo. E vai magoar Sloane de maneiras que você não consegue imaginar.

Ele me encarou, alerta, a testa franzida.

– Claro que ela vai ficar decepcionada – Charlie começou. – Mas...

– Decepção é o mínimo que Sloane vai sentir – eu o interrompi. – E mesmo que ela ainda o ame depois disso, não vai mais confiar em você. E por que confiaria, se quebrou suas promessas?

– Ainda não fiz nenhuma promessa – ele tentou se esquivar.

– Você pediu a ela que se casasse com você – eu o lembrei. – Isso significa que você prometeu *estar lá* quando ela entrar na igreja.

Quando um silêncio pesado se estabeleceu, percebi que teria que contar para Charlie Amspacher sobre o pior dia da minha vida. A lembrança era uma ferida que nunca tinha cicatrizado por completo, e eu não estava com muita vontade de abri-la de novo por causa de um cara que eu nem conhecia direito. Porém, não consegui pensar em nenhum outro modo de tornar a situação clara para ele.

– Meu casamento deveria ter acontecido há três anos e meio atrás – eu comecei. – Na época eu morava em Nova York e trabalhava com vestidos de noiva. Meu noivo, Brian, trabalhava com ações em Wall Street. Nós namoramos durante dois anos, depois moramos juntos por mais dois. Em algum momento, começamos a falar de casamento. Eu planejei um evento pequeno, lindo. Até paguei a passagem de avião do vagabundo do meu pai até Nova York, para que pudesse entrar comigo na igreja. Tudo precisava ser perfeito. Mas na manhã do casamento, Brian saiu do apartamento antes de eu acordar, e me telefonou para dizer que não podia seguir com aquilo. Ele tinha cometido um erro. Disse que tinha pensado que me amava, mas estava enganado. E não sabia se algum dia tinha me amado.

– Nossa! – Charlie exclamou baixinho.

– As pessoas estão erradas quando dizem que o tempo conserta um coração partido. Nem sempre. Meu coração continua partido. Tive que aprender a viver com ele desse jeito. Nunca mais vou conseguir confiar em alguém que diz me amar. – fiz uma pausa para me obrigar a confessar com total honestidade: – Tenho tanto medo de ser deixada que sou sempre a primeira a terminar. Já terminei relacionamentos com potencial porque preferi ficar sozinha a ser magoada. Não gosto disso, mas é assim que sou agora.

Charlie me encarou com olhos preocupados e gentis. Parecia o mesmo Charlie de sempre; não estava mais apavorado.

– É surpreendente que você tenha continuado a trabalhar com casamentos depois de ser abandonada.

– Pensei em desistir – admiti. – Mas, lá no fundo, continuo acreditando nesse conto de fadas. Não para mim, mas para outras pessoas.

– Para eu e Sloane? – ele perguntou, sério.

– Claro. Por que não?

Charlie virou o copo vazio nas mãos.

– Meus pais se divorciaram quando eu tinha 8 anos – ele disse – mas nunca deixaram de tentar usar eu e meu irmão na briga deles. Mentindo, enganando, brigando e estragando todos os aniversários e feriados. É por isso que minha mãe e meu padrasto não estão na lista de convidados. Eu sabia que, se estivessem aqui, causariam todo tipo de problema. Como posso ter um bom casamento se nunca vi um que funcionasse? – Ele levantou os olhos para encarar os meus. – Não estou pedindo um conto de fadas. Só preciso ter certeza de que, se me casar, um belo dia minha vida não vai virar um pesadelo.

– Não posso prometer que você nunca irá se divorciar – eu disse. – Casamentos não vêm com garantia. O seu só vai funcionar enquanto você e Sloane quiserem. Enquanto estiverem dispostos a manter suas promessas.

– Eu inspirei fundo. – Deixe-me ver se entendi direito, Charlie... você não está com medo porque não ama Sloane... você está em dúvida porque a *ama* de verdade. E quer cancelar o casamento porque não quer que o casamento fracasse. É isso mesmo?

O rosto de Charlie se transformou.

– É... – ele disse num tom de espanto. – Isso... meio que me faz parecer um idiota, não é?

– Faz você parecer um pouco confuso – eu disse com gentileza. – Deixe-me perguntar uma coisa... Sloane lhe deu algum motivo para duvidar dela? Existe algo nesse relacionamento que não está funcionando para você?

– Caramba! Não. Ela é ótima. Inteligente, carinhosa... sou o cara mais sortudo do planeta.

Continuei em silêncio, deixando que ele tirasse sua própria conclusão.

– O cara mais sortudo do planeta... – ele repetiu lentamente. – Cacete! Estou quase estragando a melhor coisa que já me aconteceu. Para o inferno esse medo. Para o inferno o casamento de merda dos meus pais. Eu vou adiante com o meu.

– Então... o casamento continua? – perguntei, cautelosa.

– Continua.

– Tem certeza?

– Total. – Charlie me encarou de frente. – Obrigado por me contar o que você sofreu. Sei que não deve ter sido fácil para você falar disso.

– Se ajudou, fico feliz. – Quando nós dois levantamos, percebi que minhas pernas estavam trêmulas.

Charlie fez uma careta para mim.

– Não temos que contar isso pra ninguém... temos?

– Sou como uma advogada ou médica – afirmei. – Nossas conversas são confidenciais.

Ele assentiu e soltou um profundo suspiro de alívio.

– Preciso ir agora – eu disse. – Enquanto isso, acho que é melhor você manter distância do Wyatt e das bobagens dele. Sei que é seu amigo, mas honestamente, ele é o pior padrinho que eu já vi.

– Não posso discordar disso – Charlie deu um sorriso torto.

Enquanto se dirigia à porta, refleti que Charlie precisou de muita coragem para assumir o que mais lhe causava medo. Um tipo de coragem que eu nunca teria. Jamais daria a qualquer homem o poder de me ferir do modo que Brian tinha me ferido... do modo que Charlie quase havia ferido Sloane. Sentindo-me aliviada e esgotada, peguei minha bolsa.

– Vejo você em breve – Charlie me disse quando saí do quarto e comecei a descer a escada.

Imagino que eu deveria ter me sentido hipócrita por convencer alguém a assumir o risco de se casar quando eu não tinha intenção alguma de fazer o mesmo algum dia. Mas meu instinto me dizia que Charlie e Sloane seriam felizes juntos, ou que no mínimo tinham uma boa chance de serem.

Val me esperava no térreo junto à porta da frente.

– Então? – ela perguntou, ansiosa.

– Vamos em frente a todo vapor – eu disse.

– *Graças a Deus.* – Ela me entregou o rádio com o fone. – Imaginei que você estivesse com tudo sob controle quando vi Wyatt tentando escapar. Ray Kendrick o agarrou na soleira da porta. Literalmente o pegou pelo cangote, como um cachorro pega um rato.

– E?

– O Sr. Kendrick o arrastou para algum lugar, e ninguém viu nenhum sinal dos dois desde então.

– O que está acontecendo com a revoada dos pombos?

– Tank pediu ao Steven para ajudá-lo a encontrar um cano de PVC e um acendedor de churrasco, e me pediu para providenciar uma lata de spray para o cabelo. – Ela fez uma pausa. – Depois ele mandou Ree-Ann buscar umas bolas de tênis.

– Bolas de tênis? O que ele...

Fui interrompida por um assobio de ferir os tímpanos, seguido por uma explosão violenta. Nós duas demos um salto e arregalamos os olhos uma para a outra. Outra explosão fez Val cobrir as orelhas com as mãos. *Bum! Bum!* À distância, ouvi um coro masculino de vivas e assobios.

– Steven – eu disse, ansiosa, pelo rádio. – O que está acontecendo? Câmbio.

– Tank disse que o falcão fugiu. Câmbio.

– Que diabos foi esse barulho? Câmbio.

Havia um tom de satisfação evidente na voz de Steven:

– Tank improvisou um lançador de granadas e fez umas bolas de tênis explosivas. Ele tirou pólvora de alguns cartuchos de munição e... eu conto o resto depois. Vamos começar a sentar os convidados. Câmbio.

– Sentar? – eu repeti, olhando para minha roupa suada e empoeirada. – Agora?

– Você tem que se trocar. – Val praticamente me empurrou para fora. – Vá para a casa principal. Não pare para falar com ninguém!

Corri para a casa e entrei pela cozinha lotada com o pessoal do bufê. Enquanto seguia na direção do ateliê, ouvi uma música estranha, que se transformava num lamento. Vi Sofia junto a uma grande mesa de madeira, ao lado de um idoso vestindo *kilt*. Os dois olhavam para uma bolsa xadrez de onde saíam canos pretos.

Sofia, que usava um vestido rosa justo que se abria na saia, me dirigiu um olhar de pavor.

– Não se trocou ainda? – minha irmã perguntou.

– O que está acontecendo? – perguntei de volta.

– A gaita está quebrada – ela explicou. – Não se preocupe. Vou pegar alguns músicos da orquestra da recepção para tocar na cerimônia...

– Como assim "está quebrada"?

– O fole está vazando – foi a resposta triste do gaitista. – Vou devolver o sinal, como combinamos no contrato.

Sacudi a cabeça com força. Judy, mãe de Sloane, queria muito que a filha entrasse ao som de uma gaita de fole. Ela ficaria profundamente decepcionada com uma substituição.

– Não quero o sinal de volta. Quero uma gaita de fole. Cadê a reserva?

– Não há nenhuma reserva. Não quando cada uma custa dois mil dólares.

Apontei um dedo trêmulo para aquele amontoado xadrez na mesa.

– Então arrume isso.

– Não há tempo nem peças. A costura do fole interior soltou. Ela tem que ser selada com fita térmica, depois curada com luz infravermelha para... *Moça, o que está fazendo?*

Eu tinha ido até a mesa, agarrado o saco e arrancado o revestimento de Gore-Tex com um belo puxão. Os canos gemeram como um animal eviscerado. Vasculhando minha bolsa, encontrei um rolo de fita prateada, que joguei para Sofia. Ela o pegou no ar.

– Remende – eu disse apenas. Ignorando os gritos de protesto do gaitista, corri para a despensa da copa, onde eu tinha pendurado uma blusa preta e uma saia na porta do armário. A blusa tinha deslizado do cabide e caído no chão sujo. Pegando a peça, vi, horrorizada, que duas manchas de gordura se espalhavam na parte da frente.

Praguejando, busquei lenços antibacterianos na minha bolsa e uma caneta de limpar tecido. Tentei remover as manchas, mas quanto mais eu me esforçava, pior ficava a blusa.

– Você precisa de ajuda? – ouvi Sofia perguntar depois de alguns minutos.

– Entre – eu disse, a frustração evidente na minha voz.

Sofia entrou na despensa e observou a cena, incrédula.

– Isso é muito ruim! – ela exclamou.

– A saia está boa – eu disse. – Vou usá-la com esta blusa com a qual estou agora.

– Não dá – Sofia disse. – Você esteve no calor durante horas. Essa blusa está imunda e com manchas de suor imensas nas laterais.

– O que você quer que eu faça? – perguntei, irritada.

– Use a blusa que eu estava usando antes. Eu fiquei no ar-condicionado a maior parte do dia, e a blusa ainda está boa.

– Não vai servir em mim – eu reclamei.

– Claro que vai. Somos quase do mesmo tamanho, e é uma blusa de transpassar. *Vai logo*, Avery.

Desajeitada e apressada, tirei a blusa e as calças empoeiradas e me limpei com um punhado de toalhinhas antibacterianas. Com a ajuda de Sofia, vesti a saia preta e a blusa emprestada, de um tecido elástico marfim com mangas três-quartos. Como minhas proporções eram mais avantajadas que as de Sofia, o decote em V, que ficava relativamente discreto nela, virou um escândalo em mim.

– Estou mostrando os peitos – eu disse, indignada, puxando os lados da blusa para tentar fechar o decote.

– Está. E também parece dez quilos mais magra. – Rapidamente, ela arrancou os grampos do meu cabelo.

– Ei, pare com isso... – protestei.

– Seu coque estava um desastre. E não temos tempo para fazer outro. Deixe solto.

– Estou parecendo uma alpaca numa tempestade elétrica. – Tentei domar o volume selvagem dos meus cabelos com as mãos. – E essa blusa está muito apertada. Estou toda presa...

– Só não está acostumada a usar algo justo. Está linda.

Dei um olhar de sofrimento para minha irmã e peguei o rádio.

– Você viu com o Steven como as coisas estão?

– Vi. Está tudo sob controle. Os recepcionistas estão sentando os convidados, e o adestrador de pombos está pronto. Sloane e as madrinhas estão a postos. Vá. Eu levo o gaitista assim que você me der o sinal.

Por algum milagre, a cerimônia começou na hora marcada. E o casamento se desenrolou com mais perfeição do que eu ou Sofia poderíamos ter imaginado. Arranjos exuberantes de cardo, rosas e flores silvestres tinham sido dispostos ao redor de cada coluna do pavilhão. A gaita de fole estabeleceu um tom solene, mas eletrizante, para a entrada da noiva.

Enquanto avançava pelo corredor coberto de pétalas de flores, Sloane parecia uma princesa em seu vestido de renda branca. Charlie era a expressão da absoluta felicidade ao admirar sua noiva. Ninguém poderia duvidar que ele era um homem apaixonado.

Eu achava improvável que alguém fosse notar a careta de escárnio do padrinho.

Depois que os votos foram feitos, uma revoada de pombos brancos alçou voo, subindo em direção ao céu cor de coral – um momento tão encantador que todos os convidados soltaram um suspiro coletivo.

– Aleluia – ouvi Sofia sussurrar no rádio e sorri.

Tempos depois, enquanto os convidados dançavam à música da orquestra na tenda da recepção, fiquei parada num canto tranquilo e falei com Steven pelo rádio.

– Avistei uma potencial remoção – eu disse em voz baixa. – Câmbio. – Às vezes precisávamos realizar uma remoção discreta de convidados que beberam demais. E o melhor modo de evitar problemas era pegá-los cedo.

– Estou vendo – Steven respondeu. – Vou pedir para Ree-Ann cuidar disso. Câmbio.

Percebendo uma mulher se aproximar, me virei e sorri por instinto. Ela era magra, esguia, e estava muito elegante num vestido frisado. As mechas platinadas de seu cabelo loiro formavam um código de barras perfeito.

– Posso ajudar? – perguntei, ainda sorrindo.

– Foi você que organizou este casamento?

– Sim, com minha irmã. Meu nome é Avery Crosslin.

Ela bebericou sua taça de champanhe, a mão sob o peso de uma esmeralda do tamanho de um cinzeiro.

– Meu marido me deu no meu aniversário de 45 anos. – Ela disse ao perceber que meu olhar tinha sido atraído para a gema quadrada. – Um quilate para cada ano.

– É impressionante.

– Dizem que esmeraldas concedem o poder de prever o futuro.

– A sua faz isso? – perguntei.

– Vamos dizer que o futuro, em geral, acontece do jeito que eu quero. – Ela tomou outro gole afetado. – Isto tudo ficou ótimo – ela murmurou, passando os olhos pela festa. – Chique, mas não muito formal. Criativo. A maioria dos casamentos aos quais fui este ano pareciam todos o mesmo. – Ela fez uma pausa. – As pessoas estão dizendo que este é o melhor casamento ao qual foram em anos. Mas é apenas o segundo melhor.

– E qual é o melhor? – perguntei.

– O que você vai fazer para a minha filha, Bethany. O casamento da década. O governador e um ex-presidente estarão presentes. – Os lábios dela se curvaram num sorriso esguio, felino. – Eu sou Hollis Warner. E sua carreira acaba de deslanchar.

Capítulo quatro

Enquanto Hollis Warner se afastava, a voz de Steven ecoou no meu fone.

– O marido dela é David Warner. Ele herdou uma rede de restaurantes e os transformou em cassinos. A fortuna deles é obscena mesmo pelos padrões de Houston. Câmbio.

– Eles...

– Depois. Você tem companhia. Câmbio.

Sorrindo, me virei e vi Joe Travis se aproximando. A visão acelerou meu coração para um ritmo de artilharia. Ele estava deslumbrante com um *smoking* clássico, que vestia com se fosse outro traje qualquer. O colarinho branco criava um contraste marcante com seu bronzeado dourado, que parecia ter várias camadas, como se ele tivesse sido mergulhado no sol. Ele sorriu para mim.

– Gostei do seu cabelo assim.

Constrangida, levei a mão aos fios para tentar alisá-los.

– É muito ondulado.

– Pelo amor de Deus – ouvi a voz ácida de Steven no meu ouvido. – Quando um homem a elogia, não discuta com ele. Câmbio.

– Você pode tirar alguns minutos de folga? – Joe perguntou.

– Acho melhor não... – comecei, e ouvi ao mesmo tempo as vozes de Steven e Sofia.

– Melhor sim!

– Diga que sim!

Eu arranquei o fone de ouvido e o microfone.

– Não costumo folgar durante a recepção – disse a Joe. – Preciso ficar de olho nas coisas para o caso de surgir algum problema.

– Eu tenho um problema – ele se apressou a dizer. – Preciso de companhia para dançar.

– Aqui tem meia-dúzia de madrinhas que adorariam dançar com você – eu disse. – Individualmente ou em grupo.

– Nenhuma delas tem cabelo ruivo.

– É um pré-requisito?

– Vamos chamar de forte preferência. – Joe pegou minha mão. – Venha. Eles podem se virar sem você por alguns minutos.

Fiquei corada e hesitei.

– Minha bolsa... – Olhei para o volume enfiado debaixo da cadeira. – Não posso...

– Eu cuido dela – Interveio a voz alegre de Sofia. Ela tinha aparecido do nada. – Vá se divertir.

– Joe Travis – eu disse –, esta é minha irmã Sofia. Ela é solteira. Acho que era melhor você...

– Leve-a – Sofia disse para ele, e os dois trocaram sorrisos.

Ignorando o olhar feio que lhe dei, Sofia murmurou algo no microfone do rádio.

Joe continuou segurando minha mão, puxando-me em meio às mesas e aos vasos de árvores até chegarmos a uma área afastada do outro lado da tenda. Ele chamou um garçom que carregava uma bandeja de champanhe gelado.

– Eu deveria estar cuidando de tudo – eu disse. – Preciso ficar vigilante. Tudo pode acontecer. Alguém pode ter um ataque do coração. A tenda pode pegar fogo.

Após pegar duas taças de champanhe com o garçom, Joe me entregou uma e ficou com a outra.

– Até o General Patton tirava uma folga de vez em quando – ele disse. – Relaxe, Avery.

– Vou tentar. – Segurei a tulipa de cristal pela haste, o líquido cintilando com as pequenas bolhas.

– Aos seus lindos olhos castanhos – ele disse, erguendo a taça.

– Obrigada. – Eu corei. Nós brindamos e bebemos. O champanhe era seco e delicioso; as borbulhas geladas eram como uma constelação na língua.

Minha visão da pista de dança estava obstruída por instrumentos da orquestra, alto-falantes e árvores ornamentais. Contudo, pensei ter avistado o incomparável penteado loiro de Hollis Warner em meio à multidão oscilante.

– Você conhece Hollis Warner? – perguntei.

Joe assentiu.

– É amiga da família. Ano passado eu fotografei a casa dela para uma matéria de uma revista. Por quê?

– Acabei de conhecê-la. Está interessada em discutir algumas ideias para o casamento da filha.

Ele me deu um olhar alerta.

– De quem Bethany está noiva?

– Não tenho a menor ideia.

– Bethany estava namorando meu primo Ryan. Mas da última vez que falei com ele, Ryan pretendia terminar com ela.

– Quem sabe o amor era mais forte do que ele tinha pensado?

– Pelo que Ryan me disse, não é muito provável.

– Se eu conseguir Hollis como cliente, que conselho você me daria?

– Vista alho. – Ele sorriu ao ver minha reação. – Mas se souber lidar com ela, será uma ótima cliente. O que Hollis estaria disposta a gastar no casamento daria para comprar o Equador. – Ele olhou para minha taça de champanhe. – Quer outra?

– Não, obrigada.

Ele esvaziou sua taça, pegou a minha e colocou as duas numa bandeja próxima.

– Por que não fotografa casamentos? – perguntei quando ele voltou.

– É o tipo de trabalho fotográfico mais difícil de todos, exceto, talvez, por fotografia de guerra. – Ele deu um sorriso torto. – Quando eu estava começando, consegui um emprego para uma revista trimestral do oeste do Texas. *Vaqueiro Moderno*. Não é fácil fazer um touro rabugento posar para uma foto, mas ainda prefiro fotografar gado a casamentos.

Eu ri.

– Quando começou com a fotografia?

– Eu tinha 10 anos. Todos os sábados minha mãe me levava, escondido, para um curso, mas dizia ao meu pai que eu estava me preparando para entrar na escolinha de futebol.

– Ele não aprovava fotografia?

Joe balançou a cabeça.

– Meu pai tinha ideias muito definidas sobre como seus filhos deviam passar o tempo. Futebol, escotismo, trabalhos ao ar livre... tudo bem. Mas arte, música... era arriscar demais. E ele considerava fotografia um hobby, não algo com que alguém pudesse construir uma carreira.

– Mas você provou que ele estava errado – eu disse.

– Demorou um pouco. – O sorriso de Joe tornou-se pesaroso. – Durante alguns anos, nós não nos falamos. – Ele fez uma pausa. – Um tempo depois aconteceu de eu ter que ficar com meu pai. Foi quando nós, enfim, fizemos as pazes.

– Quando ficou com ele, foi por causa... – Eu hesitei.

Ele curvou a cabeça sobre a minha.

– Continue.

– Foi por causa do acidente de barco? – Vendo o sorriso curioso dele, eu completei, constrangida: – Minha irmã pesquisou sobre você na internet.

– É, foi por causa disso. Quando saí do hospital, tive que ficar com alguém enquanto me recuperava. Meu pai estava morando sozinho em River Oaks, então fazia sentido eu ficar lá.

– É difícil para você falar do acidente?

– Nem um pouco.

– Posso perguntar como aconteceu?

– Estava pescando com meu irmão Jack no Golfo. Estávamos voltando para a marina em Galveston, quando paramos perto de uma ilha de algas marinhas. Ali conseguimos fisgar um dourado-do-mar. Enquanto meu irmão manejava a vara de pesca, eu dei partida no motor, para que pudéssemos seguir o peixe. A próxima coisa de que me lembro é de estar na água com fogo e destroços por todo lado.

– Meu Deus. O que provocou a explosão?

– Temos quase certeza de que o exaustor do porão não funcionou direito, o que causou um acúmulo de gases perto do motor.

– Deve ter sido horrível – eu disse. – Sinto muito.

– É. Aquele dourado tinha pelo menos um metro e meio. – Ele fez uma pausa, seu olhar atraído pela minha boca quando eu sorri.

– Que tipo de ferimento... – Então me interrompi. – Deixe para lá, não é da minha conta.

– Chama-se contusão pulmonar. É quando as ondas de choque de uma explosão atingem o peito e os pulmões. Durante um tempo, eu não conseguia juntar ar suficiente para encher um balão de festa.

– Você parece saudável agora – eu observei.

– Cem por cento. – Um brilho malicioso acendeu os olhos dele ao ver minha reação. – Já que está cheia de compaixão por mim... venha dançar comigo.

– Não é tanta compaixão assim. – Neguei com a cabeça. – Nunca danço num evento que organizei. É o mesmo que uma garçonete se sentar a uma mesa à qual deveria estar servindo.

– Precisei de duas operações para hemorragias internas enquanto estava no hospital – Joe me disse, sério. – Durante quase uma semana, não pude comer nem falar, porque estava entubado. – Ele me deu um olhar esperançoso. – Já está com pena suficiente de mim para dançar comigo?

Neguei com a cabeça outra vez.

– Além disso – Joe continuou –, o acidente aconteceu no meu aniversário.

– Até parece.

– É sério.

Levantei os olhos para o céu.

– Que triste. Que... – fiz uma pausa, indo contra meus instintos. – Tudo bem – eu disse, enfim. – Uma dança.

– Sabia que falar do aniversário funcionaria – ele disse, satisfeito.

– Uma dança *rápida*. No canto, onde o mínimo de pessoas possa ver.

A mão quente de Joe segurou a minha, e ele me levou pelo bosque cintilante de palmeiras e árvores até um canto obscuro atrás da orquestra. Uma versão em jazz de "They Can't Take That Away from Me" flutuava no ar. A voz da cantora tinha uma qualidade doce, porém áspera, como um doce esfarelado.

Joe se virou para mim e me segurou de um modo ensaiado, com uma mão na minha cintura. Então seria uma dança de verdade, não apenas um dois-pra-lá-dois-pra-cá. Hesitante, coloquei minha mão esquerda no ombro dele. Joe me conduziu com um ritmo suave, seus movimentos tão seguros que não deixavam dúvida sobre quem estava conduzindo. Quando ele levantou minha mão, para me fazer girar, acompanhei-o com tanta facilidade que não perdemos o passo. Eu o escutei rir baixinho – o som do prazer ao descobrir uma parceira à sua altura.

– Em que mais você é boa? – ele perguntou perto da minha orelha. – Além de dançar e planejar casamentos.

– É só isso. – Depois de um instante, completei: – Também sei fazer animais com balões. E sei assobiar com os dedos.

Senti a curva do sorriso dele junto à minha orelha.

Meus óculos tinham deslizado pelo meu nariz, e eu o soltei brevemente para empurrá-los para cima. Fiz uma nota mental para mandar ajustar as extremidades assim que voltasse a Houston.

– E você? – perguntei. – Tem algum talento oculto?

– Eu sou bom no basquete. E sei todo o alfabeto fonético da OTAN.

– Aquela coisa de Alfa, Bravo, Charlie?

– Isso mesmo.

– Como foi que aprendeu?

– Tarefa de escotismo.

– Soletre meu nome – eu pedi, testando-o.

– Alfa-Victor-Echo-Romeu-Yankee. – Ele me girou de novo.

Parecia que o ar tinha se transformado em champanhe, com cada inspiração cheia de bolhas de alegria flutuante.

Meus óculos escorregaram de novo e fui ajustá-los.

– Avery – ele disse, delicado. – Deixe que eu fico com eles para você. Posso guardar os óculos no meu bolso até terminarmos.

– Não vou conseguir ver o que estamos fazendo.

– Eu consigo. – Com cuidado, ele tirou os óculos do meu rosto, dobrou-os, e os guardou no bolso do paletó. Eu não entendia por que tinha entregado o controle ao Joe tão facilmente. Fiquei ali, cega e exposta, meu coração batendo como as asas de um beija-flor.

Joe passou os braços ao meu redor. Ele me segurou do mesmo modo que antes, só que ficamos mais próximos, nossos passos limitados pela proximidade. Dessa vez ele deixou de acompanhar a música da orquestra, contentando-se com um ritmo lento, tranquilo.

Inalando o aroma dele, marcado por sol e sal, fiquei espantada com a vontade que senti de encostar a boca no pescoço dele, de provar seu gosto.

– Você é míope? – ouvi-o dizer em tom de interrogação. Eu assenti.

– Você é a única coisa que eu consigo ver.

Ele baixou o olhar para mim, nossos narizes quase se tocando.

– Ótimo. – A palavra saiu macia, mas áspera, como a língua de um gato.

Fiquei sem ar. Virei o rosto para o lado de propósito. Tinha que quebrar o encanto ou iria fazer algo de que me arrependeria.

– Prepare-se – ouvi-o dizer. – Vou inclinar você pra trás.

Eu me agarrei nele.

– Não, você vai me deixar cair.

– Não vou, não. – Ele pareceu se divertir.

Fiquei rígida quando senti a mão dele deslizar até o meio das minhas costas.

– Estou falando sério, Joe...

– Confie em mim.

– Acho que não...

– Aqui vamos nós. – Ele me baixou para trás, segurando-me com firmeza. Minha cabeça foi para trás, meu campo de visão se enchendo de luzes cintilantes entrelaçadas aos galhos das árvores. Soltei uma exclamação quando ele me puxou para cima com surpreendente facilidade.

– Oh! Você é forte.

– Não tem nada a ver com força. É uma questão de saber como se faz.

Joe me segurou junto a ele, mais perto do que antes. Agora estávamos frente a frente. O momento estava carregado de uma tensão que eu nunca tinha sentido antes, um suave calor eletrizante. Eu fiquei em silêncio, incapaz de produzir qualquer som, ainda que minha vida dependesse disso. Fechei os olhos. Meus sentidos estavam ocupados assimilando-o – a firmeza de seu corpo, a carícia de sua respiração em minha orelha.

Cedo demais, a música terminou com um floreio agridoce. Os braços de Joe ficaram rígidos.

– Ainda não – ele murmurou. – Mais uma.

– Eu não deveria.

– Deveria, sim. – Ele me segurou perto de si.

Outra música começou, as notas se expandindo lentamente. "What a Wonderful World" era obrigatória em casamentos. Eu a tinha ouvido milhares de vezes, interpretada de todas as formas imagináveis. Mas, de vez em quando, uma velha canção consegue penetrar seu coração como se você a estivesse ouvindo pela primeira vez.

Enquanto dançávamos, tentei guardar cada segundo que passava, como moedas num cofrinho. Mas logo me perdi, e só havíamos nós dois, envolvidos pela música e pela escuridão cor de sonhos. A mão de Joe cobria a minha, e ele puxou meu braço ao redor do seu pescoço. Como não resisti, ele pegou meu outro pulso e puxou esse braço também.

Não faço ideia de qual música tocou em seguida. Ficamos grudados, num balanço sutil, com meus braços ao redor de seu pescoço. Deixei meus dedos deslizarem pela nuca dele, onde seu cabelo grosso terminava em camadas contíguas. Uma sensação de irrealidade me tomou, e meu pensamento ficou seguindo em direções erradas... imaginei como ele seria entre quatro paredes, o modo como devia se mover, respirar, tremer.

A cabeça dele baixou e seu maxilar raspou no meu rosto; o delicioso toque da barba feita.

– Tenho que trabalhar – consegui dizer. – Que... que horas são?

Eu o senti levantar o braço atrás de mim, mas devia estar escuro demais para ver as horas.

– Deve ser quase meia-noite – ele disse.

– Tenho que preparar a *after-party*.

– Onde?

– No pátio da piscina.

– Vou com você.

– Não, você vai me distrair. – Percebendo que meus braços continuavam ao redor do pescoço dele, comecei a soltá-lo.

– É provável. – Joe pegou um dos meus pulsos e virou sua boca para ele, beijando-o. Um choque de doçura me percorreu quando senti seus lábios tocando a pele delicada e macia, sentindo o batimento frenético do meu pulso. Ele pegou meus óculos no bolso e os entregou a mim.

Não conseguia parar de olhar para ele. Havia uma marca de lua crescente no lado esquerdo do seu maxilar, uma fina linha branca em meio à sombra da barba feita há algumas horas. E outra marca perto do canto externo do olho esquerdo, uma cicatriz sutil em forma de parêntese. De algum modo, aquelas imperfeições minúsculas o tornavam ainda mais sexy.

Quis tocar aquelas marcas com meus dedos. Quis beijá-las. Mas o desejo foi contido pela sabedoria instintiva de que eu nunca poderia ser casual com aquele homem. Quando se apaixona por um homem assim, o fogo nos consome. Depois, o coração fica parecido com o conteúdo de um cinzeiro.

– Te encontro depois que terminar de arrumar tudo – Joe me disse.

– Isso pode demorar bastante tempo. Não quero que fique esperando.

– Tenho a noite toda. – A voz dele era suave. – E é com você que quero passá-la.

Tentei desesperadamente não me sentir lisonjeada nem maravilhada demais. E saí apressada, com a sensação de estar correndo por um campo minado.

······················ # Capítulo cinco ······················

– Então? – Sofia perguntou, removendo o microfone quando me aproximei. Como ela podia parecer tão tranquila? Como tudo podia parecer tão normal quando estava o oposto disso?

– Nós dançamos – disse com pouco caso. – Onde está minha bolsa? Que horas são?

– São 23h23. Sua bolsa está bem aqui. Steven e Val já começaram a arrumação da *after-party*. Tank ajudou a banda com os alto-falantes e os cabos de eletricidade. Ree-Ann e o pessoal do bufê estão preparando a mesa com as tortas e o serviço de vinho e café. E os garçons estão para começar a limpeza da área da recepção.

– Está tudo dentro da programação, então.

– Não precisa parecer tão surpresa. – Sofia sorriu. – Onde está Joe? Se divertiram dançando?

– Sim. – Peguei minha bolsa, que parecia pesar uma tonelada.

– Por que parece nervosa?

– Ele quer me encontrar mais tarde.

– Esta noite? Que ótimo. – Diante do meu silêncio, Sofia perguntou. – Você gosta dele?

– Ele é... bem, ele é... – fiz uma pausa, hesitando. – Não consigo entender o que ele pretende.

– Pretende com o quê?

– O que ele pretende fingindo que gosta de mim.

– Por que acha que ele está fingindo?

– Ah, por favor, Sofia. – fiz uma careta. – Pareço o tipo de mulher que um homem como Joe Travis iria atrás? Isso faz algum sentido?

– *Ay, chinga.* – Sofia levou a mão ao rosto. – Um homem alto e sexy quer passar algum tempo com você. Isso não é um problema, Avery. Pare de se preocupar.

– As pessoas fazem idiotices em casamentos... – comecei.

– Isso. Vá fazer uma também.

– Meu Deus. Você dá os piores conselhos.

– Então não me peça.

– Não pedi!

Sofia me olhou com preocupação carinhosa. Um olhar fraternal.

– *Cariño*. Sabe quando as pessoas dizem que "Você vai encontrar alguém quando parar de procurar"?

– Sei.

– Acho que você ficou boa demais nessa coisa de parar de procurar. Decidiu não dar atenção mesmo que o homem ideal esteja bem na sua frente. – Pegando-me pelos ombros, ela me virou e me empurrou de leve. – Vá. Não se preocupe se for um erro. A maioria dos erros acaba dando certo.

– O *pior* conselho – repeti, sombria, e me afastei.

Sabia que Sofia estava certa: eu tinha desenvolvido alguns maus hábitos desde meu noivado catastrófico. Solidão, esquiva, desconfiança. Mas esses mecanismos tinham evitado um inferno de dor e sofrimento. Não seria fácil me livrar deles, mesmo que quisesse.

Quando cheguei ao pátio da piscina, algumas das madrinhas já tinham colocado seus biquínis e estavam rindo e pulando na água. Percebendo que não havia toalhas por perto, fui até Val, que arrumava as espreguiçadeiras.

– E as toalhas? – perguntei.

– Tank está montando a estante das toalhas.

– Isso devia ter sido feito antes.

– Eu sei. Desculpe. – Val fez uma careta. – Ele disse que vai montar a estante aqui fora em dez minutos. Não esperávamos ninguém na piscina tão cedo.

– Tudo bem. Por enquanto, vá pegar algumas toalhas e coloque-as nas espreguiçadeiras.

Ela assentiu e se virou para ir.

– Val – eu a chamei.

Parando, ela me deu um olhar de dúvida.

– Está tudo ótimo aqui fora – eu disse. – Excelente trabalho.

Um sorrisinho iluminou o rosto de Val, que foi em busca das toalhas.

Fui até a comprida mesa sobre a qual o bufê de torta e café tinha sido arrumado artisticamente. Do outro lado, um trio de atendentes vestindo paletó branco aguardava. Estandes franceses de arame em três níveis exibiam tortas de massa dourada de todos os sabores imagináveis... maçã caramelizada, pêssego com glacê, creme, morangos empilhados sobre camadas de *cream cheese*.

Ali perto, Steven tirava cadeiras de pilhas e as dispunha ao redor de mesas cobertas por toalhas no pátio ao lado. Eu me aproximei dele, levantando minha voz para ser ouvida acima do som da banda.

– O que posso fazer?

– Nada. – Steven sorriu. – Tudo sob controle.

– Algum sinal de escorpiões?

Ele negou com a cabeça.

– Nós encharcamos o perímetro do pátio com óleo cítrico. – Ele me deu um olhar intenso. – Como você está?

– Ótima. Por quê?

– Fico feliz que tenha aceitado meu conselho. Sobre voltar ao jogo.

Franzi a testa.

– Não voltei ao jogo. Dancei com alguém, só isso.

– Já é um progresso – ele disse, sucinto, e foi até outra pilha de cadeiras.

Com a arrumação terminada e os convidados em fila no bufê de tortas, avistei um homem sentado junto a uma mesa perto da piscina. Era Joe, à vontade e tranquilo, a gravata preta pendurada ao redor do pescoço. Lançando-me um olhar de expectativa, levantou um prato, convidando-me. Fui até ele.

– De que sabor é essa? – perguntei, olhando para a fatia perfeita de torta coberta por uma grossa camada de merengue.

– Limão gelado – ele disse. – Tenho dois garfos. Quer dividir?

– Acho que desde que nos sentemos bem no fundo do pátio, ali ao lado...

– Onde ninguém possa nos ver – Joe concluiu para mim com um brilho de diversão nos olhos. – Está tentando me esconder, Avery? Porque estou começando a me sentir meio indigno de você.

Não pude deixar de rir.

– De todos os adjetivos que consigo pensar para você, "indigno" não é um deles.

Ele me seguiu, trazendo o prato, enquanto eu ia para a mesa mais distante do pátio.

– Que adjetivos você usaria? – ele perguntou às minhas costas.

– Está querendo receber elogios?

– Um pouco de encorajamento não faz mal. – Ele colocou o prato na mesa e puxou uma cadeira para mim.

– Como não estou disponível – eu disse –, não tenho intenção de encorajá-lo. Mas se eu tivesse... diria que você é charmoso.

Ele me entregou um garfo e atacamos a fatia de torta. A primeira garfada estava tão boa que fechei os olhos para me concentrar nela. A cobertura de merengue se desmanchou na minha língua, seguida pelo recheio cuja acidez provocou muita salivação.

– O gosto desta torta – eu disse – faz parecer que um limão se apaixonou por outro limão.

– Ou que três limões fizeram um *ménage*. – Joe sorriu do meu exagerado olhar de reprovação. – Normalmente o recheio nunca é azedo o bastante pro meu gosto – ele disse –, mas este está na medida certa.

Quando só restava um pouco de torta, Joe pegou meu garfo e o ofereceu para mim. Para minha surpresa, abri a boca e deixei que ele me desse o último pedaço. O gesto foi ao mesmo tempo casual e estranhamente íntimo. Mastiguei e engoli com dificuldade, sentindo o rosto esquentar.

– Preciso de algo para beber – eu disse, e naquele exato momento alguém se aproximou de nossa mesa.

Era Sofia, carregando duas taças de vinho e uma garrafa de Bordeaux branco gelado, que colocou sobre a mesa.

– Steven mandou dizer – ela começou, animada – que temos tudo sob controle, então você pode ir embora.

Franzi a testa.

– Sou eu quem decide se posso ir embora, não Steven.

– Você dormiu menos do que nós...

– Não estou cansada.

– ... e não restou nada para fazer, exceto cuidar da equipe de limpeza. Nós podemos fazer isso sem você. Tome um vinho e divirta-se. – Sofia saiu antes que eu pudesse responder.

Balancei a cabeça enquanto a observava se distanciar.

– Não sou tão irrelevante quanto eles pensam. – Relaxando na cadeira, continuei: – Contudo... eles foram muito bem hoje. E é provável que consigam cuidar da limpeza sem mim. – Olhei para o céu, onde a faixa manchada de branco da Via Láctea brilhava em meio à plenitude de estrelas. – Veja só – eu disse. – Não dá para ver isso da cidade.

– Está vendo o corredor escuro no centro? – Joe perguntou, gesticulando com sua taça.

Neguei com a cabeça.

Ele aproximou a cadeira de mim e apontou com a mão livre.

– Ali, onde parece que alguém desenhou com uma caneta de ponta grossa.

Acompanhando o braço dele, vi a faixa irregular.

– Certo. O que é isso?

– É a Fenda Escura, uma grande nuvem de poeira molecular... um lugar onde novas estrelas estão se formando.

Fiquei maravilhada.

– Por que nunca vi isso antes?

– É preciso estar no lugar certo, na hora certa.

Nós nos entreolhamos e compartilhamos um sorriso. A luz das estrelas tinha deixado prateada a pequena cicatriz em forma de crescente que ele tinha no maxilar. Quis passar os dedos nela. Quis tocar seu rosto e os contornos firmes de suas feições. Peguei minha taça de vinho.

– Vou me deitar depois de terminar isto – disse, dando um grande gole. – Estou morta.

– Você está hospedada aqui ou em um dos hotéis da cidade?

– Aqui. Tem uma cabana junto à trilha, no pasto dos fundos. A cabana do caçador, é como a chamam. – fiz uma careta. – Tem um guaxinim empalhado sobre a cornija da lareira. Coisa horrenda. Tive que cobrir com uma fronha.

Ele sorriu.

– Vou te acompanhar até lá.

Eu hesitei, mas acabei aceitando.

– Tudo bem.

A conversa ficou suspensa enquanto eu bebia o resto do meu vinho. Parecia que um diálogo secundário, tácito, tomava o lugar das palavras.

Enfim, nos levantamos e deixamos a garrafa e as duas taças sobre a mesa.

– Gostaria de te ver de novo, Avery – Joe disse enquanto caminhávamos ao lado da trilha pavimentada.

– Isso é... bem, estou lisonjeada. Obrigada, mas não posso.

– Por que não?

– Gostei da sua companhia. Vamos deixar assim.

Joe ficou em silêncio o resto do caminho até a cabana. Nosso ritmo era tranquilo, mas meus pensamentos eram frenéticos; meu cérebro organizava uma lista de ideias sobre como mantê-lo a distância.

Paramos junto à porta. Enquanto procurava a chave na minha bolsa, Joe falou em voz baixa.

– Avery... não quero parecer convencido, mas sei como é quando alguém não quer me ver de novo. – Após uma longa pausa, continuou. – E acho que não é o caso aqui.

– Sinto muito se fiz ou disse algo que lhe deu essa impressão – consegui dizer, abalada.

– Então estou enganado? – ele perguntou com delicadeza.

– É que... não... mas é uma questão de momento.

Joe não reagiu, parecendo não acreditar naquilo, e, nossa, por que acreditaria? Por que alguém acreditaria? Ele era algo tirado de um sonho, parado ali sob o luar, sexy em seu *smoking* amassado, com os olhos escuros como a noite.

— Nós podemos conversar sobre isso por um instante? — ele pediu.

Relutante, concordei e abri a porta.

Era uma cabana de um cômodo, rústica, de butique, com um tapete tecido à mão e móveis de couro, com luminárias modernas que pareciam chifres de cristal. Acionei um interruptor, que acendeu uma arandela no canto, e larguei minha bolsa. Virando-me para Joe, vi que ele estava parado, apoiando o ombro no batente da porta. Seus lábios se entreabriram, como se fosse dizer algo, mas então pareceu pensar melhor.

— O quê? — perguntei em voz baixa.

— Sei que existem regras para isso. Sei que deveria bancar o desinteressado. — Um sorriso pesaroso tocou seus lábios. — Mas não estou nem aí pra isso. A verdade é que gostei de você no momento em que a vi. É uma mulher linda, interessante, e quero vê-la de novo. — A voz dele ficou mais suave. — Você pode dizer "sim" para isso, não pode? — Vendo minha insegurança, ele murmurou: — Escolha o local e a data. Prometo que não vai se arrepender.

Afastando-se da porta, Joe se aproximou de mim, sem pressa. Meu coração começou a bater em espasmos agudos e senti frio e calor simultaneamente, de nervoso. Fazia muito tempo que eu não ficava sozinha com um homem em um quarto.

Observando-me atentamente, Joe tocou o contorno do meu rosto, a mão se curvando abaixo da mandíbula. Eu sabia que ele podia sentir como eu estava tremendo.

— Quer que eu vá embora? — perguntou, começando a recuar.

— Não. — Sem que pudesse me conter, segurei o pulso dele. Alguns minutos antes, imaginava como faria para me livrar dele, e agora a única coisa em que podia pensar era como fazê-lo ficar. Meus dedos fecharam ao redor de seu braço, sentindo o ritmo forte de sua pulsação.

Eu o queria. Cada parte de mim queria Joe. Nós estávamos sozinhos e o resto do mundo estava longe, e eu sabia, de algum modo, que, se me deitasse com ele, seria extraordinário.

Para uma mulher comum de 27 anos, uma noite com um homem desses não parecia ser pedir demais.

Coloquei a mão dele na minha cintura e fiquei na ponta dos pés, deliberadamente moldando meu corpo ao dele. Joe era quente e robusto, e seus braços me apoiaram com firmeza. Ele começou a me beijar devagar, indo fundo, como se o mundo estivesse para acabar, como se fosse o último minuto da última hora do último dia. As coisas que ele fazia com a boca, com a língua... era como uma conversa, como sexo, o modo como ele descobria o que eu queria e satisfazia esse desejo. Aquele beijo me deu mais prazer do que qualquer outro ato de intimidade que já tinha experimentado.

Após afastar sua boca, Joe aninhou minha cabeça em seu ombro. Ficamos assim, ofegantes, durante um minuto. Eu estava desnorteada, tudo dentro de mim era um caos. Tudo que sabia era que eu precisava ficar perto dele, sentir sua pele. Agarrei as lapelas do seu paletó, empurrando-as para trás. Ele tirou a peça e a deixou cair no chão. Sem hesitação, agarrou minha cabeça de novo e sua boca reencontrou a minha, ardente e intensa, como se estivesse se alimentando de algo delicioso. Em algum momento, em meio a todos aqueles beijos, ele desceu a mão até minha bunda, puxando-me contra uma saliência de carne dura e impaciente. O desejo cresceu em mim até parecer que eu morreria se não o tivesse. Nada nunca tinha me feito sentir assim. E nada jamais me faria sentir isso de novo.

É preciso se deixar levar por uma sensação assim – até o amanhecer.

– Me leve para a cama – sussurrei.

Ouvi uma respiração apressada, irregular, e senti o conflito entre desejo e indecisão.

– Está tudo bem – disse, ansiosa. – Sei o que estou fazendo. Quero que você fique...

– Você não tem que... – ele começou.

– Sim, eu tenho. – Beijei-o de novo, a excitação pulsando em mim. – Você tem. – sussurrei em seus lábios.

Joe respondeu com voracidade, pego pela excitação assim como eu, mudando a forma como me segurava, buscando tornar nosso encaixe mais próximo, mais apertado. Depois de um instante, ele começou a tirar minha roupa e também a sua própria. As peças no chão foram criando uma trilha até a cama. A luz foi apagada, a escuridão interrompida apenas pela luz das estrelas filtrada pelas persianas.

Afastei as cobertas e deitei na cama, tremendo da cabeça aos pés. Ele se deitou sobre mim, a sensação dos membros com os pelos ásperos estimulando minha pele de modo excruciante. Senti a carícia quente de sua respiração no meu pescoço.

– Fale se quiser que eu pare – ouvi-o dizer, a voz rouca. – Não importa o momento, paro se você decidir...

– Eu sei.

– Quero que você entenda...

– Eu entendo – eu disse e o puxei sobre mim.

Nada foi real naquele quarto silencioso. Coisas estavam sendo feitas comigo, e por mim, no êxtase de uma avidez sexual, que, eu sabia, mais tarde me deixariam com vergonha. A boca dele estava em meu seio, sua língua articulando círculos delicados até o bico endurecer, então ele começou a lamber e puxá-lo até o prazer percorrer todo meu corpo. Agarrei os ombros dele, o músculo rígido das costas, massageando-o às cegas.
    Hábeis e confiantes, seus dedos estimularam a parte interna das minhas coxas, fazendo com que se afastassem. Com o polegar, ele tocou um lugar tão sensível que gritei, arqueando os quadris. Seu dedo deslizou para dentro de mim, uma carícia profunda em ritmo frenético e molhado. Meu corpo ficou firme para manter a sensação, puxando o prazer para dentro.
    O peso dele desceu sobre mim, suas pernas afastando as minhas, e eu balbuciei algumas palavras... nós estávamos sem proteção, precisávamos usar algo... ele me tranquilizou com um murmúrio rouco, estendendo a mão para a mesa de cabeceira, onde estava sua carteira, que eu nem tinha percebido que estava ali. Ouvi o som do plástico sendo rasgado. Distraída por um instante, imaginei quando isso tinha acontecido, como ele tinha feito para...
    Meus pensamentos se dissolveram quando senti a pressão lenta e íntima que ele aplicava. Joe entrou em mim, grosso e quente, fazendo sensações se transformarem em outras – escaldantes, doces e enlouquecedoras. Um lamento escapou da minha garganta.
    Joe encostou o rosto na minha orelha.
    – Shhh... – ele murmurou e deslizou um braço por baixo dos meus quadris, puxando-os para cima. Cada investida era uma carícia de corpo inteiro, com o pelo de seu peito estimulando meus seios. Nunca tinha experimentado tantas sensações ao mesmo tempo, que preenchiam os espaços entre as batidas do coração e a respiração, até eu ficar cega e muda. O clímax arrancou prazer de cada músculo, que enrijeceu antes de eu estremecer em espasmos demorados que me liquefaziam. Joe me segurou apertado, arfando alto até chegar a seu ápice. Ele beijou meus ombros e meu pescoço, as mãos passando delicadamente pelo meu corpo. Seus dedos cruzaram minha barriga, chegando ao ponto entre minhas pernas onde nossa carne se unia, e então o senti acariciando, estimulando aquela dor difusa. Gemendo atônita, afundei numa escuridão erótica em que não havia pensamento, nem passado, nem futuro, apenas o prazer que me fazia contorcer em êxtase.

Acordei sozinha de manhã, ciente do leve dolorido deixado pela entrada de outro corpo no meu, dos sutis arranhões deixados pela barba por fazer na pele que tinha sido beijada, beijada e beijada, da sua força suave na parte interna das minhas coxas.

Não sabia o que pensar sobre o que tinha feito.

Joe não disse muito ao sair, além do obrigatório "Eu te ligo". Uma promessa que ninguém cumpre.

Lembrei a mim mesma de que eu tinha o direito de dormir com alguém, se eu quisesse, mesmo um estranho. Nenhum julgamento era necessário. Ninguém precisava se sentir mal.

Ainda assim... sentia como se algo tivesse sido tirado de mim, mas não sabia o que era nem como recuperá-lo. Sentia como se nunca mais fosse voltar a ser a mesma.

Soltando um suspiro profundo, usei o lençol para enxugar dos meus olhos as lágrimas que ameaçavam se acumular.

Apertei os olhos com força.

– Você está bem – disse em voz alta. – Está tudo bem.

Ao abraçar o travesseiro úmido, lembrei-me de quando, ainda no ensino fundamental, minha classe estudou borboletas para um projeto de Ciências. Amostras de asas de borboleta revelaram, sob o microscópio, que são cobertas por escamas minúsculas – como penas ou telhas.

O professor disse que se você tocar a asa de uma borboleta, vai tirar algumas dessas escamas, que não crescem de novo. Algumas borboletas têm partes das asas transparentes, por onde se consegue enxergar através da membrana. Mas mesmo perdendo algumas escamas, uma borboleta ainda é capaz de voar quando você a solta.

Eu iria ficar bem assim mesmo.

Capítulo seis

Durante o longo percurso até nossa casa, eu e Sofia conversamos sobre o casamento, repassando cada detalhe. Fiz o possível para manter o clima leve, obrigando-me a rir de tempos em tempos. Quando Sofia perguntou, como quem não quer nada, se algo tinha acontecido com Joe Travis, respondi:

– Não, mas dei meu telefone para ele. Pode ser que algum dia ele me ligue. – Pelo olhar rápido e especulativo que ela me lançou, percebi que não acreditou totalmente em mim.

Após Sofia ligar o celular no som do carro e colocar uma animada música texana, me permiti pensar na noite anterior e tentei entender por que me sentia tão culpada e preocupada. Provavelmente porque uma noite de sexo casual não era a minha cara... só que, como tinha acabado de ter uma, então *era* a minha cara.

Meu novo eu.

Sentindo uma onda de pânico, abafei o sentimento.

Pensei em quando conheci Brian e tentei me lembrar de quanto tempo esperei antes de transar com ele. Dois meses, no mínimo. Fui muito cuidadosa em relação à intimidade, pois não sentia vontade alguma de passar de um homem a outro como minha mãe tinha feito. Sexo aconteceria de acordo com meus termos, dentro das margens que eu estabeleceria. Brian aceitou tudo muito bem, com paciência, disposto a esperar até eu estar pronta.

Nós nos conhecemos através de amigos em comum numa festa ao ar livre, em um jardim de esculturas no Metropolitan Museum. No mesmo instante, ficamos à vontade um com o outro, numa sintonia tão natural que nossos amigos, rindo, nos acusaram de já nos conhecermos. Ambos tínhamos 21 anos e estávamos cheios de ambição e energia. Nós dois havíamos acabado de chegar de outros lugares: eu de Dallas, Brian de Boston.

Aquele primeiro ano em Nova York foi a época mais feliz da minha vida, numa cidade que incutiu em mim a sensação perpétua de que alguma coisa grande, ou no mínimo interessante, estava para acontecer. Acostumada ao ritmo preguiçoso e ensolarado do Texas, onde o calor força todo mundo a economizar energia, fui estimulada pela vitalidade do outono frio de Manhattan. *Seu lugar é aqui*, a cidade parecia dizer com as buzinas dos táxis amarelos e os guinchos e rangidos de equipamentos de construção, com a música dos artistas de rua e dos bares, com o barulho ritmado do metrô... tudo isso me dizia que eu estava no lugar onde as coisas aconteciam.

Tinha sido fácil arrumar amigas, um grupo de mulheres que preenchia seu tempo livre com trabalho voluntário e *hobbies*, coisas como aulas de línguas estrangeiras, dança e tênis. A paixão das pessoas de Manhattan por desenvolvimento pessoal era contagiante; eu logo estava me inscrevendo em aulas e atividades, tentando fazer com que cada minuto do dia fosse proveitoso.

Olhando para trás, tenho que me perguntar o quanto do meu caso de amor com Nova York ajudou a fazer com que eu me apaixonasse por Brian. Se eu o tivesse conhecido em outro lugar, não tenho certeza de que teríamos durado tanto. Ele era um bom namorado, atencioso na cama, mas seu emprego em Wall Street fazia com que trabalhasse 16 horas por dia e tivesse preocupações com coisas como as próximas folhas de pagamento de empresas não agrícolas, ou com o que estava acontecendo na Bloomberg à 1 hora da madrugada. Isso o deixava eternamente cansado e absorto. Ele começou a beber para aliviar o estresse, o que não ajudou nossa vida amorosa. Mas mesmo no começo do meu relacionamento com Brian, não experimentei nada que lembrasse, nem de longe, o que tinha acontecido na noite passada.

Fui uma pessoa completamente diferente com Joe. Mas não estava pronta para ser alguém novo; estava acostumada demais a ser a mulher que Brian Palomer tinha abandonado no altar. Se eu perdesse essa identidade, não sabia o que poderia acontecer. Tinha medo de imaginar as possibilidades. Tudo que eu sabia era que nenhum homem iria me magoar do mesmo modo que Brian tinha feito, e eu era a única que poderia me proteger disso.

Mais tarde, naquela noite, enquanto eu lia na cama, meu celular tocou e vibrou na mesa de cabeceira.

Parei de respirar quando vi que era o número do Joe.

Meu Deus. Ele tinha falado sério quando prometeu que me ligaria.

Meu coração se debateu num aperto doloroso, como se tivesse sido envolvido por um milhão de elásticos. Cobrindo as orelhas com as mãos e fechando os olhos, não atendi a ligação insistente. Apenas esperei que parasse. Não podia falar com ele; não saberia o que falar. Eu o conhecia do modo mais íntimo possível, mas não o conhecia de verdade.

Por mais loucamente delicioso que tivesse sido fazer sexo com Joe, não queria que acontecesse de novo. Não precisava de uma razão, não é? Não. Não devia nenhuma explicação a ele. Não precisava nem mesmo me explicar para mim mesma.

O telefone ficou silencioso. A tela mostrou uma notificação de que uma mensagem de voz tinha sido deixada.

Ignore, disse a mim mesma. Peguei o livro que estava lendo e me concentrei numa página. Depois de alguns minutos, percebi que tinha lido a mesma página três vezes sem compreender nada.

Exasperada, joguei o livro de lado e agarrei o telefone.

Meus dedos dos pés se curvaram debaixo das cobertas enquanto escutava a mensagem, dita naquele sotaque arrastado que parecia mergulhar dentro de mim e se dissolver como açúcar quente.

– Avery, é o Joe. Queria saber como foi sua viagem de volta a Houston. – Uma pausa. – Pensei em você o dia todo. Ligue para mim quando puder. Ou eu tento de novo mais tarde. – Outra pausa. – Falo com você em breve.

O calor do sangue deixou minhas bochechas vermelhas e formigando. Coloquei o telefone de volta na mesa de cabeceira.

A coisa adulta a se fazer, refleti, seria ligar de volta para Joe, conversar com ele de modo calmo e sensato e dizer-lhe que não estava interessada em vê-lo outra vez. *Não vai dar pra mim*, eu podia dizer.

Mas eu não faria isso. Apenas ignoraria Joe até ele sumir, porque só de pensar em falar com ele, eu começava a suar de nervoso.

O celular tocou de novo e olhei para o aparelho, pasma. Ele estava ligando *de novo*? Aquilo estava ficando irritante – e rápido. Quando olhei para a tela, contudo, vi que era minha melhor amiga de Nova York, Jasmine, diretora de moda de uma grande revista para mulheres. Além de amiga, era minha mentora, uma mulher de 40 anos que conseguia fazer tudo perfeitamente bem e nunca tinha medo de dar sua opinião. E suas opiniões, em geral, eram certas.

Estilo era uma religião para Jasmine. Ela possuía o dom raro de traduzir tendências das ruas, blogs de compras, conversas da internet e influência cultural em uma avaliação clara do que estava acontecendo com a moda e o que estava para surgir. De suas amigas, Jasmine exigia lealdade absoluta, o que retribuía. Amizade era a única coisa à qual ela dava tanto valor quanto dava ao estilo. Ela tentou me impedir de ir embora de Nova York, prometendo usar seus contatos para me conseguir um emprego de correspondente especial de moda para um programa local de entretenimento, ou, possivelmente, para estabelecer uma colaboração de varejo com um estilista de vestidos de noiva que queria entrar num mercado mais acessível.

Apreciei o esforço que Jasmine fez para me ajudar, mas recusei. Eu me sentia derrotada e cansada e precisava dar um tempo com a moda. Acima de tudo, queria morar com minha irmã recém-descoberta e criar uma relação com ela. Queria ter alguém em minha vida que fosse minha família. E parte de mim gostava do modo como Sofia me admirava. Eu precisava disso. Não sei se Jasmine compreendeu tudo isso, mas ela cedeu e parou de insistir depois de me dizer que, algum dia, ela descobriria um modo de me atrair de volta a Nova York.

– Jazz! – eu exclamei ao celular, encantada. – Como você está?

– Querida, está com tempo para conversar?

– Claro, eu...

– Ótimo. Escute, estou saindo para uma festa, mas tenho uma notícia que não pode esperar. É o seguinte: você sabe quem é Trevor Stearns, certo?

– Claro.

Eu era encantada por Trevor Stearns desde a faculdade de moda. Cerimonialista de casamentos famoso e legendário, também era um megassucesso como estilista de noivas, escritor e apresentador de um programa de TV a cabo intitulado *Casamento dos Sonhos*. O programa, baseado em Los Angeles, era uma mistura efervescente de estilo, emoção e drama. Cada episódio trazia Trevor e sua equipe criando um casamento dos sonhos para uma noiva que não tinha dinheiro ou imaginação para tanto.

– Trevor e seus produtores – Jazz continuou – estão planejando fazer uma série semelhante, só que baseada em Manhattan.

– Não vai ser programa de casamento demais para a TV? – perguntei. – Quero dizer, quantas pessoas assistem a programas assim?

– Se existe um limite, ainda não descobriram. O canal a cabo está passando reprises do programa de Trevor o tempo todo, e os índices de audiência são ótimos. Então a ideia é a seguinte: Trevor quer ser o mentor de alguém. De preferência, uma mulher. Ele vai criar uma estrela: a pessoa que ele decidir colocar como apresentadora do *Casamento dos Sonhos: Nova York*. E Trevor vai fazer participações especiais no programa até essa pessoa se estabelecer. – Jazz fez uma pausa. – Entendeu aonde quero chegar, Avery?

– Acha que *eu* deveria tentar? – perguntei, perplexa.

– Isso é perfeito para você. Ainda me lembro daquelas entrevistas que você deu durante a Semana das Noivas. Ficaram ótima na TV e mostraram tanta personalidade...

– Obrigada, mas Jazz... não tem como eles escolherem alguém com tão pouca experiência. Além do mais...

– Você não pode acreditar nisso. Não sabe o que eles estão procurando. Talvez nem eles mesmos saibam o que estão procurando. Vou fazer um vídeo com várias coisas que você já fez. Enquanto isso, você vai me enviar seu currículo e uma foto decente, e eu vou garantir que os produtores do Trevor Stearns vejam tudo. Se ficarem interessados, vão trazer você até aqui para conversarem pessoalmente. Assim, se nada mais der certo, você pelo menos ganha uma viagem para me ver.

– Tudo bem. – Sorri. – Só por esse motivo vou tentar.

– Maravilha. Agora, me conte rapidinho: está tudo bem por aí? Sua irmã?

– Está, ela...

– Meu carro chegou. Ligo para você mais tarde.

– Tudo bem, Jazz. Cuide...

A ligação foi encerrada. Olhei para o celular, espantada com a velocidade da conversa.

– E Joe disse que *eu* falava rápido – falei em voz alta.

Durante os dez dias seguintes, recebi mais duas chamadas e várias mensagens de texto de Joe, o tom inicialmente tranquilo destas se transformando em perplexidade e impaciência. Ele compreendeu, evidentemente, que eu o estava evitando, mas não desistiu. Joe tentou até mesmo o número do escritório de planejamento de eventos e deixou uma mensagem que, embora inofensiva, provocou considerável interesse dos meus funcionários. Sofia os silenciou num tom leve, divertido, dizendo que, estivesse eu ou não saindo com Joe Travis, isso não era da conta de ninguém, a não ser da minha. Depois do trabalho, contudo, ela me emboscou na cozinha.

– Você não tem sido a mesma, *cariño*. Está estranha desde o casamento dos Kendrick. Está tudo bem?

– Claro – me apressei em dizer. – Tudo bem.

– Então por que está tendo uma crise de TOC?

– Só estou limpando e reorganizando as coisas – disse, na defensiva. – O que tem de errado nisso?

– Você separou todos os cardápios de *delivery* de comida em diferentes pastas coloridas e empilhou as revistas em ordem cronológica. Até para você isso é demais.

– Só quero manter tudo sob controle. – Incomodada, abri uma gaveta próxima e comecei a arrumar os utensílios. Sofia ficou em silêncio, esperando com paciência enquanto eu me certificava de que as espátulas estavam em um compartimento, e as escumadeiras, em outro. – Na verdade – eu disse num turbilhão de palavras, remexendo num conjunto de colheres de medida –, eu transei com o Joe Travis na noite do casamento, e agora ele quer sair comigo, mas eu não quero vê-lo de novo e não consigo dizer isso pra ele, então estou evitando as ligações dele, esperando que ele desista.

– Por que quer que ele desista? – Sofia perguntou, preocupada. – Foi ruim ficar com ele?

– Não – eu disse, aliviada por poder falar a respeito. – Ai, meu Deus, foi tão fantástico que acho que perdi alguns neurônios, mas, para começar, eu não deveria ter feito isso, e *realmente* gostaria de não ter feito, porque agora me sinto estranha, como se estivesse em outro fuso horário emocional ou algo assim. Não consigo me encontrar. E fico com vergonha toda vez que lembro como eu pulei na cama com ele daquele jeito.

– Ele não está com vergonha – Sofia observou. – Por que você tem que estar?

– Ele é homem – olhei feio para ela. – Só por que eu não concordo com esse preconceito para com as mulheres, isso não quer dizer que ele não exista.

– Nesta situação – Sofia disse com delicadeza –, acho que a única pessoa com preconceito é você. – Fechando a gaveta de utensílios, Sofia me colocou de frente para ela. – Ligue para ele esta noite – ela disse – e responda "sim" ou "não". E pare de se torturar. E de torturá-lo.

Engoli em seco e assenti.

– Vou mandar uma mensagem.

– Conversar é melhor.

– Não, tem que ser mensagem de texto, para que não haja paralinguagem.

– O que é paralinguagem?

– Tudo que você comunica além das palavras – eu disse. – Como o tom da sua voz, as pausas, se você fala rápido ou lentamente.

– Quer dizer tudo que ajuda a transmitir a verdade.

– Isso mesmo.

– Você poderia ser honesta com ele – Sofia sugeriu.

– Prefiro enviar uma mensagem.

Antes de ir dormir, abri as mensagens no telefone e me obriguei a ler a mais recente do Joe.

Por que você não está me respondendo?

Segurando o telefone com força, disse a mim mesma que estava sendo ridícula. Precisava lidar com a situação.

Estive ocupada, respondi.

A resposta dele veio com uma rapidez surpreendente: *Vamos conversar.*

É melhor não, escrevi. Após um longo silêncio, durante o qual ele deveria estar pensando no que responder, acrescentei: *Não tem como isso ir adiante.*

Por que não?

Foi perfeito por uma noite. Sem arrependimentos. Mas não estou interessada em nada além do que aconteceu.

Depois que alguns minutos se passaram, ficou claro que não haveria mais resposta.

Passei o resto da noite tentando pegar no sono, lutando contra meus próprios pensamentos.

O travesseiro está muito fino. As cobertas estão quentes demais. Acho que preciso de um chá... um copo de vinho... melatonina... ler mais... eu deveria tentar um exercício de respiração... preciso encontrar um aplicativo com sons de natureza... um programa na TV... não, pare de pensar, pare. Três da manhã é cedo demais para levantar? É melhor esperar até as quatro...

Finalmente comecei a adormecer e o alarme tocou. Grunhindo, arrastei-me para fora da cama. Depois de um banho demorado, vesti uma *legging* e uma túnica larga de tricô e desci para a cozinha.

Eu e Sofia morávamos em um edifício reformado, uma antiga fábrica de charutos em Montrose. Nós duas adorávamos a vizinhança excêntrica, repleta de galerias de arte, butiques de luxo e restaurantes exóticos. Eu tinha comprado aquele armazém por um preço muito baixo devido às suas condições deploráveis. Até então tínhamos convertido o térreo em um apartamento espaçoso com paredes de tijolo à vista e inúmeras janelas de fábrica. O piso principal incluía uma cozinha aberta com balcões de granito, uma sala de estar central com um sofá modular azul-elétrico, e uma seção de design com uma parede de ideias e mesas atulhadas de livros, recortes, acabamentos e amostras. Meu quarto ficava no primeiro andar, e o de Sofia, no segundo.

– Bom dia – minha irmã disse, animada. Eu me retraí diante do tom alegre.

– Deus. Menos, por favor.

– A luz? – ela perguntou, estendendo a mão para o controlador de luminosidade.

– Não. Menos animação.

Parecendo preocupada, Sofia serviu café numa xícara e me entregou.

– Não dormiu bem?

– Não. – Coloquei adoçante e leite no café. – Enviei, enfim, uma mensagem para o Joe na noite passada.

– E?

– Fui curta e grossa. Disse que não estava interessada em vê-lo de novo. Ele não respondeu. – Dei de ombros e suspirei. – Estou aliviada. Deveria ter feito isso alguns dias atrás. Graças a Deus não tenho mais que me preocupar com isso.

– Tem certeza de que foi a decisão certa?

– Sem dúvida. Pode ser que eu conseguisse outra noite excelente de sexo, mas não me interessa ser a diversão barata de um cara rico.

– Algum dia você vai se encontrar com ele – Sofia disse. – Outro casamento, outro evento...

– É, mas então não vai ter importância. Ele já vai ter seguido com a vida. E nós dois vamos nos comportar como adultos.

– Sua paralinguagem demonstra preocupação – Sofia observou. – O que posso fazer, *cariño*?

Não sei o que teria sido da minha vida sem Sofia. Sorrindo, inclinei-me para que nossas cabeças se tocassem por um instante.

– Se algum dia eu for presa – eu disse –, meu telefonema vai ser para você. Pague minha fiança, é o que você pode fazer.

– Se algum dia você for presa – Sofia respondeu –, eu vou estar na cadeia também, como sua cúmplice.

Naquela manhã, Val chegou para trabalhar às 9h30, seu horário habitual. Como era característico dela, de seu tato natural, ela não disse nada a respeito do meu aspecto desgrenhado. Val foi cuidar dos e-mails e das mensagens na secretária eletrônica. Steven, contudo, não mostrou a mesma discrição quando chegou, alguns minutos depois.

– O que aconteceu? – ele perguntou, com um olhar horrorizado, ao me ver sentada no sofá azul com Sofia.

– Nada – eu disse, breve.

– Então por que está vestindo uma barraca de escoteiro?

Antes que eu pudesse responder, Sofia retrucou:

– Não ouse criticar o que Avery está vestindo!

– Então você *gosta* do que ela está vestindo? – Steven perguntou, ácido.

– Claro que não – Sofia respondeu. – Mas se eu não comentei nada, você também não deveria.

– Obrigada, Sofia – eu disse com secura e dei um olhar de alerta para Steven. – Passei mal à noite. Hoje não é um bom dia para você me provocar.

– Avery – Val me chamou com urgência de sua escrivaninha na área de projetos. – Recebemos um e-mail da secretária social de Hollis Warner. Você foi convidada para uma festa de gala na mansão Warner, no sábado, para arrecadar fundos. É o grande jantar com leilão de arte contemporânea que eles fazem todos os anos.

Sofia soltou um gritinho de empolgação.

A atmosfera do estúdio pareceu, de repente, ficar rarefeita; meus pulmões tiveram que se esforçar mais para obter a quantidade necessária de oxigênio. Tentei parecer calma.

– Ela mencionou se posso levar alguém? Porque gostaria que Sofia fosse comigo.

– Não há nenhuma menção a isso – Val respondeu. – Se quiser que eu ligue e pergunte...

– Não, não ligue – Sofia disse logo. – Não vamos forçar. Hollis pode ter um motivo para convidar só você.

– É provável que tenha – Steven disse. – Mas isso é irrelevante.

– Por quê? – Sofia, Val e eu perguntamos ao mesmo tempo.

– Porque os Warner são muita areia para o nosso caminhãozinho. Se o casamento vai ser maior do que o Amspacher-Kendrick, e Hollis falou para você que seria, não temos fornecedores suficientes para atendê-la. Os grandes planejadores de eventos de Houston e Dallas têm os melhores profissionais e locais garantidos com contratos exclusivos. Nós ainda somos novos no jogo.

– Trabalhar para Hollis vai nos colocar na primeira divisão – eu observei.

– Isso é negociar com o capeta. Ela vai querer que você diminua nossa porcentagem ao mínimo, em troca do prestígio de tê-la como cliente. Não vai ser bom para o negócio, Avery. É mais do que podemos aguentar no momento. Precisamos continuar nos concentrando em projetos menores para crescermos.

– Não vou deixar ninguém levar vantagem sobre nós – eu disse. – Mas com certeza irei a essa festa. Não importa o que aconteça, vai ser uma oportunidade para fazer ótimos contatos.

– O que você está pretendendo usar nesse evento de gala? – ele perguntou, com aparente ironia.

– Meu vestido de gala, é óbvio.

– O mesmo vestido preto que você usou no evento do hospital? Aquele com os ombros bufantes? Não, você não vai aparecer na mansão Warner com aquilo. – Steven levantou e começou a procurar suas chaves e sua carteira.

– O que está fazendo? – perguntei.

– Vou levar você até a Neiman. Precisamos encontrar alguma coisa decente e pronta, para conseguirmos ajustar até sexta-feira.

– Não vou gastar dinheiro num vestido novo quando já tenho um em perfeitas condições – protestei.

– Olhe, se você quiser se vestir como um balão nos seus momentos de lazer, isso é problema seu. Mas quando está tentando fazer contatos e fechar com uma cliente de primeira linha, isso vira problema meu. Sua aparência reflete na empresa. E seu gosto pessoal é um trágico desperdício de alguns belos dotes genéticos.

Busquei Sofia e Val com meu olhar ultrajado, pedindo em silêncio que me apoiassem. Para minha decepção, Sofia resolveu, de repente, verificar suas mensagens de texto, enquanto Val, muito concentrada, começou a endireitar as pilhas de revistas na mesa de café.

– Tudo bem – murmurei –, vou comprar um vestido novo.

– E vai mudar o penteado. Porque esse aí não te ajuda em nada.

– Acho que ele tem razão – Sofia arriscou dizer antes que eu pudesse responder. – Você usa o cabelo preso o tempo todo.

– Toda vez que corto meu cabelo, fica parecendo o capacete do Darth Vader.

Ignorando meus protestos, Steven se voltou para Sofia.

– Ligue para o Salon One e peça que encaixem Avery em algum horário. Se criarem dificuldades, lembre-os de que nos devem um favor depois que conseguimos um bufê de última hora para o casamento da proprietária de lá. Ligue também para o oftalmologista da Avery para arrumar lentes de contato.

– Sem chance – exclamei. – Nada de lentes. Tenho dificuldade para tocar meus globos oculares.

– Essa é a menor das suas preocupações. – Steven encontrou suas chaves. – Vamos.

– Espere! – Sofia exclamou, tirando de uma gaveta algo que correu para entregar para Steven. – Caso vocês precisem de um reforço – ela disse.

– É o cartão de crédito da empresa? – perguntei, indignada. – Ele só deve ser usado em casos de emergência.

Steven me avaliou com o olhar.

– É esse o caso.

Depois que peguei minha bolsa, com Steven me empurrando em direção à porta, Sofia disse às nossas costas:

– Não deixe que ele entre no provador, Avery. Lembre-se, ele não é gay.

Eu detestava experimentar roupa, detestava. *Detestava.*

Mais do que qualquer coisa, odiava os provadores das lojas de roupas. Os três espelhos que evidenciavam cada pequeno defeito, cada quilinho indesejado. A luz fluorescente que me dava o aspecto de um chupa-cabra. O modo como a vendedora perguntou "Está tudo bem com você?" bem no momento em que eu me enrolava num vestido transformado em uma camisa de força.

Quando experimentar roupas era inevitável, os provadores da Neiman Marcus estavam um nível acima de todos os outros. No entanto, do meu ponto de vista, decidir qual era meu provador de roupas favorito tinha tanto apelo quanto escolher meu modo favorito de ser morta.

O provador da Neiman Marcus era espaçoso e lindamente decorado, com colunas acesas ao lado dos espelhos de corpo inteiro e luz no teto com intensidade regulável.

– Pare – Steven disse, carregando meia-dúzia de vestidos que tinha puxado das araras enquanto caminhávamos em meio às roupas de grife.

– Parar o quê? – Levei para o provador dois vestidos pretos que eu tinha pegado, apesar das objeções de Steven.

– Pare com essa expressão de filhotinho de cachorro em feira de adoção – ele disse.

– Não consigo evitar. O espelho de frente para o pedestal faz com que eu me sinta ameaçada e deprimida, e ainda nem experimentei nada.

Steven pegou algumas peças com uma vendedora prestativa, fechou a porta e pendurou tudo nos cabides.

– A pessoa no espelho não é sua inimiga.

– Não, o inimigo no momento é você.

Steven sorriu.

– Comece a provar os vestidos. – Ele disse, pegando os vestidos que eu tinha escolhido e se virando para sair.

– Por que está levando esses embora?

– Porque você não vai usar preto na festa da Hollis Warner.

– Preto emagrece. É a cor do poder.

– Em Nova York. Em Houston, cor é a cor do poder. – Ele fechou a porta depois que saiu.

A vendedora trouxe um sutiã tipo corpete e um par de sapatos de salto alto, depois me deixou à vontade. Eu me despi o mais longe possível do espelho triplo, vesti o sutiã, fechei a presilha e o coloquei no lugar. Essa peça, com seus arames e costuras em ângulo, colocavam meus seios em grande evidência.

Peguei o primeiro vestido do cabide. Era amarelo-canário com o corpete bordado e uma saia de cetim *stretch*.

– Amarelo, Steven? Por favor.

– Qualquer mulher pode usar amarelo, se for o tom certo para a cor de sua pele – ele disse do outro lado da porta.

Lutei para entrar no vestido e estiquei as mãos para o zíper nas costas. Mas ele não quis se mover.

– Entre, preciso de ajuda com o zíper.

Steven entrou no provador e me avaliou com o olhar.

– Nada mau. – Parado atrás de mim, ele teve dificuldade para fechar as costas do vestido.

Andando em direção ao espelho, esforçava-me para respirar.

– Apertado demais – O desânimo me pegou quando vi as costuras esticadas e distorcidas. – Você pega um tamanho maior?

Steven pegou a etiqueta, pendurada em uma das mangas, e franziu a testa ao conferi-la.

– Este é o maior tamanho desse vestido.

– Estou indo embora – eu o informei.

Steven abriu o zíper para mim.

– Não vamos desistir.

– Vamos sim. Vou usar o vestido que já tenho.

– Não tem mais.

– Como assim, "não tem mais"?

– Logo depois que nós saímos, enviei uma mensagem para a Sofia dizendo para ela se livrar daquilo enquanto estamos fora. Você está num caminho sem volta.

Fiz uma careta de ódio.

– Vou te matar com um dos saltos-agulha. E vou matar a Sofia com o outro.

– Experimente outro vestido.

Ele saiu do provador enquanto eu soltava fogo pelas ventas e pegava um vestido longo de seda azul-claro com uma sobreposição de organza bordada em prateado. A peça, com decote V, não tinha mangas. Para meu alívio, ela deslizou com facilidade pelos meus quadris.

– Sempre quis perguntar uma coisa – eu disse. – A Sofia experimentou mesmo roupas na sua frente?

– Sim – Steven respondeu do lado de fora. – Mas ela estava de lingerie, não nua. – Depois de uma pausa, ele acrescentou, em tom nostálgico: – Um conjunto. De renda preta.

– Você está interessado nela? – perguntei, passando as mãos pelos buracos das mangas e colocando o vestido no lugar. – Deixa pra lá, eu sei que está – completei, diante do silêncio dele. – E é recíproco.

– Isso é opinião sua ou fato confirmado? – ele perguntou, num tom muito menos despreocupado.

– Opinião.

– Mesmo que eu estivesse interessado nela, nunca misturo trabalho com minha vida pessoal.

– Mas se você...

– Não vou falar da Sofia com você. Terminou?

– Sim, acho que este até que serve. – Eu me contorci para puxar o zíper. – Pode entrar.

Steven entrou no provador e me deu um olhar de aprovação.

– Esse funciona.

O peso do bordado em padrão geométrico dava um caimento agradável ao vestido. Precisava admitir que o corte império adaptado daquela peça favorecia minhas curvas, com a saia evasê equilibrando minhas proporções.

– Vamos pedir para cortá-lo na altura do joelho – Steven disse, muito seguro. – Pernas como as suas precisam ser exibidas.

– É um belo vestido – eu admiti. – Mas a cor é muito brilhante. Compete com o meu cabelo.

– Ele fica perfeito com o seu cabelo.

– Não tem a minha cara. – Eu me virei e olhei para ele me desculpando. – Não fico à vontade em algo que me deixa tão...

– Confiante? Sexy? Num vestido que faz as pessoas olharem para você? Avery... nada de interessante acontece com as pessoas que ficam o tempo todo em sua zona de conforto.

– Por já ter saído da minha zona de conforto no passado, posso dizer com segurança que é uma experiência superestimada.

– Ainda assim... você nunca vai conseguir o que deseja se recusar-se a mudar. E não estamos falando de grandes mudanças. São roupas, Avery. É o mínimo.

– Então por que está criando tanto caso com isso?

– Porque me cansei de ver você vestida como uma vovó viking. Todo mundo cansou. Você é a última pessoa do planeta que deveria esconder o corpo. Vamos comprar um belo vestido para você, e, quem sabe, jeans de grife e algumas blusas. E uma jaqueta...

De um instante para outro, Steven pediu ajuda para duas vendedoras, que começaram a encher os cabides do provador com um arco-íris de roupas. Elas e Steven me disseram que eu vinha comprando tamanhos maiores do que precisava, com cortes que eram o oposto do que alguém com meu formato de corpo deveria usar. Quando saímos da Neiman Marcus, eu tinha comprado o vestido azul, uma blusa estampada, duas camisetas de seda mista, jeans de grife, um par de calças pretas *skinny*, shorts de seda, uma jaqueta de couro roxa, um cardigã cor de pêssego, um terninho branco e quatro pares de sapato. As roupas eram modernas e simples, com um corte que marcava a cintura.

Exceto pelo pagamento de entrada da minha casa em Montrose, nunca na vida tinha gastado tanto dinheiro de uma vez só.

– Seu novo guarda-roupa é um estouro – Steven me disse enquanto saíamos da loja com as mãos cheias de sacolas.

– Meu cartão de crédito também.

Ele verificou as mensagens no celular.

– Agora nós vamos ao oftalmologista. Depois, ao salão de beleza.

– Só por curiosidade, Steven... tem alguma coisa do meu estilo pessoal que você *goste*?

– As sobrancelhas não são ruins. E você tem dentes bons. – Enquanto nos afastávamos de carro da Galleria, Steven me perguntou, como quem não quer nada: – Algum dia você vai me contar o que aconteceu com Joe Travis no casamento Kendrick?

– Não aconteceu nada.

– Se isso fosse verdade, você teria me dito logo. Mas não me disse nada durante uma semana e meia, o que significa que algo aconteceu.

– Tudo bem – admiti. – Tem razão. Mas não quero falar disso.

– Está bem. – Steven encontrou uma estação de rock suave no rádio e ajustou o volume do som.

Depois de alguns minutos, eu explodi.

– Eu transei com ele.
– Vocês usaram proteção?
– Usamos.
– Foi bom para você?
Após um momento de constrangimento, eu admiti.
– Foi.
Steven tirou a mão do volante para me cumprimentar .
– Uau – eu murmurei, retribuindo o cumprimento. – Nenhum sermão sobre sexo casual?
– Claro que não. Desde que se use camisinha, não há nada de errado com prazer sem compromisso. Dito isso, não aconselho usar alguém como "pau amigo". Um dos dois sempre começa a ter sentimentos. Expectativas. No fim, alguém acaba se machucando. Então, depois da noite de sexo casual, é melhor cortar o envolvimento.
– E se a outra pessoa pedir para ver você de novo?
– Não sou um oráculo.
– Você sabe dessas coisas – insisti. – Diga-me, existe alguma chance de relacionamento depois de uma noite de sexo casual?
Steven me deu um olhar oblíquo.
– Na maioria das vezes, uma noite de sexo casual significa que vocês dois decidiram, a princípio, que a coisa não ficaria séria.

Eram 21 horas quando Steven finalmente me deixou em casa. A cabeleireira do Salon One trabalhou com dedicação no meu cabelo durante três horas, submetendo-o a um tratamento com produtos relaxantes, cremes e sérum, aquecendo-o e secando-o entre cada etapa. Em seguida, ela cortou vinte centímetros, deixando-me com um penteado que caía nos ombros em ondas sedosas e soltas. A manicure do salão pintou as unhas dos meus pés e mãos com um esmalte um cinza-acastanhado claro, e enquanto ele secava, a esteticista me mostrou como usar maquiagem. Então comprei um pequeno estojo de maquiagem que me custou o mesmo que a parcela mensal do financiamento do meu carro.

No fim, minha visita ao salão de beleza valeu cada centavo. Steven, que decidiu fazer uma máscara rejuvenescedora facial durante a última hora do meu tratamento, reapareceu quando minha maquiagem estava concluída. A reação dele foi impagável. Ele ficou de boca aberta e soltou uma gargalhada incrédula.

– Meu Deus. Quem diabos é você?

Revirei os olhos e corei, mas Steven continuou, dando uma volta inteira ao meu redor, depois me puxando para um raro abraço.

– Você é linda – ele murmurou. – Agora *aceite* isso.

Mais tarde, quando entramos no galpão com uma infinidade de sacolas, Sofia desceu do seu quarto, que ficava no terceiro andar. Já estava de pijama e pantufas, o cabelo preso num rabo de cavalo alto. Ela me deu um olhar de dúvida e balançou a cabeça, como se não pudesse acreditar nos em seus próprios olhos.

– Estamos falidas – eu a informei com um sorriso constrangido. – Gastei todo o nosso dinheiro com cabelo e roupas.

Fiquei consternada ao ver os olhos da minha irmã se encherem de lágrimas. Explodindo num fluxo de palavras em espanhol, ela me abraçou tão apertado que eu mal conseguia respirar.

– Está muito ruim? – eu perguntei.

Ela começou a rir em meio às lágrimas.

– Não, não. Você está *linda*, Avery...

Por algum motivo, no meio da confusão de abraços e alegria, Sofia acabou beijando Steven no rosto.

Ele congelou diante do gesto inocente, encarando-a com uma expressão estranha, perplexa. Isso durou apenas um segundo, antes de seu rosto assumir uma expressão cuidadosamente neutra. Sofia não pareceu perceber.

Se eu tinha alguma dúvida a respeito de Steven sentir algo pela minha irmã, soube naquele momento o que um oráculo teria dito: "Os sinais indicam que sim".

······················ Capítulo sete ·················

A noite do leilão de arte de Hollis Warner estava quente e úmida, o ar pungente com cheiro de arbusto-de-cera e verbena. Parei o carro junto ao serviço de valet perto de uma área cheia de veículos de luxo estacionados, e um manobrista uniformizado me ajudou a sair do carro. Estava com o vestido azul com bordados, cuja barra encurtada oscilava à altura dos meus joelhos. Graças à ajuda de Sofia com o cabelo e a maquiagem, nesta noite eu sabia que minha aparência nunca tinha estado melhor.

Jazz ao vivo se espalhava pelo ar como fumaça quando entrei na mansão Warner, construída em estilo colonial sulista num lote de dez mil metros quadrados em River Oaks. A casa era uma das residências originais desse bairro elegante, que surgiu na década de 1920. Hollis tinha praticamente dobrado o tamanho dessa edificação histórica ao acrescentar um anexo moderno, de vidro, nos fundos, criando uma combinação chamativa, mas chocante. O contorno de uma tenda branca imensa se erguia por trás do telhado da casa.

Uma corrente de ar frio me envolveu quando entrei no saguão espaçoso com piso de tacos antigos. A mansão já estava lotada, embora a noite tivesse acabado de começar. Recepcionistas distribuíam catálogos das peças de arte que seriam leiloadas mais tarde naquela noite.

– O jantar e o leilão serão na tenda – uma das recepcionistas me disse –, mas agora a casa está aberta para a exibição das obras de arte. O catálogo descreve os itens e mostra onde estão localizados.

– Avery! – Hollis apareceu num vestido de *chiffon* rosa justo no corpo, a saia composta por um redemoinho de penas de avestruz rosa-claro. O marido dela, David, um homem esguio e atraente com cabelo grisalho, a acompanhava. Beijando o ar perto da minha bochecha, Hollis transbordava entusiasmo.

– Vamos nos divertir tanto esta noite! Meu Deus, você está deslumbrante! – Ela virou os olhos para o marido. – Querido, diga para Avery o que acabou de me dizer quando a viu.

Ele lhe obedeceu sem hesitar.

– Eu disse: "Aquela garota ruiva de vestido azul é a prova de que Deus é homem".

Eu sorri.

– Obrigada por me convidar. Que casa incrível vocês têm.

– Vou lhe mostrar o anexo novo – Hollis começou. – Todo de vidro e granito. Demorou eras para ficar do jeito que eu queria, mas David me apoiou o tempo todo. – Ela apertou o braço do marido e se derreteu para ele.

– Hollis adora receber pessoas mais do que qualquer um que irá conhecer na vida – David Warner afirmou. – Ela levanta dinheiro para todo tipo de beneficência. Uma mulher como esta merece ter a casa que quiser.

– Querido – Hollis murmurou –, foi a Avery que fez o casamento da filha de Judy e Ray. Vou apresentá-la ao Ryan esta noite, para que ela possa ajudar nas coisas entre ele e Bethany.

– Fico feliz em saber – David me olhou com interesse renovado. – Foi um arrasta-pé e tanto, o casamento da menina Kendrick. Muita diversão. Não seria nada mau fazermos algo assim por Bethany.

Eu só não tinha entendido muito bem o que Hollis quis dizer com a frase *ajudar nas coisas entre ele e Bethany*.

– O pedido oficial já foi feito? – perguntei.

– Não. Ryan está tentando pensar num modo especial de pedir a mão dela. Disse a ele que você viria esta noite para dar algumas ideias.

– O que eu puder fazer para ajudar...

– Não poderíamos pensar em um rapaz melhor para Bethany – Hollis disse. – Ryan é arquiteto e muito inteligente. A família dele, os Chase, são íntimos dos Travis. A mãe de Ryan morreu cedo, uma infelicidade, mas o tio dele, Churchill, cuidou da família e garantiu que as crianças estudassem. E quando Churchill faleceu, os Chase estavam no testamento. – Hollis me deu um olhar significativo ao continuar. – Ryan poderia viver só dos juros do fundo de investimento que herdou, sem nunca ter que trabalhar na vida. – Ela agarrou meu pulso, seus múltiplos anéis tilintando. – David, vou mostrar a casa para a Avery. Você consegue aguentar sem mim por alguns minutos, não consegue?

– Vou tentar – o marido disse, e ela piscou para ele antes de me arrastar.

Hollis conversava com a facilidade de uma anfitriã talentosa enquanto me conduzia pela casa em direção ao anexo moderno. Parou para me mostrar algumas das pinturas do leilão expostas pela casa, cada lote numerado e acompanhado de informações a respeito do artista. No meio do caminho, Hollis enviou uma mensagem dizendo a Ryan que nos encontrasse no que ela chamou de Sala do Céu.

– Ele vai escapar da Bethany por alguns minutos. – Hollis explicou. – Para poder conversar com você sem ela. Ele quer que o pedido seja uma surpresa, claro.

– Se ele fosse ao nosso escritório em Montrose – eu disse –, poderíamos conversar lá. Seria mais fácil e mais reservado.

– Não, é melhor resolver o assunto esta noite – Hollis disse. – Do contrário, Ryan vai ficar enrolando. Você sabe como os homens são.

Dei um sorriso evasivo, na esperança de que Hollis não estivesse tentando forçar Ryan a fazer o pedido.

– Ele e Bethany estão namorando há muito tempo? – perguntei quando entramos no elevador com paredes de vidro.

– Dois ou três meses. A gente sabe quando conhece o homem certo. David me pediu em casamento só duas semanas depois que nos conhecemos, e olhe para nós agora, 25 anos depois.

No elevador, subimos até o terceiro andar, de onde se tinha uma vista perfeita da tenda nos fundos. Ela estava ligada à casa por um tapete de flores dispostas em padrões geométricos.

– Esta é minha Sala do Céu – Hollis disse com orgulho, mostrando-me um ambiente espetacular, com paredes de vidro emolduradas por caixilhos de aço e um teto segmentado de vidro. Em vários lugares da sala, esculturas elevavam-se em pedestais de acrílico. O próprio chão era de vidro transparente com uns poucos apoios visíveis. Uma piscina de azulejos ao ar livre brilhava três andares abaixo de nós.

– Não é fabuloso? Venha, vou lhe mostrar uma das minhas esculturas favoritas.

Hesitei, olhando preocupada para o chão. Embora jamais tivesse me imaginado com medo de altura, não gostei daquilo. O vidro não parecia forte o bastante para aguentar meu peso.

– Oh, não existe coisa mais segura – Hollis disse ao ver minha expressão. – Você logo se acostuma. – Os saltos dela estalaram como gelo em um coquetel enquanto andava pela sala. – Isto é o mais perto de andar no céu que você vai chegar.

Como não tinha nenhuma vontade de andar no céu, essa afirmação não foi exatamente motivadora. Cheguei ao limite do vidro e meus pés pararam, os dedos se curvando dentro do sapato. Cada célula do meu corpo receava que caminhar sobre aquele chão de vidro transparente resultaria em morte súbita e infame.

Forçando-me a não olhar para a piscina cintilante lá embaixo, arrisquei-me na superfície lisa.

– O que você acha? – ouvi Hollis perguntar.

– Fantástico – consegui responder. Sentia o corpo todo latejar, e não de um modo alegre, empolgado, mas de um jeito prestes a surtar. Suor se acumulava embaixo do meu sutiã.

– Esta é uma das minhas peças favoritas – Hollis disse, levando-me até uma escultura num pedestal. – Apenas 10 mil. Que barganha!

Eu me vi encarando uma cabeça moldada em poliuretano dividida ao meio. Um amontoado de objetos diversos – coisas como um prato quebrado, uma bola de plástico, uma capa de celular – tinha sido encaixado entre as duas partes.

– Não sei bem como interpretar esculturas pós-modernas – admiti.

– Este artista pega objetos comuns e transforma seu contexto... – Hollis foi obrigada a parar de falar quando seu telefone vibrou. – preciso ver isto. Lendo a mensagem, soltou um suspiro exasperado. – Não posso sumir por dez minutos sem que alguém precise de mim para alguma coisa. É para isso que contratei minha secretária. Ela tem um cabelo lindo, mas não há muita coisa por baixo dele.

– Se precisa cuidar de alguma coisa, por favor, fique à vontade – eu disse, sentindo alívio por dentro diante da possibilidade de fugir da Sala do Céu. – Não se preocupe comigo.

Hollis tocou no meu braço, seus anéis estalando como castanholas.

– Vou encontrar alguém para lhe apresentar. Não posso sair correndo e te deixar sozinha aqui.

– Está tudo bem, Hollis, sério...

Ela me puxou mais para dentro da sala traiçoeira. Passamos por um trio de mulheres que conversavam e riam, e por um casal de idosos que examinavam uma escultura. Hollis me arrastou em direção ao fotógrafo que estava num canto fotografando o casal.

– Ei, lambe-lambe – ela chamou, brincalhona. – Veja quem está comigo.

– Hollis! – eu protestei, tímida.

Antes mesmo que o homem baixasse a câmera, eu já sabia quem era. Meu corpo todo sabia. Senti a presença dele instantaneamente, antes mesmo de encarar aqueles olhos que tinham me assombrado todas as noites desde que nos conhecemos. Só que nesta noite, eles estavam duros como ônix.

– Oi, Joe – consegui sussurrar.

Capítulo oito

– Joe está nos fazendo um favor, tirando algumas fotos para o site – Hollis disse.

Ele colocou a câmera junto à escultura, seu olhar me penetrando como um alfinete.

– Avery. É bom ver você de novo.

– Você se incomoda em fazer companhia para a Avery enquanto ela espera seu primo Ryan? – Hollis perguntou.

– É uma honra – Joe disse.

– Não é necessário... – comecei, constrangida, mas Hollis já tinha desaparecido num redemoinho de penas de avestruz.

Silêncio.

Não imaginava que seria assim tão difícil encarar Joe. As lembranças de tudo que tínhamos feito nos envolviam como faíscas no ar.

– Não sabia que você viria – consegui dizer. Inspirando fundo, consegui falar, lentamente: – Eu não soube lidar bem com isso.

O rosto dele permaneceu impenetrável.

– Não, não soube.

– Me desculpe... – Eu me interrompi, tendo cometido o erro de baixar demais o olhar. A breve observação do chão de vidro me deu uma sensação bizarra de vertigem, como se toda a casa tivesse começado a rodar de lado.

– Se você não quer me ver de novo – Joe começou –, a decisão é sua. Mas pelo menos gostaria de saber...

– *Jesus*. – A sala não parava de se mover. Eu balancei e estiquei a mão para agarrar a manga do paletó dele, numa tentativa desesperada de me firmar. Minha bolsa caiu no chão. Fiz a besteira de olhar para ela e cambaleei de novo.

Por reflexo, Joe me segurou.

– Você está bem? – ouvi-o perguntar.

– Estou. Não... – Agarrei-me um dos pulsos dele.

– Bebeu demais?

Era como estar no convés de um navio no mar revolto.

– Não, nada disso... o chão está me dando vertigem. Merda, *merda*...

– Olhe para mim. – Joe agarrou meu pulso e pegou meu outro braço. Encarei o borrão escuro que era o rosto dele até meus olhos readquirirem foco. A firmeza de seus braços foi a única coisa que não permitiu que eu caísse. – Pode se apoiar em mim – ele disse.

Uma sensação de náusea tirou a cor da minha pele. Gotas de suor frio surgiram na minha testa.

– O chão faz isso com pelo menos metade das pessoas que tentam andar nesta sala – Joe continuou. – O efeito da água lá embaixo mexe com a sensação de equilíbrio. Respire fundo.

– Não queria entrar aqui – disse, desesperada. – Só entrei porque Hollis insistiu, e estou fazendo o possível para consegui-la como cliente.

O suor iria estragar minha maquiagem. E eu derreteria como um giz na chuva.

– Ajudaria saber que o chão é feito de camadas de vidro estrutural de segurança com pelo menos cinco centímetros de espessura?

– Não – foi minha resposta confusa.

Ele torceu o canto da boca e sua expressão amoleceu. Com cuidado, ele soltou um dos meus braços e me pegou pela mão.

– Feche os olhos e só me acompanhe.

Apertei a mão dele e tentei acompanhá-lo enquanto ele andava para frente. Depois de alguns passos, tropecei, o pânico começando a tomar conta do meu corpo. O braço dele me envolveu no mesmo instante, puxando-me contra ele, mas a sensação de vertigem persistiu.

– Oh, Deus – eu disse, atordoada. – Não tem como eu sair de cima deste chão idiota sem cair.

– Não vou deixar que você caia.

– Meu estômago está ficando embrulhado...

– Calma. Fique parada e mantenha os olhos fechados. – Mantendo o braço ao meu redor, Joe enfiou a mão no bolso do paletó e pegou um lenço. Senti o tecido dobrado sendo encostado delicadamente na minha testa e em meu rosto, absorvendo a película de suor que havia se formado. – Você está um pouco agitada, só isso – ele murmurou. – Vai se sentir melhor quando sua pressão sanguínea diminuir. Respire. – Afastando uma mecha de cabelo do meu rosto, ele continuou me segurando. – Está tudo bem – A voz dele estava baixa. – Não vou deixar nada acontecer com você.

Sentindo a firmeza dele, sua força ao meu redor, comecei a relaxar. Uma das minhas mãos estava apoiada em seu peito, acompanhando o ritmo estável de sua respiração.

– Você está linda nesse vestido – Joe falou baixo. Ele passou a mão com delicadeza pelas camadas do meu cabelo. – Gostei disto.

Mantive os olhos fechados, lembrando do modo como ele agarrou meu cabelo naquela noite, segurando minha cabeça para trás enquanto beijava meu pescoço...

Senti o movimento do braço dele quando Joe gesticulou para alguém.

– O que você está fazendo?

– Meu irmão Jack e sua esposa acabaram de sair do elevador.

– Não chame os dois – implorei.

– Hannah só irá demonstrar compaixão por você. Ela ficou presa neste piso quando estava grávida, e Jack acabou tendo que carregá-la para fora.

Uma voz afável entrou na conversa.

– Ei, mano. O que está acontecendo?

– Minha amiga está sentindo vertigem.

Abri os olhos com cuidado. Era óbvio que o homem impressionante ao lado de Joe vinha da mesma fonte genética divina dos Travis. Cabelo castanho, carisma de alfa, sorriso sedutor.

– Jack Travis – ele disse. – Prazer em conhecê-la.

Comecei a me virar para apertar a mão dele, mas Joe firmou os braços.

– Não, fique parada – ele murmurou. – Ela está tentando recuperar o equilíbrio.

– Merda de chão de vidro – Jack disse, contrariado. – Disse para a Hollis acrescentar uma camada de vidro inteligente, porque assim ela poderia deixar a coisa toda opaca só apertando um interruptor. As pessoas deveriam me escutar.

– *Eu* escuto você – uma mulher disse, aproximando-se a passos curtos e sofridos.

– É – Jack respondeu –, mas só para poder discutir. – Ele sorriu para a mulher e passou o braço ao redor dos ombros dela. A moça era esguia e bonita, com o cabelo loiro à altura do maxilar, os olhos azul-denim por trás de delicados óculos de gatinho. – O que está fazendo vindo até aqui na ponta dos pés? – Jack lhe perguntou em tom de bronca gentil. – Vai empacar de novo.

– Agora que não estou grávida, eu consigo – ela respondeu para ele. – E queria conhecer a amiga do Joe. – disse, sorrindo para mim. – Meu nome é Hannah Travis.

– Esta é a Avery – Joe disse. – Vamos deixar o resto das apresentações para lá. O chão a está deixando tonta.

Ela me deu um olhar de compaixão.

– Aconteceu a mesma coisa comigo na primeira vez que andei neste chão. Um chão transparente é uma ideia ridícula. Você percebe que qualquer um na piscina pode olhar por baixo das nossas saias?

Não pude evitar de olhar para baixo de novo, por reflexo, e a sala pareceu girar de novo.

– Ei, você – Joe me firmou no mesmo instante. – Avery, *não* olhe mais para baixo. Hannah...

– Desculpe, desculpe. Vou ficar quieta.

– Posso ajudar em alguma coisa? – Jack perguntou, sua voz embargada por uma risada.

– Pode. Está vendo aquele tapete pendurado na parede ali adiante? Pegue-o. Vamos colocá-lo no chão como uma ponte. Vai ser uma referência visual fixa para Avery.

– Não vai cobrir o caminho todo – Jack observou.

– Vai chegar bem perto.

Olhei para o tapete pendurado na parede oposta. O artista tinha aplicado dezenas de faixas coloridas de fita adesiva na superfície de um tapete persa antigo, depois fundindo as fitas ao tecido.

– Não pode – eu disse. – É um item do leilão.

– É um tapete – Joe respondeu. – O lugar dele é no chão.

– Era um tapete antes – eu insisti. – Agora é arte.

– Eu estava pensando em comprá-lo – Hannah disse. – A escolha dos materiais representa uma fusão do passado com o futuro.

Jack sorriu para a esposa.

– Hannah, você é a única aqui que se deu ao trabalho de ler o catálogo. Você sabe que eu poderia colar umas fitas num tapete e deixá-lo igualzinho àquele.

– Sim, mas seu tapete não valeria um centavo.

– Por que não? – Ele apertou os olhos.

Os dedos de Hannah brincaram com a lapela do paletó do marido.

– Porque, Jack Travis, você não tem cabeça de artista.

Ele baixou o rosto até o nariz quase tocar o da sua esposa.

– Que bom que você casou comigo pelo meu corpo – ele disse, num murmúrio sexy.

Joe revirou os olhos.

– Deem um tempo, vocês dois. Jack, vá pegar a droga do tapete.

– Espere – eu disse, afoita. – Vou tentar andar de novo. Esperem, por favor.

Joe não se deu ao trabalho de esconder o ceticismo.

– Acha que consegue?

Eu me sentia mais firme depois que meu batimento cardíaco voltou ao normal.

– Acho que vou ficar bem se não olhar para baixo.

Joe me avaliou com o olhar, enquanto suas pernas apoiavam as minhas e ele me segurava pela cintura.

– Tire os sapatos.

Senti meu rosto ficar vermelho. Agarrada nele, tirei os sapatos dos pés.

– Eu pego – Jack disse, recolhendo os sapatos e a bolsa.

– Feche os olhos – Joe insistiu. Depois que obedeci, ele passou um braço pelas minhas costas. – Confie em mim – ele murmurou. – E continue respirando.

Obedeci à pressão de suas mãos, deixando que ele me guiasse.

– Por que você vai falar com o Ryan? – Joe perguntou enquanto me conduzia para a frente.

– Hollis me disse que ele precisa de ajuda com ideias para pedir a mão de Bethany – respondi, grata pela distração.

– Por que ele precisa de ajuda com isso? Tudo que precisa é fazer a pergunta e dar um anel para ela.

– As pessoas transformaram o pedido em um evento. – Meus pés estavam suando. Torci para não estar deixando pegadas úmidas no vidro. – Levam a namorada a um passeio de balão de ar quente e fazem o pedido no ar, ou vão mergulhar e fazem o pedido embaixo d'água, e até mesmo organizam um *flash mob* para cantar e dançar.

– Isso é ridículo – Joe disse, curto e grosso.

– Ser romântico é ridículo?

– Não, transformar um momento íntimo num musical da Broadway é ridículo. – Nós paramos, e Joe me virou de frente para ele. – Pode abrir os olhos agora.

– Chegamos?

– Chegamos.

Quando vi que estávamos a salvo no chão de granito sólido, soltei um suspiro de alívio. Ao descobrir que meus dedos continuavam envolvendo o pulso dele, obriguei-me a largá-lo.

– Obrigada – eu sussurrei.

Ele me deu um olhar penetrante, e eu me encolhi por dentro ao compreender que, antes de a noite terminar, nós iríamos conversar.

– Vou pegar minha câmera – ele disse e voltou para a Sala do Céu.

– Aqui está – Jack disse, me entregando os sapatos e a bolsa.

– Obrigada. – Coloquei os sapatos no chão e os calcei. – Acho que posso classificar isso como meu primeiro colapso nervoso – disse, mortificada.

– Um pequeno colapso nervoso nunca fez mal a ninguém – Jack tentou me tranquilizar. – Eu os provocava em minha mãe o tempo todo.

– Você já me deu uns dois – Hannah disse.

– Você sabia no que estava se metendo ao se casar com um Travis.

– É, eu sabia. – ela sorriu e levantou as mãos para ajustar a gravata dele. – Depois de algo assim traumático – ela me disse, alegre –, você precisa se automedicar. Vamos sentar em algum canto e tomar uma bebida.

– Eu adoraria – falei para Hannah –, mas não posso. Tenho que esperar aqui pelo Ryan, primo de Joe.

– Você já o conhece?

– Não, e não faço ideia da aparência dele.

– Eu mostro quem é para você – ela disse. – Mas a semelhança com a família é inconfundível. O tamanho, o cabelo, a atitude.

Jack se inclinou para dar um beijo de leve nos lábios dela.

– É por isso que vocês gostam de nós – ele disse. – Quer que eu pegue champanhe para você?

– Quero, por favor.

Jack olhou para mim.

– Para você também, Avery.

Adoraria beber um pouco, mas neguei com a cabeça, relutante.

– Obrigada, mas é melhor me manter o mais focada possível.

Depois que ele se foi, Hannah voltou um olhar amistoso para mim.

– Há quanto tempo você e Joe se conhecem?

– Não nos conhecemos – eu me apressei em afirmar. – Quero dizer... nós nos conhecemos há alguns dias atrás, num casamento que eu planejei, mas nós não... você sabe...

– Ele está interessado em você – ela me disse. – Dá para saber só pelo jeito que ele te olha.

– Ando ocupada demais até para pensar em sair com alguém.

Ela me deu um olhar de simpatia.

– Avery, eu tenho uma coluna de aconselhamento pessoal. Escrevo sobre esse tipo de coisa o tempo todo. Ninguém é ocupado demais para ter um relacionamento. Katy Perry é ocupada, mas ela namora, certo? A-Rod é ocupado, mas ele arruma uma namorada nova por mês. Então imagino que tenha sofrido no seu último relacionamento. Perdeu a fé em toda a população masculina da nossa espécie.

Havia algo de tão vibrante e envolvente nela que não consegui deixar de sorrir.

– Resumindo, é isso.

– Então você precisa... – ela parou de falar quando Joe voltou com a câmera.

– Ryan está vindo para cá – ele disse. – Acabei de vê-lo saindo do elevador.

Um homem alto e bem vestido se aproximou de nós. Seu cabelo volumoso, de fios da cor de chocolate amargo, tinha sido cortado curto. Com as maçãs do rosto altas e olhos azul-gelo, ele era extraordinariamente atraente, mais sério e refinado que os irmãos Travis. Tinha um jeito contido, sem nada que lembrasse o charme envolvente ou o humor fácil dos Travis. De fato, ele passava a sensação de ser um homem relutante em baixar a guarda – se é que a baixava.

– Oi, Hannah – ele disse quando chegou até nós, inclinando-se para beijá-la no rosto. – Oi, Joe.

– Como estão as coisas, Rye? – Joe perguntou quando apertaram as mãos.

– Já estive melhor. – Ryan se voltou para mim, sua expressão era uma máscara de educação. – Você é a organizadora de casamentos?

– Avery Crosslin.

O aperto dele foi firme, mas cuidadoso, quando nos cumprimentamos.

– Vamos ter que ser rápidos – Ryan disse. – Só tenho alguns minutos antes de Bethany me encontrar.

– Claro. Gostaria de conversar em particular? Não conheço a casa...

– Não é preciso – Ryan disse. – Joe e Hannah são da família. – O olhar dele era frio. – O que Hollis lhe contou sobre a minha situação?

Respondi prontamente.

– Ela disse que você vai pedir a mão da filha dela, Bethany, e que queria conversar comigo sobre ideias para o pedido.

– Não preciso de ideias para o pedido – Ryan disse. – Hollis só falou isso porque está com medo que eu não vá em frente com o casamento. Ela e David estão tentando me pressionar.

– E por que isso? – Joe perguntou.

Ryan hesitou por um longo momento.

– Bethany está grávida – ele respondeu, por fim. A tensão abafada em sua resposta deixou claro que a novidade não era esperada nem bem-vinda.

Um silêncio pesado se impôs.

– Ela disse que quer ter o bebê – Ryan continuou. – E eu disse que vou ficar com ela, claro.

– Ryan – Hannah começou –, sei que você é tradicional com essas coisas. Mas se esse é o único motivo pelo qual vai pedir a mão de Bethany, o casamento não terá grandes chances de dar certo.

– Nós vamos fazer dar certo.

– Você pode fazer parte da vida do seu filho sem ter que se casar – eu arrisquei dizer.

– Não estou aqui para discutir os prós e contras; o casamento vai acontecer. Tudo que eu quero é poder dar minha opinião nisso tudo.

– Você vai querer participar do planejamento? – perguntei.

– Não, só quero estabelecer parâmetros razoáveis a serem seguidos. Do contrário, Hollis vai fazer com que noivos e padrinhos entrem montados em elefantes vestidos em cota de malha dourada. Ou coisa pior.

Fiquei preocupada com a ideia de planejar o casamento de um noivo relutante. Não parecia certo que ele e Bethany chegariam ao altar, mas mesmo que chegassem, era provável que o caminho fosse doloroso para todos os envolvidos.

– Ryan – eu disse –, em Houston existem diversos cerimonialistas experientes e bem estabelecidos que poderiam fazer um trabalho maravilhoso...

– São todos controlados pelos Warner. Já deixei claro para Hollis que não vou aceitar nenhum cerimonialista que já tenha trabalhado para ela no passado. Quero alguém que ela não conheça. Não me importa quão boa você seja, nem os tipos de flores que escolha, nem nada disso. Tudo que quero é que você seja capaz de enfrentar Hollis quando ela quiser assumir o controle.

– Claro que sou capaz – eu disse. – Sou uma controladora inata. E também sou muito boa no meu trabalho. Mas antes de falarmos mais sobre isso, por que não marcamos no meu escritório...

– Você está contratada – ele disse abruptamente.

Respondi com uma risada de susto.

– Imagino que primeiro você queira conversar a respeito com a Bethany.

Ryan balançou a cabeça.

– Vou impor como condição para o casamento que você seja contratada. Ela não vai negar.

– Normalmente nós começamos com uma visita à empresa. Olhamos um portfólio e discutimos ideias e possibilidades...

– Não quero estender isso mais do que o necessário. Já decidi dar o trabalho a você.

Antes que eu pudesse responder, Joe interveio com um brilho de divertimento nos olhos.

– Rye, acho que a questão não é se você quer contratar Avery. Acredito que ela esteja tentando avaliar se deseja você como cliente.

– E por que não iria querer? – O olhar perplexo de Ryan buscou o meu.

Enquanto eu tentava encontrar uma resposta diplomática, fomos interrompidos pela volta de Jack.

– Ei, Rye. – Ele tinha chegado com o champanhe de Hannah a tempo de ouvir o fim da conversa. – Para o que você está contratando Avery?

– Para planejar o meu casamento – Ryan respondeu. – Bethany está grávida.

Jack o encarou.

– Droga, cara – ele disse depois de um instante. – Existe proteção para isso.

Ryan apertou os olhos.

– Nenhum método é cem por cento seguro, exceto abstinência. Explique o significado para ele, Hannah. Deus sabe que ele nunca ouviu falar disso antes.

– Ela me conhece bem o bastante para não se perder seu tempo com isso – Jack respondeu, sorridente.

Refleti que por trás da atitude arrogante de Ryan, ele devia estar sentindo o mesmo que qualquer homem naquela situação: ansiedade, frustração e uma tremenda necessidade de assumir o controle sobre *algo*.

– Ryan – comecei, com delicadeza. – Compreendo sua vontade de começar a tomar decisões agora mesmo, mas não é assim que se escolhe um cerimonialista de casamento. Se está interessado em me contratar, venha até meu escritório quando puder, e vamos conversar. – Enquanto falava, pesquei um cartão de visitas na bolsa e o entreguei para ele.

Franzindo o cenho, Ryan guardou o cartão no bolso.

– Segunda-feira de manhã?

– Está ótimo para mim – respondi.

– Avery – Hannah começou –, pode me dar um cartão também? Preciso da sua ajuda.

Jack deu um olhar confuso para ela.

– Nós já somos casados.

– Não é para *isso*. É para o chá de bebê da Haven. – Hannah pegou o cartão que eu dei para ela e me encarou, suplicante. – Você é boa para salvar um desastre em andamento? Eu tinha que organizar o chá de bebê para minha cunhada, Haven, porque nossa outra cunhada está atolada com a inauguração de um salão de beleza – ela está começando a própria empresa – e eu sou uma procrastinadora horrível, de modo que fui adiando demais. E a Haven acabou de me dizer que ela prefere não ter um chá de bebê tradicional; ela gostaria que fosse apropriado para as famílias participarem. A coisa toda está pela metade, uma confusão.

– Quando vai ser? – perguntei.

– No próximo fim de semana – Hannah disse, envergonhada.

– Vou fazer o melhor que posso. Não prometo milagres, mas...

– Obrigada, que alívio! Qualquer coisa que possa fazer vai ser ótimo. Se você quiser...

– Espere um instante – Ryan a interrompeu. – Por que Hannah ganha um "sim" aqui mesmo e eu não?

– Ela precisa mais de ajuda – Joe respondeu, impassível. – Você já foi a alguma das festas da Hannah?

– Fique quieto. – Ela lhe deu um olhar de repreensão, embora sua expressão fosse de bom humor.

Joe sorriu para a cunhada antes de se voltar para Ryan.

– O que você acha de jogarmos no domingo? – ele disse.

– Parece legal. – Ryan fez uma pausa antes de perguntar, com um sorriso sutil: – Jack tem que ir junto dessa vez?

– Você deveria querer que eu fosse – Jack disse. – Sou o único que paga a porcaria da cerveja.

Joe me pegou pelo braço.

– Nós nos vemos daqui a pouco – ele disse, tranquilo. – Quero a opinião da Avery sobre algumas pinturas nas quais estou pensando em dar um lance.

Hannah piscou para mim enquanto Joe me conduzia para longe.

– Acha mesmo que seu primo vai em frente com isso? – perguntei a Joe em voz baixa. – Se ele tirar algum tempo para pensar bem...

– Rye não vai mudar de ideia – Joe disse. – O pai dele morreu quando ele tinha 10 anos. Acredite em mim, ele nunca deixaria um filho crescer sem pai.

Nós entramos no elevador.

– Mas não parece que ele considerou todas as opções.

– Não existem opções. Se eu estivesse no lugar dele, faria o mesmo.

– Você pediria em casamento uma mulher que engravidou por acidente, mesmo que não a amasse?

– É claro que pediria. Por que está tão surpresa?

– É só que... é uma ideia muito antiquada, só isso.

– É a coisa certa a ser feita.

– Não sei se concordo. As chances de divórcio são muito grandes quando um casamento começa dessa forma.

– Na minha família, se você engravida uma mulher, assume a responsabilidade.

– E quanto ao que Bethany quer?

– Ela quer se casar com um homem rico. E não é muito exigente, então desde que ele possa bancar o estilo de vida dela...

– Você não pode ter tanta certeza disso.

– Querida, todo mundo tem certeza disso. – Joe deu um olhar sombrio para o cenário do outro lado do elevador de vidro. – Ryan passou a maior parte da vida ralando, e quando finalmente decide dar um tempo e se divertir um pouco, fica com Bethany Warner. Uma garota festeira. Socialite profissional. Não se pode deixar ser pego por uma garota dessas. Não sei que merda ele tinha na cabeça.

A porta se abriu e nós estávamos no térreo de novo. Joe pegou minha mão livre e começou a me conduzir em meio à multidão.

– O que estamos fazendo? – perguntei.

– Estou procurando um lugar para conversarmos.

Meu rosto deve ter perdido a cor quando entendi sobre o que ele queria conversar.

– *Aqui? Agora?* Não há privacidade.

– Nós poderíamos ter tido muita privacidade – ele soou irônico. – Bastava você ter atendido seu telefone quando liguei.

Passamos de uma sala lotada para outra, parando de vez em quando para conversas curtas. Mesmo naquela reunião prestigiosa de gente ilustre, ficava evidente que Joe era especial. A combinação do nome dele com sua fortuna e aparência era tudo que um homem precisava para conquistar o mundo. Mas ele mudava habilmente a conversa, invertendo o interesse das pessoas para elas mesmas, como se fossem muito mais merecedoras de atenção.

Entramos, enfim, numa sala revestida com painéis de madeira escura, cheia de estantes de livros, com o teto artesoado baixo e o chão coberto por um tapete persa espesso. Joe fechou a porta, abafando o som de conversas, risos e música. Sua máscara social bem-educada desapareceu quando ele se virou para mim. No silêncio, meu coração ganhou impulso, disparando num galope desenfreado.

– Por que disse que não havia chance de nada entre nós? – ele perguntou.

– Não é óbvio?

Joe me deu um olhar ácido.

– Sou homem, Avery. Nada a respeito de relacionamentos é óbvio para mim.

Não importava como eu tentasse explicar, sabia que acabaria parecendo ter pena de mim mesma ou soando patética. *Não quero ser magoada do modo que você vai me magoar. Sei como essas coisas funcionam. Você quer sexo e diversão, e quando se entediar, vai seguir em frente, mas eu não vou conseguir, porque você terá destruído o que restava do meu coração.*

– Joe... aquela noite com você foi tudo que eu esperava, e foi maravilhosa. Mas eu... preciso de algo diferente. – Parei de falar, pensando num modo de me explicar.

Ele arregalou os olhos e disse meu nome num suspiro baixo. Confusa com a mudança na atitude dele, recuei por reflexo quando ele veio na minha direção. Um de seus braços me enlaçou, enquanto a outra mão subiu para tocar meu rosto.

– Avery, querida... – Havia uma rouquidão na voz dele, uma preocupação, algo... sexual. – Se não lhe dei o que você precisava... se não a satisfiz... tudo que precisava fazer era me dizer.

·············CAPÍTULO NOVE·············

Ao perceber que Joe tinha me entendido mal, gaguejei.

– Não, isso... não é... eu não quis dizer...

– Eu vou melhorar. – Ele acariciou meu rosto com o polegar, e sua boca roçou a minha com uma delicadeza erótica que me deixou ofegante. – Me dê outra noite com você. Pode me pedir qualquer coisa. Qualquer coisa. Vou fazer com que seja muito bom para você, querida... existem tantos modos... tudo que precisa fazer é vir para a cama comigo que eu cuidarei de você.

Atordoada, tentei explicar que ele tinha me entendido mal, mas quando abri a boca, Joe me beijou de novo e de novo, murmurando promessas sobre os prazeres que me daria e as coisas que faria por mim. Ele estava tão determinado, com tanto remorso... e, para meu constrangimento, achei sexy demais estar envolta por um homem grande e excitado que não parava de se desculpar e me beijar. Aos poucos, conseguir me soltar foi se tornando menos importante. A boca de Joe, sedosa e faminta, conquistou a minha, sugando toda a minha força. A química insana entre nós não parecia apenas boa, parecia necessária, como se eu precisasse dele para respirar, como se todo o meu corpo fosse parar de funcionar caso eu não continuasse a tocá-lo.

Ele desceu as mãos para prender meus quadris contra os dele, sua dureza agressiva encaixando-se numa dor luxuriante, íntima. Estremeci e comecei a respirar ofegantemente. Ao me lembrar de como tinha sido – o modo como ele tinha me preenchido –, fui dominada por um calor que me desorientou, e tudo que eu quis foi me jogar no chão com ele, para que Joe me possuísse ali mesmo. Dei boas-vindas à língua dele, abrindo-me para ela, e um grunhido ressoou na garganta dele. Sua mão deslizou para o meu seio.

Percebendo vagamente que a situação estava para fugir do controle, me debati e o empurrei até seus braços me soltarem. Ofegante, me vi livre deles. Quando ele tentou me pegar de novo, levantei a mão, os dedos trêmulos.

– Espere... espere... – Eu ofegava como se tivesse corrido cem metros rasos, e Joe também. Fui até uma grande poltrona estofada e me sentei no braço dela. Minhas pernas estavam trêmulas. Cada nervo meu protestava.

– Acho que não podemos conversar sem uma zona de segurança. Por favor, só... fique aí e me deixe dizer algumas coisas, tudo bem?

Enfiando as mãos nos bolsos, Joe concordou com a cabeça. Ele começou a andar lentamente de um lado para outro.

– Só para ficar claro – comecei, meu rosto latejando de calor –, eu fiquei mais do que satisfeita naquela noite. Você foi ótimo na cama, e tenho certeza de que um monte de mulheres já lhe disse isso. Mas eu quero um homem comum, alguém que me deixe segura, e você... você não é esse homem.

Joe parou de andar e me deu um olhar confuso.

Eu passei a língua pelos meus lábios secos e tentei pensar por cima do clamor do meu pulso.

– Entende? É como... muito tempo atrás, minha mãe queria uma bolsa Chanel de aniversário. Ela recortou uma foto da bolsa de uma revista e a colou na geladeira. E não parava de falar nisso. Meu padrasto a comprou para ela. Mamãe a deixou na prateleira mais alta do armário, dentro da capa protetora especial na qual ela veio. Mas nunca usou a bolsa. Alguns anos depois, eu perguntei para ela por que a bolsa estava sempre no armário, por que ela nunca a usava. Mamãe respondeu que a bolsa era boa demais para o dia a dia. Chique demais. Ela não queria andar com a Chanel por medo de que estragasse ou fosse roubada. Além disso, não combinava com as roupas dela. Não combinava com quem ela era. – Eu fiz uma pausa. – Você entende o que estou tentando dizer?

Joe balançou a cabeça, perplexo e aborrecido.

– Você é a bolsa Chanel – eu disse.

Sua expressão de desgosto aumentou.

– Vamos deixar as metáforas para lá, Avery. Principalmente aquelas em que eu fico num armário.

– Tudo bem, mas você entende o que eu...

– Eu quero uma razão verdadeira para você não querer sair comigo. Algo que eu possa entender. Tipo, você não gosta do meu cheiro, ou acha que sou um babaca?

Baixando os olhos e vendo o tecido da poltrona, tracei o padrão geométrico com a ponta da minha unha.

– Eu adoro o seu cheiro – eu disse. – E você não tem nada de babaca. Mas... é um pegador.

Uma pausa extremamente longa se passou antes que eu ouvisse a resposta atônita:

– Eu?!

Ergui a cabeça. Não esperava que ele parecesse tão espantado.

– De onde foi que tirou essa ideia? – ele perguntou.

– Eu *estive* com você, Joe. Sou testemunha viva das suas habilidades de sedução. A conversa, a dança, o modo como sabe se portar do jeito certo para eu me sentir à vontade com você. E quando estávamos na cama, você tinha um preservativo pronto, bem ali na mesa de cabeceira, para não interromper a ação. É óbvio que você tinha planejado cada passo de antemão.

Ele me deu um olhar ofendido, e a cor que lhe subiu ao rosto, misturada ao bronzeado, conferiu-lhe um tom rosado.

– Você está brava porque eu tinha um preservativo? Preferia ter feito sem?

– Não! É só que a coisa toda parecia tão... tão ensaiada. Tão tranquila. Uma coreografia que você aperfeiçoou.

– Existe uma diferença entre ter experiência e ser um pegador. – A voz dele estava baixa, mas agressiva. – Eu não fico pegando várias mulheres. Não tenho uma coreografia. E colocar minha carteira na mesa de cabeceira não me torna a porra de um Casanova.

– Você já esteve com muitas mulheres – eu insisti.

– Qual a sua definição de "muitas"? Existe um número que eu não deveria ter ultrapassado?

– Antes do fim de semana passado, você já tinha transado com uma mulher no dia em que a conheceu? – perguntei, incomodada pelo seu tom de escárnio.

– Uma vez. Na faculdade. As regras estavam claras de antemão. Por que isso importa?

– Estou tentando deixar claro que sexo não significa para você o mesmo que para mim. Essa foi a única vez que fiz sexo sem compromisso, para não dizer que foi a primeira vez que transei com alguém desde o Brian. Eu e você nunca saímos antes. Talvez não pense em si mesmo como um pegador, mas comparado com...

– Brian? – Ele me encarou, atento.

– Meu ex-noivo – eu disse apenas, arrependida pela minha incontinência verbal. – Eu estava noiva e nós terminamos. Isso não é importante. A questão é...

– Quando isso aconteceu?

– Não importa. – Fiquei tensa quando Joe começou a se aproximar.

– Quando? – ele insistiu.

– Um tempo atrás. – Levantei da poltrona onde havia me sentado e dei um passo para trás. – Joe, a zona de segurança...

– Quando foi a última vez que você transou com ele? Com alguém? – Ele me alcançou e segurou meus dois braços. Eu me encolhi e terminei encostada nas estantes de livros, encurralada pelo seu corpo.

– Me solte – eu disse, a voz fraca. Meu olhar ricocheteava enquanto eu tentava me voltar para qualquer outra coisa que não fosse ele. – Por favor.

Joe foi implacável.

– Um ano? – Pausa. – Dois? – Como permaneci em silêncio, ele acariciou meus braços, suas mãos quentes arrepiando minha pele. A voz dele ficou delicada. – Mais do que dois anos?

Nunca tinha me sentido mais vulnerável ou constrangida. Numa avalanche de insegurança e ingenuidade, tinha revelado demais sobre meu passado. Enquanto murchava sob o calor da revelação, ocorreu-me que talvez eu o tivesse julgado de modo diferente se fosse uma mulher emocionalmente mais segura.

Lancei um olhar ansioso para a porta, desesperada para ir embora.

– Nós temos que voltar à festa...

Joe me puxou contra ele. Debati-me, protestando, mas ele apertou os braços, dominando-me com facilidade.

– Eu entendo, agora – ouvi-o dizer depois de um instante. Embora eu quisesse perguntar o que, exatamente, ele pensava entender, só consegui ficar ali, parada, num tipo de transe. Um minuto se passou, depois outro. Comecei a dizer algo, mas ele me silenciou e continuou me segurando. Presa firmemente junto ao sobe e desce do peito dele, mergulhada no calor de seu corpo, eu me senti relaxando.

– Nós transamos cedo demais – ele disse, enfim. – Minha culpa.

– Não, não foi...

– Foi. Dava para ver que você não tinha muita experiência, mas estava querendo e... droga, estava gostoso demais para parar. Não quis te manipular. Eu...

– Não se desculpe por fazer sexo comigo!

– Calma. – Joe começou a alisar meu cabelo. – Não me arrependo de ter acontecido. Só que aconteceu cedo demais para você se sentir à vontade. – Ele baixou a cabeça e beijou a pele macia ao redor da minha orelha, fazendo com que eu estremecesse. – Não foi sem compromisso – ele murmurou. – Não da minha parte. Mas nunca teria deixado ir tão longe se soubesse que você ficaria assustada.

– Não fiquei assustada – eu disse, irritada com a sugestão de que eu estava me comportando como uma virgem aterrorizada.

– Acho que ficou. – A mão dele foi até a minha nuca, massageando com delicadeza aqueles músculos pequenos, transformando a dor em prazer. Fiz o possível para não arquear as costas e ronronar como uma gata.

Tentei mostrar mais indignação.

– E o que quer dizer com "dava para ver" que eu não tinha experiência? Eu fiz algo errado? Fui uma decepção? Será que eu...

– É – Joe disse. – É uma droga de decepção quando fico tão duro que vejo estrelas. Foi tão ruim que fiquei correndo atrás de você desde então. – Ele apoiou as mãos ao lado da minha cabeça, segurando na borda da prateleira.

– Agora já acabou – consegui dizer. – Acho que podemos atribuir o ocorrido a... a um momento espontâneo... – Eu terminei com um som incoerente quando ele se inclinou para beijar meu pescoço.

– Não pode ter acabado se nem começou – ele disse junto à minha pele. – Vou lhe dizer o que vai acontecer, garota dos olhos castanhos: você vai atender o telefone quando eu ligar. Existe muita coisa que não sabemos um do outro. – Ele encontrou o pulso no meu pescoço, e seus lábios se demoraram sobre o lugar. – Então nós vamos devagar. Vou te conhecer. Você vai me conhecer. E depois depende de você.

– Tarde demais – eu disse, com a respiração trêmula. – O sexo arruinou a parte do "vamos nos conhecer".

– Não arruinou. Só complicou um pouco.

Se eu concordasse em sair com ele de novo, estaria pedindo para ser magoada. *Implorando.*

– Joe, não acho que seja...

– Nada de tomar decisões agora – ele disse, erguendo a cabeça. – Vamos conversar depois. Por ora... – Ele recuou um passo e estendeu a mão. – Vamos voltar para a festa e jantar. Quero uma chance para provar que sei me comportar perto de você. – O olhar inflamado dele passeou por mim. – Mas juro, Avery Crosslin... você não facilita.

O jantar requintado teve seis pratos, com um dueto de violino e piano tocando ao fundo. A tenda estava decorada em preto e branco, com orquídeas brancas usadas nos arranjos de centro. Tudo compunha um cenário perfeito para um leilão de arte. Eu me sentei a uma mesa para dez com Joe, Jack, Hannah e alguns amigos deles.

Joe estava de bom humor, tranquilo, às vezes descansando o braço nas costas da minha cadeira. O grupo estava animado, conversando com a facilidade de quem se via com frequência, de quem sabia exatamente como manter a conversa fluindo. Com os irmãos Travis trocando gracejos e provocações bem-humoradas, ficava óbvio que um realmente gostava da companhia do outro.

Joe contou a respeito de uma viagem recente que tinha feito fotografando para uma seção de "coisas para se fazer antes de morrer" de uma revista Texana. A matéria relacionava atividades e lugares que nenhum texano podia deixar de conhecer. Entre eles, estava dançar no Billy Bob em Fort Worth, comer bife à milanesa com molho branco em um restaurante específico de San Antonio e visitar o túmulo de Buddy Holly em Lubbock. Hannah comentou que não tinha gostado do molho branco em seu bife frito. Nesse momento, Jack cobriu parte do rosto.

– Ela come o bife seco – ele confessou, como se fosse uma blasfêmia.

– Não é seco – Hannah protestou. – É frito. E se você quer saber, empanar e fritar em imersão um bife e depois afogá-lo em molho é a pior...

Com carinho, Jack pôs os dedos sobre a boca da esposa.

– Não em público – ele a advertiu. Quando sentiu o formato do sorriso dela, Jack tirou a mão e a beijou.

– Já comi bife frito no café da manhã – Joe disse. – Com dois ovos fritos como acompanhamento.

Jack deu um olhar de aprovação para o irmão.

– Aí está um homem de verdade – ele falou para Hannah.

– Aí está uma tragédia vascular esperando para acontecer – ela retrucou, fazendo o marido rir.

Mais tarde, enquanto eu e ela íamos ao banheiro, observei:

– Não falta testosterona naquela mesa.

– É o modo como foram criados – Hannah sorriu. – O irmão mais velho, Gage, é igualzinho. Mas não se preocupe; apesar de toda essa conversa, os homens Travis são bem esclarecidos. – Com um sorriso triste, ela acrescentou: – Para os padrões do Texas.

– Então Jack ajuda com as tarefas da casa e a trocar fraldas?

– Ah, com certeza. Mas existem algumas regras masculinas, do tipo abrir a porta para a mulher, ou puxar a cadeira, que nunca vão mudar. E como Joe está obviamente interessado em você, já vou lhe dizer: nem se preocupe em tentar dividir a conta quando ele a levar para jantar. É mais fácil ele fazer haraquiri com uma faca de churrasco.

– Não sei se vou sair com o Joe – eu disse, cautelosa. – É provável que seja melhor não sair.

– Espero que vocês se entendam. Ele é um cara ótimo.

Nós saímos da tenda e seguimos pelo caminho florido até a casa.

– Você diria que ele é um mulherengo? – perguntei. – Um destruidor de corações?

– Não diria dessa forma. – Depois de uma pausa, Hannah acrescentou, sincera: – As mulheres gostam do Joe, e ele gosta das mulheres, então... sim, houve uma ou duas que quiseram mais compromisso do que ele estava disposto a assumir. Vamos ser sinceras, muitas mulheres gostariam de agarrá-lo só pelo nome Travis.

– Eu não sou uma delas.

– E tenho certeza de que esse é um dos motivos pelos quais Joe gosta de você. – Nós paramos ao lado de uma escultura de aço de quase cinco metros de altura, feita de placas grossas com as bordas curvas e linhas orgânicas. Hannah baixou a voz. – Os Travis buscam a normalidade. Eles querem fazer parte do mundo real, viver como todo mundo, o que é praticamente impossível no nível deles. Acima de tudo, eles querem ser tratados como gente comum.

– Hannah... eles não são gente comum. Não importa o tanto de bife à milanesa que eles comam, eles não são. O dinheiro, o nome, a aparência... nada neles é normal, não importa que finjam o contrário.

– Eles não estão fingindo – ela disse, pensativa. – É mais como... um valor pelo qual eles orientam a vida. Tentando apagar a distância entre eles e outras pessoas, controlar os egos e ser honestos consigo mesmos. – Ela deu de ombros e sorriu. – Acho que eles merecem um pouco de crédito pelo esforço... você não acha?

······················ CAPÍTULO DEZ ····················

Às 9 horas da manhã de segunda-feira, Ryan Chase apareceu na Crosslin Design de Eventos. Estava decidido a fazer o que fosse necessário para "resolver o problema" e seguir em frente. Exceto pelo fato de que um casamento não deveria ser um problema; deveria ser uma alegria. A união de duas pessoas que querem passar a vida juntas.

Por outro lado, àquela altura da minha carreira, tinha aprendido que alguns casamentos não seguiam o roteiro de contos de fadas. Então, o objetivo nesses casos é descobrir o que é possível. O que pode ser apropriado a um noivo que enxerga seu casamento como uma obrigação.

Recebi Ryan no escritório e o apresentei a Sofia, que seria a única outra pessoa presente na reunião. Eu tinha dito para todo mundo, incluindo Steven, para chegar só depois do meio-dia. Mostramos o espaço para Ryan, que pareceu agradavelmente surpreso com o que viu, observando com atenção as alterações que fizemos, a fileira de janelas industriais que preservamos.

– Gostei deste lugar – ele disse. – Pensei que tudo seria rosa.

Eu e Sofia rimos.

– Nós moramos aqui – eu disse –, então o lugar precisava ser confortável e não muito espalhafatoso. E às vezes planejamos outros eventos além de casamentos.

– Ficou interessante a preservação de alguns elementos industriais. – Ryan olhou para os canos expostos no teto. – Eu faço muitas reformas. Tribunais, teatros e museus antigos. Gosto de uma edificação com personalidade.

Sentamos no sofá azul, enquanto um monitor de vídeo exibia uma sequência de fotografias de casamentos que a empresa tinha planejado e coordenado.

– Ryan – comecei, cautelosa –, refleti bastante a respeito das suas circunstâncias. Todo casamento vem carregado de certa quantidade de estresse. Mas quando se acrescenta a gravidez de Bethany e o drama que Hollis projeta sobre tudo, vai ser...

– Um pesadelo? – ele sugeriu.

– Eu ia dizer "desafio" – falei, irônica. – Você já pensou em sugerir para Bethany que vocês "fujam" para se casar? Nós poderíamos providenciar algo simples e romântico, e acredito que seria muito mais tranquilo para vocês.

Sofia me olhou assustada. Sabia que ela estava se perguntando por que eu arriscaria a perda de uma imensa oportunidade para nossa empresa. Mas precisava sugerir a ideia da fuga, caso contrário não conseguiria me olhar no espelho.

– Não tem como a Bethany aceitar isso – ele afirmou, balançando a cabeça. – Ela me disse que sonhou a vida toda com um casamento enorme. – Ele relaxou um pouco, seus olhos azuis ficando mais calorosos. – Mas foi legal da sua parte sugerir isso. Obrigado por levar meus sentimentos em consideração – ele concluiu, sem nenhum traço de autopiedade, apenas simpatia.

– Seus sentimentos são importantes – eu disse. – Bem como suas opiniões. Eu quero entender o quanto você vai querer se envolver no processo de planejamento do casamento. Alguns homens preferem participar de cada decisão, enquanto outros...

– Eu não – ele disse logo. – Vou deixar tudo isso para Bethany e Hollis. Não que eu tenha escolha, de qualquer maneira. Mas não quero que o casamento se transforme em algo... – ele fez uma pausa, tentando encontrar a palavra certa.

– *Una paletada hortera* – Sofia sugeriu. Diante de nossos olhares de interrogação, ela completou: – Não existe uma tradução correta... o mais próximo seria "um caminhão brega".

Ryan riu, bom humor e simpatia transformando seu rosto.

– É exatamente isso que eu quis dizer.

– Tudo bem, então – eu disse. – Durante o processo de planejamento, vou lhe informando sobre as decisões. Se houver algo que você não goste, eu tiro. Pode haver uma coisa ou outra que teremos que aceitar, mas, no geral, será um casamento elegante. Que não vai virar o *Show da Hollis Warner*.

– Obrigado – Ryan disse com sinceridade. Ele consultou o relógio. – Se for só isso por enquanto...

– Espere, e o pedido? – eu perguntei.

Ele franziu de leve a testa.

– Provavelmente vou pedir Bethany no próximo fim de semana.

– Certo, mas como é que você vai pedir?

– Vou comprar um anel e levá-la para jantar. – O franzido na testa se aprofundou quando ele viu minha expressão. – O que há de errado com isso?

– Absolutamente nada. Mas você poderia fazer de um modo mais criativo. Nós podemos bolar algo fofo e tranquilo.

– Não sou bom em ser fofo – Ryan disse.

– Leve Bethany à Ilha Padre – Sofia sugeriu. – Passem a noite numa casa de frente para o mar. Pela manhã, vocês podem ir passear na praia...

– E então você finge encontrar uma mensagem numa garrafa – eu propus.

– Não, não – Sofia interveio. – Não numa garrafa... um castelo de areia. Nós podemos contratar um escultor de areia profissional para fazer...

– Baseado num desenho do Ryan – eu disse. – Ele é arquiteto, pode projetar um castelo de areia especial para Bethany.

– Perfeito – Sofia exclamou e nós batemos as mãos no alto.

Ryan olhava de uma para outra como se estivesse assistindo a uma partida de tênis.

– Então você se ajoelha e faz o pedido – eu continuei –, e...

– Eu preciso mesmo ficar de joelhos? – Ryan perguntou.

– Não, mas é a tradição.

Ryan esfregou o queixo, evidentemente sem gostar da ideia.

– Os homens costumavam se ajoelhar quando eram nomeados cavaleiros – Sofia observou.

– Ou quando eram decapitados – Ryan disse, sombrio.

– De joelhos vai ficar melhor nas fotos – eu disse.

– Fotos? – Ryan arqueou as sobrancelhas. – Você quer que eu peça a Bethany com fotógrafos presentes?

– Um fotógrafo – Eu disse, às pressas. – Você nem perceberá que ele estará lá. – Vamos camuflar o cara.

– Vamos escondê-lo numa duna de areia – Sofia acrescentou.

Franzindo o rosto, Ryan passou os dedos pelas camadas curtas de seu cabelo castanho, a luz criando mechas claras.

– Deixe para lá – Eu olhei para Sofia. – Um fotógrafo na hora do pedido parece um "caminhão brega" para mim.

Ryan baixou a cabeça, mas não antes de eu notar um sorriso relutante surgindo.

– Droga – eu o ouvi murmurar.

– Que foi?

– Sugerir você como cerimonialista do casamento está virando a melhor coisa que Hollis já fez por mim. O que significa que vou ter que agradecer a ela.

– Você atendeu – disse Joe mais tarde, naquela noite, em tom de leve surpresa.

Eu sorri, recostando-me nos travesseiros com o celular na mão.

– Você tinha me falado para atender.

– Onde você está?

– Na cama.

– Quer que eu ligue outra hora?

– Não, não estou dormindo. Sempre leio alguma coisa na cama para encerrar o dia.

– O que você gosta de ler?

Olhei para a pilha de romances água com açúcar na mesa de cabeceira e respondi, um pouco constrangida:

– Histórias de amor. Do tipo com final feliz.

– Você nunca se cansa de saber como o livro vai terminar?

– Não, essa é a melhor parte. O "felizes para sempre" é difícil de acontecer na vida real, mesmo no negócio do casamento. Mas, pelo menos, tenho um garantido nos livros.

– Já vi ótimos casamentos na vida real.

– Mas não continuam assim. Todo casamento começa como um final feliz, depois vira um casamento.

– Como é que alguém que não acredita em "felizes para sempre" se torna uma cerimonialista?

Contei para ele a respeito do meu primeiro emprego após me formar em Design de Moda, quando trabalhei com um estilista nova-iorquino de vestidos de noiva e aprendi a analisar relatórios de vendas e a desenvolver um relacionamento com as compradoras. Trabalhei em alguns desenhos próprios, e até ganhei um prêmio de estilista revelação. Mas quando tentei começar minha própria marca, o projeto não decolou. Ninguém demonstrou qualquer entusiasmo para me apoiar.

– Eu fiquei estarrecida – contei para Joe. – A coleção que eu desenhei era linda. Minha reputação era ótima, e eu tinha estabelecido contatos fantásticos. Não conseguia entender o que estava errado. Então liguei para Jasmine, e ela disse...

– Quem é Jasmine?

– Oh, esqueci que ainda não falei dela. Jasmine é minha melhor amiga em Nova York. Uma mentora. Ela é a editora de moda da revista *Glimmer*. Conhece tudo de moda e sempre sabe qual tendência vai estourar, e quais nunca vão decolar... – Eu parei de falar. – Este assunto é um tédio para você?

– Nem um pouco. Fale o que ela disse.

– Jasmine disse que não havia nada de errado com a minha coleção. O desenho era competente. De bom gosto.

– Então qual foi o problema?

– Esse era o problema. Eu não assumi nenhum risco. Minhas ideias não eram desafiadoras. Aquela *coisa* a mais, a fagulha de originalidade... não estava lá. Mas ela disse que eu era uma mulher de negócios fantástica. Boa em contatos e promoção, eu entendia o mercado da moda como ninguém mais que ela conhecia. Não gostei de ouvir nada disso; queria ser um gênio criativo. Mas precisei admitir que gostava mesmo era do lado empresarial, muito mais do que do trabalho de *design*.

– Não há nada de errado nisso.

– Agora eu sei disso. Mas... na época foi difícil abandonar algo pelo que eu tinha me esforçado tanto. Pouco tempo depois, meu pai teve um derrame. Então eu peguei o avião para vê-lo no hospital. Foi quando conheci a Sofia e toda minha vida mudou.

– E o noivado desfeito? – Joe me surpreendeu com a pergunta. – Quando aconteceu?

A pergunta me deixou tensa, pouco à vontade.

– Odeio falar disso.

– Não precisa falar. – A delicadeza na voz dele aliviou o aperto no meu peito. Eu me afundei mais nos travesseiros. – Você sente falta de Nova York? – ele perguntou.

– Às vezes. – fiz uma pausa e completei, pesarosa: – Demais. Mas tem dias em que não penso nisso tanto quanto em outros.

– Do que você mais sente falta?

– Minhas amigas, mais que tudo. E... é difícil colocar em palavras, mas... Nova York foi o lugar onde eu consegui ser a pessoa que eu queria. A cidade me acelera e me faz pensar grande. Deus, que cidade. Ainda sonho em voltar, algum dia.

– E por que foi embora, então?

– Eu não era... eu mesma... depois do rompimento do noivado, do falecimento do meu pai. Precisava de uma mudança. E, mais que tudo, precisava estar com a Sofia. Nós tínhamos acabado de nos conhecer. Me mudar pra cá foi a decisão certa. Mas algum dia, quando Sofia estiver pronta para assumir os negócios, vou voltar para Nova York e tentar de novo.

– Acho que você vai se dar bem onde quer que esteja. Enquanto isso, pode voltar para visitar, não é?

– Posso, porém estive tão ocupada nos últimos três anos... mas voltarei em breve. Quero ver minhas amigas pessoalmente. Quero assistir a algumas peças, ir aos meus restaurantes favoritos e encontrar um mercado de rua com *pashminas* de 5 dólares, comer uma fatia de pizza boa... e tem um bar numa cobertura da Quinta Avenida de onde se tem a vista mais perfeita do Empire State Building...

– Eu conheço esse bar.

– Sério?

– Sério. O que tem o jardim?

– Isso! Não acredito que você já esteve lá.

– Eu já saí do Texas – ele pareceu achar graça –, apesar de parecer que não.

Ele me contou de algumas de suas viagens a Nova York. Nós trocamos histórias sobre os lugares pelos quais viajamos, a quais gostaríamos de voltar e a quais não. Sobre a liberdade de viajar sozinho, mas também sobre a solidão.

Quando me dei conta de como estava tarde, não consegui acreditar que a conversa tinha durado mais de duas horas. Nós concordamos que estava na hora de irmos dormir, mas eu não queria parar, poderia ter continuado conversando.

– Isto foi bom – eu disse, sentindo-me bem, até um pouco tonta. – Eu gostaria de fazer de novo. – No curto silêncio que se seguiu, cobri meus olhos com a mão livre, desejando poder retirar aquelas palavras impulsivas.

– Eu continuo ligando – ele disse, com um sorriso na voz –, se você continuar atendendo.

Capítulo onze

Aconteceu que nós conversamos todas as noites durante uma semana, incluindo a noite em que Joe voltava de carro de uma sessão de fotos em Brownwood. Ele tinha fotografado um jovem deputado que se elegeu ao congresso em uma eleição especial. O cliente tinha sido um modelo difícil, controlador, posando como um político, altivo, apesar do esforço de Joe para capturá-lo em um momento descontraído. E o sujeito era um fanfarrão, mencionando contatos importantes, o que era praticamente intolerável para um Travis.

Enquanto conversávamos durante a longa jornada de Joe até Houston, ele me falou dessa sessão de fotos e eu contei para ele sobre o planejamento do chá de bebê da Haven, que iria acontecer na mansão Travis em River Oaks, que estava desocupada desde a morte de Churchill, porque ninguém sabia o que fazer com a propriedade. Nenhum dos Travis queria vender a casa – era o lugar em que todos eles tinham crescido –, mas, também, nenhum deles queria morar lá. Grande demais. A presença muito forte dos pais, ambos falecidos. Contudo, a piscina e o quintal do terreno de dez mil metros quadrados seriam o cenário perfeito para a festa.

– Fui até a casa em River Oaks hoje – eu disse. – Hannah me mostrou o lugar.

– O que achou?

– Muito impressionante. – A imensa casa de pedra tinha sido projetada para parecer um castelo, rodeada por vastos gramados bem cuidados, cercas-vivas aparadas e canteiros de flores caprichados. Depois que vi paredes com imitação de acabamento toscano, feito com esponja, e janelas com cortinas drapeadas, tive que concordar com a opinião de Hannah de que alguém precisava exorcizar os anos 1980 da casa.

– Hannah me contou que o Jack tinha perguntado se ela queria se mudar para a casa – eu continuei –, já que eles têm dois filhos e o apartamento está ficando apertado.

– O que ela respondeu?

– Ela disse que a casa é grande demais para uma família de quatro. E Jack retrucou dizendo que deveriam se mudar para lá mesmo assim e continuar tendo filhos.

Joe riu.

– Boa sorte pra ele. Duvido que Jack consiga convencer Hannah a se mudar para lá, não importa quantos filhos eles acabem tendo. Não é o tipo de lugar que combina com ela. Nem com ele.

– E quanto a Gage e Liberty?

– Eles construíram uma casa em Tanglewood. E acho que Haven e Hardy têm tanta vontade quanto eu de morar em River Oaks.

– Seu pai queria que um de vocês mantivesse a casa?

– Ele não deixou nenhuma instrução específica. – Uma pausa. – Mas tinha orgulho do lugar. Era um símbolo do que ele tinha conquistado.

Joe já tinha me falado do pai, um homem duro que começou do nada. A privação da infância de Churchill tinha instigado nele uma determinação feroz de obter sucesso, quase uma raiva, um sentimento que nunca o abandonou. Sua primeira esposa, Joanna, morreu logo após dar à luz o filho Gage. Alguns anos depois, Churchill se casou com Ava Chase, uma mulher glamourosa, culta, de elegância suprema, cuja ambição se equiparava à de Churchill, o que era significativo. Ela ajudou a polir o marido, ensinando-lhe sutileza e diplomacia. E também lhe deu dois filhos, Jack e Joe, e uma filha esguia e morena, Haven.

Churchill insistiu em criar os filhos com responsabilidade e noção de dever, para que se tornassem o tipo de homem que ele aprovava. Para que fossem iguais a ele. Churchill foi um homem de extremos: para ele, uma coisa era boa ou ruim, certa ou errada. Tendo visto o que os filhos de alguns de seus amigos milionários haviam se tornado – mimados e moles –, Churchill decidiu criar seus filhos de modo que eles não acreditassem ter privilégios. Ele exigiu que seus garotos se superassem na escola, principalmente em Matemática, uma disciplina que Gage dominou e na qual Jack foi proficiente, enquanto Joe, em seus melhores dias, nunca foi mais do que mediano. Os talentos de Joe estavam em leitura e escrita, atividades que Churchill não considerava lá muito masculinas, principalmente porque Ava gostava delas.

A falta de interesse do filho mais novo pela empresa de consultoria e administração de fundos de investimento de Churchill resultou em uma grande briga. Quando Joe completou 18 anos, Churchill quis colocá-lo no conselho de sua empresa, assim como tinha feito com Gage e Jack.

Ele sempre planejou ter os três filhos no conselho. Mas Joe simplesmente recusou. Não aceitou nem mesmo uma posição honorária. A explosão pôde ser vista de longe. Ava tinha morrido de câncer dois anos antes, e não houve ninguém para mediar o conflito. Depois da briga, a relação de Joe com o pai ficou péssima por alguns anos, e só se normalizou inteiramente depois que Joe ficou hospedado com ele, logo após o acidente de barco.

– Precisei aprender rapidinho a ter paciência – Joe disse. – Meus pulmões tinham colapsado, e era difícil discutir com meu pai quando eu estava respirando como um pequinês.

– Como vocês conseguiram fazer as pazes?

– Nós fomos jogar golfe. Eu detestava golfe. Esporte de velho. Mas meu pai insistiu em me arrastar para o campo. Ele me ensinou como dar uma boa tacada. Jogamos algumas vezes depois disso. – Um sorriso. – Ele era tão velho, e eu estava tão arrebentado, que nenhum dos dois aguentava os dezoito buracos.

– Mas vocês se divertiram?

– Com certeza. E depois disso, tudo ficou bem.

– Mas... como pode, se vocês não conversaram sobre os problemas...

– Essa é uma das vantagens de ser homem: às vezes nós resolvemos os problemas decidindo que aquilo era bobagem e ignorando o que passou.

– Isso não é resolver – eu protestei.

– Claro que é. É como a medicina no tempo da Guerra Civil: amputar e seguir em frente. – Joe fez uma pausa. – Normalmente não dá para fazer isso com uma mulher.

– Normalmente, não – concordei com certa ironia. – Nós gostamos de resolver os problemas encarando-os de frente e estabelecendo acordos.

– Golfe é mais fácil.

Em menos de uma semana, minha equipe preparou uma festa temática para o chá de bebê de Haven Travis. Tank contratou uma equipe de cenógrafos de um teatro da cidade para ajudá-lo a construir um bufê de sobremesa que evocava um parque de diversões antigo. Steven contratou um paisagista para instalar um campo de minigolfe no terreno da mansão Travis. Juntas, eu e Sofia decidimos encomendar ao bufê uma festa ao ar livre, com hambúrgueres gourmet, espetos de camarão grelhado e sanduíches de lagosta.

A previsão do tempo para o dia da festa era de 32 graus, úmido. A equipe do evento chegou à mansão Travis às 10 horas da manhã. Após ajudar a empresa das tendas a armar uma fileira de barracas ao lado da piscina, Steven voltou à cozinha, onde o resto de nós desembalava objetos de decoração.

– Tank – ele disse –, preciso que você e sua equipe montem o parque de diversões, e depois disso... – Steven parou de falar ao ver Sofia. Seu olhar subiu pelas pernas esguias dela. – É isso que você vai vestir? – ele perguntou, como se ela estivesse seminua.

Sofia, que levava na mão uma grande estrela-do-mar, olhou perplexa para ele.

– Como assim?

– Sua roupa. – Bufando, Steven se voltou para mim. – Você vai mesmo deixar que ela use isso?

Fiquei pasma. Sofia estava vestida como uma *pin-up* dos anos 1940; short vermelho com bolinhas brancas combinando com uma blusa frente única. A roupa valorizava seu corpo curvilíneo, mas não tinha nada de indecente. Não consegui entender por que Steven se opunha.

– O que tem de errado? – perguntei.

– A roupa é curta demais.

– Está 32 graus lá fora – Sofia vociferou. – E eu vou trabalhar o dia todo. Quer que eu use uma roupa igual a da Avery?

Dei um olhar irritado para ela.

Antes de me vestir naquela manhã, pensei em usar uma das minhas roupas novas, que, em sua maioria, continuavam penduradas, intocadas, no meu armário. Porém, é difícil mudar velhos hábitos. Em vez de escolher algo fresco e colorido, voltei a uma das minhas roupas antigas: uma bata branca sem mangas, folgada, de algodão, acompanhada de uma calça pantalona com barras curtas que não me favorecia. Mas o conjunto era confortável, e eu me sentia à vontade dentro dele.

Steven deu um olhar ácido para Sofia.

– Claro que não. Mas é melhor se vestir desse jeito do que parecer a atração principal de uma boate de *striptease*.

– Steven, agora chega – eu disse, firme.

– Vou demitir você por assédio sexual! – Sofia exclamou.

– Você não pode me demitir – Steven a desafiou. – Só a Avery pode.

– Ela não vai ter que fazer isso se eu te matar primeiro! – Sofia pulou na direção dele, erguendo a estrela-do-mar como uma arma.

– Sofia – eu gani, segurando-a por trás. – Calma! Abaixe isso. Jesus, vocês dois perderam a cabeça?

– Alguém aqui perdeu – ouvi Steven dizer. – A menos que o plano seja usar Sofia como isca de milionário.

Aquilo foi demais. *Ninguém* podia ofender minha irmã daquele jeito.

– Tank – eu disse em tom mortífero – tire o Steven daqui. Jogue-o na piscina para ele esfriar a cabeça.

– Literalmente? – Tank perguntou.

– Isso, jogue-o literalmente na piscina.

– Na piscina não! – veio a voz abafada de Steven. Mas Tank já o tinha pegado num mata-leão. – Estou vestindo linho!

Uma das qualidades que eu mais apreciava em Tank era sua fidelidade incondicional a mim. Ele tirou Steven da cozinha como um pequeno urso. Não havia resistência ou xingamento que conseguisse dissuadi-lo.

– Vou soltar você – eu disse para Sofia, que se debatia para se soltar –, se prometer não ir atrás deles.

– Mas eu quero ver Tank jogar o Steven na piscina.

– Compreendo. Eu também quero. Mas esta é *nossa* empresa, Sofia. Nós temos trabalho a fazer. Não deixe que a insanidade momentânea do Steven interfira nisso. – Quando eu a senti relaxar, tirei meus braços de sua cintura.

Minha irmã se virou para me encarar, parecendo furiosa e frustrada.

– Ele me odeia. Não sei por quê.

– Ele não te odeia – eu disse.

– Mas por que...

– Sofia – eu disse –, ele é um babaca. Vamos conversar sobre isso mais tarde. Mas agora, vamos trabalhar.

Quando vi Steven, duas horas depois, já estava quase seco. Ele trabalhava nos toques finais do campo de minigolfe, posicionando um capacete antigo de escafandrista de modo que a bola de golfe pudesse subir uma rampa e entrar pelo buraco da frente.

– Bermuda Dolce & Gabbana – ele disse, ríspido. – Lavagem a seco, apenas. Você me deve 300 dólares.

– Você me deve um pedido de desculpas – eu disse. – Essa foi a primeira vez que você não foi profissional durante um evento.

– Me desculpe.

– Você deve um pedido de desculpas à Sofia.

Rebelde, Steven permaneceu em silêncio.

– Quer me explicar o que está acontecendo? – perguntei.

– Eu já expliquei. A roupa dela é inadequada.

– Porque Sofia está linda e sexy? Isso não parece ser problema para ninguém além de você. Por que o está incomodando tanto?

Outro silêncio.

– O bufê chegou – eu disse, afinal. – A banda vai chegar às 11 horas. Val e Sofia já estão quase terminando de decorar as áreas internas, e depois vamos começar a arrumar as mesas do quintal.

– Preciso que a Ree-Ann ajude com as barracas.

– Vou falar com ela – fiz uma pausa. – Mais uma coisa: de agora em diante, você vai tratar a Sofia com respeito. Ainda que, tecnicamente, eu seja a responsável por contratar e demitir, Sofia é minha sócia. Se ela quiser que você seja demitido, é o que vai acontecer. Entendido?

– Entendido – ele murmurou.

Enquanto voltava para a casa, passei por Tank, que carregava duas imensas braçadas de balões cheios de hélio até o bufê de sobremesas.

– Obrigada por me ajudar com o Steven – eu disse.

– Está falando de jogá-lo na piscina? Sem problemas. Jogo de novo, se você quiser.

– Obrigada – eu disse, sentindo um prazer sombrio. – Mas se ele passar dos limites de novo, eu mesma jogo.

Voltei para a cozinha, onde Ree-Ann e o pessoal do bufê desembalavam conjuntos de pratos e taças para a área interna.

– Onde está Sofia? – eu perguntei.

– Ela foi receber alguns dos Travis. Acabaram de chegar.

– Quando você terminar com os pratos, por favor, vá ajudar o Steven com as barracas.

– Pode deixar.

Fui até a sala de estar principal, onde encontrei um grupo junto à fileira de janelas altas com Sofia. Eles olhavam para a piscina e o quintal, conversando e rindo. Um garotinho de cabelos castanhos pulava para cima e para baixo, puxando a barra da camisa de Jack.

– Papai, me leve lá fora! Eu quero ver! Papai! Papai...

– Segure a onda, filho – Jack mexeu com carinho no cabelo do garoto. – A festa ainda não está pronta.

– Avery – Hannah exclamou quando me viu. – Que trabalho fantástico vocês fizeram. Eu estava dizendo para a Sofia que lá fora está parecendo a Disneylândia.

– Fico feliz que esteja gostando.

– Nunca mais vou fazer uma festa sem vocês duas. Posso manter vocês sob contrato, como se faz com advogados?

– Claro – Sofia respondeu de imediato.

Rindo, voltei minha atenção para o bebê nos braços de Hannah, uma gracinha bochechuda e rosada, com olhões azuis e cabelo loiro cacheado preso numa chuchinha.

– Quem é ela? – eu perguntei.

– É a Mia, minha irmã – O garotinho respondeu antes de Hannah. – E eu sou o Lucas e quero ir para a festa!

– Já já vai estar pronta – prometi. – Você vai ser o primeiro a ir lá fora.

Tendo decidido que cabia a ele fazer as apresentações, Lucas apontou para um casal ao lado.

– Essa é minha tia Haven. Ela está com um barrigão. Tem um bebê lá dentro.

– Lucas... – Hannah começou, mas ele não se deteve.

– Ela come mais do que o tio Hardy, e ele consegue comer um *dinos-sauro* inteiro.

Hannah levou a mão à testa.

– Lucas...

– Eu comi uma vez – Hardy Cates disse, agachando-se. Ele era grande e musculoso, de boa aparência, com os olhos mais azuis que eu já tinha visto. – Foi quando eu era garoto e estava acampando em Piney Woods. Eu e meus amigos estávamos caçando tatus num leito de rio seco quando vimos uma coisa enorme passando entre as árvores...

A criança ouviu, encantada, Hardy contar a história de como perseguiu e laçou um dinossauro, que acabou virando churrasco.

Sem dúvida, a ideia de se casar com a única filha da família Travis teria intimidado a maioria dos homens. Mas Hardy Cates não parecia ser do tipo que se podia intimidar. Ele era um ex-petroleiro que tinha começado sua própria empresa de recuperação de poços de petróleo, que explorava campos esgotados para extrair as reservas que as grandes empresas deixavam para trás. Hannah o tinha descrito como trabalhador e astuto, disfarçando sua imensa ambição com seu charme descontraído. Hardy era tão afável, ela havia me dito, que as pessoas se enganavam ao pensar que o conheciam. Mas todos os Travis concordavam numa coisa: Hardy amava Haven intensamente; ele morreria por ela. Segundo Hannah, Jack uma vez chegou a dizer, brincando, que quase sentia pena do sujeito, porque sua irmã o trazia na palma da mão.

Estendi a mão para cumprimentar Haven. Ela era delicada e bonita, com sobrancelhas escuras e arqueadas. Sem sombra de dúvida, uma Travis, embora fosse tão menor e mais magra que os irmãos, parecendo uma ver-são em escala reduzida deles. Ela estava tão avançada na gravidez, com os tornozelos inchados e a barriga tão grande, que me fez dar-lhe um sorriso de compaixão.

– Avery – ela disse. – É tão bom conhecer você. Obrigada por fazer tudo isto.

– Estamos nos divertindo muito – eu disse. – Se houver algo que eu possa fazer para tornar a festa melhor, é só me dizer. Posso trazer uma limonada para você? Água gelada?

– Não, estou bem, obrigada.

– Ela deveria beber mais água – Hardy disse, aproximando-se dela. – Está desidratada e retendo líquidos.

– Ao mesmo tempo? – perguntei.

– Parece que sim. – Haven deu um sorriso amargo. – Quem imaginava que fosse possível? Estamos vindo da minha consulta semanal. – Ela se encostou em Hardy e seu sorriso ficou maior. – Descobrimos que vamos ter uma garotinha.

Lucas recebeu a notícia com uma expressão de desgosto.

– Argh...

Em meio aos parabéns de todos, ouvi uma voz grave conhecida.

– Que boa notícia. Nós precisamos de mais mulheres nesta família. – Meu coração teve seu ritmo acelerado quando Joe entrou na sala, todo atlético com suas bermudas de surfista e camiseta azul.

Ele foi até Haven, envolvendo-a em um abraço carinhoso. Mantendo-a a seu lado, ele estendeu o braço para apertar a mão de Hardy.

– Vamos esperar que a bebê seja parecida com a mãe.

Hardy riu.

– Ninguém torce para isso mais do que eu. – Eles prolongaram o aperto de mãos por mais alguns segundos, como bons amigos.

Joe olhou para Haven com carinho.

– Como você está, irmãzinha?

Ela olhou para ele com uma expressão desolada.

– Quando não estou vomitando, estou faminta. Tenho dores, alterações de humor e perda de cabelo. Na última semana, fiz o coitado do Hardy sair para comprar *chicken nuggets* pelo menos meia dúzia de vezes. Fora isso, estou ótima.

– Não me incomoda sair para comprar *chicken nuggets* para você – Hardy disse para ela. – O difícil é ver você comendo os *nuggets* com geleia de uva.

Joe riu e fez uma careta.

Enquanto Hannah conversava com os futuros pais sobre a consulta médica, Joe veio até mim e me deu um beijo na testa. O toque de sua boca, o som de sua respiração, tudo isso fez uma onda de empolgação descer pelo meu corpo. Depois das nossas longas conversas, eu deveria me sentir à vontade com ele, mas fiquei nervosa e constrangida.

– Esteve ocupada hoje? – ele perguntou.

Eu assenti.

– Desde as 6 horas.

Seus dedos se entrelaçaram delicadamente nos meus.

– Posso ajudar em alguma coisa?

Antes que eu pudesse responder, mais familiares chegaram. Como Gage, o mais velho dos irmãos Travis, tão alto e atlético quanto os outros, mas com uma atitude mais discreta e mais composta em comparação ao charme descontraído dos outros. Seus olhos eram de um tom cinza-claro impressionante, com as íris claras contidas em aros escuros.

Liberty, esposa de Gage, era uma morena atraente com um sorriso caloroso e receptivo. Ela me apresentou ao filho, Matthew, um garoto de 5 a 6 anos, e à sua filha mais velha, Carrington, uma loira bonita que, provavelmente, estava no início da adolescência. Todos falavam e riam juntos, com pelo menos meia dúzia de conversas acontecendo ao mesmo tempo.

Mesmo sem conhecimento prévio dos Travis, dava para perceber de imediato que eles formavam um grupo unido. Dava para ver e sentir isso pelo modo como interagiam, com a familiaridade de pessoas que conheciam os hábitos e afazeres umas das outras. O amor genuíno entre eles era inquestionável. Aquelas não eram relações que pudessem ser desfeitas nem estabelecidas facilmente. Como nunca fui parte de um grupo parecido, nem de qualquer coisa semelhante, fiquei fascinada, mas desconfiada. Imaginei como seria possível alguém se tornar parte de uma família como aquela e não ser sufocado.

Fiquei na ponta dos pés para murmurar junto à orelha de Joe:

– Preciso carregar umas coisas até o campo de minigolfe.

– Vou com você.

Comecei a puxar minha mão para soltá-la, e Joe fechou mais a dele.

– Está tudo bem – ele murmurou, um brilho de diversão surgindo em seus olhos.

Mas eu tirei a mão mesmo assim, relutante em demonstrar algo diante da família dele.

– Tio Joe – ouvi Lucas perguntar –, ela é sua namorada?

Fiquei vermelha e alguém soltou um riso abafado.

– Ainda não – Joe respondeu com tranquilidade, abrindo uma das portas para mim. – É preciso se esforçar um pouco mais para conseguir uma que valha a pena. – Ele me acompanhou até o quintal e se abaixou para pegar os tacos de golfe e um balde de bolas. – Eu levo isto – ele disse. – Você mostra o caminho.

Enquanto atravessávamos o quintal e passávamos pela fileira de barracas ao lado da piscina, eu me perguntava se deveria dizer algo para Joe sobre dar a impressão errada à família dele. Eu não queria que eles pensassem que havia algo entre nós além de amizade. Porém, aquele não me pareceu o momento nem o lugar certo para falar disso.

– Está tudo lindo – Joe disse ao ver o bufê de sobremesas e a banda se preparando perto da casa.

– Considerando o pouco tempo que tínhamos, não está ruim – comentei.

– Todos estão gratos pelo esforço que você está fazendo.

– Fico feliz por poder ajudar. – Uma pausa. – Sua família parece bem unida. Até mesmo um pouco fechada.

Joe refletiu por um instante e balançou a cabeça.

– Eu não diria que somos fechados. Todos temos amigos e interesses fora da família. – Enquanto passávamos por uma parte aparada do gramado, ele continuou: – Admito que temos nos visto bastante desde que nosso pai morreu. Decidimos começar uma fundação assistencial com nós quatro na gestão. Demorou um pouco para colocarmos a ideia de pé.

– Quando vocês moravam juntos – perguntei –, costumavam brigar e ter aquela rivalidade de irmãos?

Joe torceu a boca, como se uma lembrança distante o divertisse.

– Dá para dizer que sim. Eu e Jack quase nos matamos algumas vezes. Mas quando a coisa ficava feia, Gage vinha e batia em nós para nos acalmarmos. O jeito de garantir destruição era fazer alguma coisa para Haven... sequestrar uma das bonecas dela ou assustá-la com uma aranha. Isso fazia Gage vir atrás de nós como uma ira dos deuses.

– Onde estavam seus pais quando esse tipo de coisa acontecia?

– Nós ficávamos por nossa conta a maior parte do tempo. – Joe deu de ombros. – Mamãe estava sempre à frente de uma fundação ou outra, ou ocupada com as amigas. Papai estava sempre aparecendo na TV ou viajando para o exterior.

– Deve ter sido difícil.

– O problema não era ter um pai ausente. O problema era quando ele tentava compensar o tempo perdido. Papai tinha medo de que estivéssemos ficando moles. – Joe fez um gesto com o saco de tacos. – Está vendo aquele muro de contenção ali adiante? Um verão nosso pai fez um caminhão descarregar três toneladas de pedra no quintal dos fundos e nos mandou construir o muro. Ele queria que aprendêssemos a importância do trabalho duro.

Arregalei os olhos ao ver o muro de pedras com um metro de altura, que se estendia por seis metros até descer ao nível do solo.

– Só vocês três?

Joe assentiu.

– Nós cortamos as pedras com talhadeiras e marretas e as empilhamos. Tudo isso debaixo de um calor de 38 graus.

– Quantos anos você tinha?

– 10.

– Não posso acreditar que sua mãe permitiu uma coisa dessas.

– Ela não ficou feliz. Mas quando nosso pai teimava, ninguém conseguia fazer com que ele mudasse de ideia. Acho que quando conseguiu pensar no assunto, deve ter se arrependido de ter inventado um trabalho tão grande. Mas não podia recuar. Para ele, mudar de ideia era uma fraqueza.

Depois de deixar os tacos, Joe foi despejar as bolas de golfe num recipiente de madeira pintada. Ele olhou para o muro de pedra, apertando os olhos por causa do sol.

– Nós três demoramos um mês. Mas quando terminamos de construir essa porcaria, sabíamos que podíamos contar um com o outro. Passamos juntos por esse inferno. Dali em diante, nunca mais levantamos a mão um para o outro. Não importava o que acontecesse. E nunca mais tomamos partido do papai contra um irmão.

Refleti que, embora a fortuna da família tivesse lhes dado muitas vantagens, nenhum dos Travis tinha escapado às pressões das expectativas e obrigações. Não era de admirar que fossem unidos. Quem mais imaginaria o que tinha sido a vida deles?

Pensativa, caminhei até o primeiro buraco do campo de minigolfe. A rampa que levava ao capacete do escafandrista não parecia muito reta, e fui verificar como estava. Fiz uma bola rolar rampa acima, mas ela rebateu na borda do buraco do capacete.

– Espero que isso funcione – eu disse, franzindo a testa.

Joe tirou um taco do saco, jogou uma bola na grama e deu uma tacada. A bola rolou pela grama, subiu a rampa e entrou no buraco.

– Para mim parece estar certo. – Ele me entregou o taco. – Quer tentar?

Decidida, coloquei uma bola na grama e dei uma tacada. A bola subiu a rampa, bateu no capacete e voltou rolando até mim.

– Você nunca jogou golfe antes – ele observou.

– Como é que você sabe? – perguntei, irônica.

– Principalmente porque você está segurando o taco como um mata-mosca.

– Odeio esportes – confessei. – Sempre odiei. Na escola, eu evitava as aulas de Educação Física sempre que possível. Fingia estar machucada ou doente. Em três ocasiões diferentes, eu disse para a professora que meu periquito tinha morrido.

– E isso livrou você de uma aula de Educação Física? – Ele arqueou as sobrancelhas.

– A morte de um periquito não é algo tão fácil de superar, cara.

– Você pelo menos tinha um periquito? – ele perguntou, sério.

– Era um periquito metafórico.

A diversão surgiu nos olhos dele.

– Veja, vou lhe mostrar como segurar o taco. – Ele passou os braços ao meu redor. – Envolva o cabo com os dedos... não, a mão esquerda. Estenda o polegar no taco... perfeito. Agora segure embaixo com a mão direita. Assim. – Ele posicionou meus dedos ao redor do cabo. Eu inspirei fundo para compensar a respiração parada na minha garganta. Pude sentir o subir e descer do peito dele, a força sólida e vital de Joe. Sua boca estava perto da minha orelha. – Pés separados. Dobre os joelhos um pouco e incline-se para frente. – Me soltando, ele se afastou e disse. – Acerte a bola e continue o movimento.

Fiz o que ele disse, e a bola rolou até entrar no buraco do capacete, emitindo um som que me deu satisfação.

– Consegui! – exclamei, virando-me para ele.

Joe sorriu e me puxou para perto, suas mãos na minha cintura. Levantei os olhos para ele e o tempo parou, tudo parou. Parecia que uma corrente elétrica havia travado todos os meus músculos e tudo que eu podia fazer era esperar, indefesa, com a consciência da proximidade dele me inundando.

Ele abaixou a cabeça, sua boca chegando perto da minha.

No íntimo da minha imaginação, eu tinha revivido seus beijos, tinha-os saboreado em meus sonhos. Mas nada era parecido com a realidade dele, do calor e da maciez, da pressão exploratória, da sensualidade intensa no modo como ele fazia meu desejo aflorar lentamente.

Arfando, consegui me afastar.

– Joe, eu... não estou à vontade com isso, ainda mais na frente da sua família e dos meus empregados. Alguém pode ficar com uma impressão errada.

– Que impressão seria essa?

– De que existe algo entre nós.

Uma série de expressões passou, uma após a outra, pelo rosto dele: confusão, irritação, deboche.

– E não existe?

– Não. Nós somos amigos. É só o que somos, e é só o que seremos, e... eu tenho que trabalhar.

Dito isso, me virei e fui a passos largos em direção à casa, sentindo um pânico difuso, ficando mais aliviada a cada passo que eu dava e conseguia aumentar a distância entre nós.

················· **Capítulo doze** ···············

A banda tocava *surfer-pop* quando os convidados começaram a chegar. Em pouco tempo, a casa e o quintal estavam lotados. As pessoas rodeavam o bufê e em seguida saíam para escolher a sobremesa no parque de diversões. Um barman servia drinques tropicais em uma cabana perto da piscina, enquanto os garçons circulavam com bandejas de água gelada e copos de ponche sem álcool.

– O campo de minigolfe é um sucesso – Sofia disse quando nos cruzamos no quintal. – O bufê de sobremesas também. Na verdade, tudo é um sucesso.

– Algum problema com Steven? – perguntei.

Ela negou com a cabeça.

– Você falou alguma coisa para ele? – ela perguntou.

– Deixei claro que qualquer um que desrespeitar você vai para o olho da rua.

– Não podemos perder o Steven.

– *Para o olho da rua* – eu repeti, com firmeza. – Ninguém pode falar assim com você.

– *Te amo* – ela disse, em espanhol, e sorriu para mim.

Pelo resto da tarde, permaneci ocupada, e tomei cuidado para não encontrar o Joe. Algumas vezes, quando passei por ele, pude senti-lo tentando fazer contato visual, mas o ignorei, temendo que me puxasse para uma conversa. Temendo que meu rosto revelasse demais, ou que eu dissesse alguma tolice.

Ver Joe pessoalmente me obrigou a lidar com ele não mais como apenas uma voz amistosa ao telefone, mas como um homem robusto que não fazia questão de esconder que me queria. Qualquer ideia de que eu pudesse tentar uma amizade platônica com Joe desapareceu. Ele não se contentaria com isso. E tampouco me deixaria escapar sem um confronto. Minha cabeça zunia com ideias de como lidar com ele, do que dizer.

Depois que o almoço foi retirado e enquanto a equipe do bufê lavava a louça, encontrei Sofia e Ree-Ann paradas no quintal, junto à porta da cozinha, tomando chá gelado. Elas olhavam intensamente na direção da piscina, e nenhuma das duas se deu ao trabalho de olhar para mim.

– O que estão olhando? – perguntei.

Sofia pediu silêncio com a mão.

Seguindo o olhar delas, vi Joe emergir da piscina, sem camisa e pingando. A visão daquele corpo atlético, bronzeado e torneado, com os músculos molhados cintilando ao sol, foi espetacular. Ele sacudiu a cabeça, jogando gotas de água para todo lado.

– Esse é o cara mais gostoso que eu já vi – disse Ree-Ann, embasbacada.

– Um *papi chulo* – Sofia concordou.

Joe se sentou ao lado da piscina quando seu sobrinho Lucas se aproximou com boias laranjas de plástico, daquelas que se usa nos braços. Joe abriu a válvula de uma das boias e soprou ar para dentro dela. Reparei uma cicatriz cirúrgica fina perto das costelas, estendendo-se quase até as costas. A linha era quase invisível, apenas um ou dois tons mais escura que a pele ao redor, mas dava para ver, pelo modo como a luz do sol a iluminava, que a cicatriz era ligeiramente elevada. Após virar Lucas, Joe repetiu o procedimento para inflar a outra boia.

– Queria que ele inflasse as minhas boias – Ree-Ann disse, sonhadora.

– Nenhuma de vocês tem algo produtivo para fazer? – perguntei, irritada. – Estamos no nosso intervalo – Sofia respondeu.

Ree-Ann balançou a cabeça, admirada, quando Joe levantou, a bermuda baixa na altura dos quadris.

– Hum. Olhem essa vista traseira.

– É tão errado tratar homens como objeto quanto eles fazerem isso conosco – murmurei, fazendo uma careta de desgosto.

– Não estou vendo esse homem como objeto – Ree-Ann protestou. – Só estou dizendo que a bunda dele é linda.

– Acho que nosso intervalo acabou, Ree-Ann – Sofia disse antes que eu pudesse responder. Ela se segurou para não rir.

Nós três voltamos ao trabalho na cozinha com a equipe do bufê, que guardava a comida não servida para encaminhá-la a um abrigo de mulheres logo após o evento. Toda a louça e os acessórios de mesa foram lavados e secados, as toalhas de mesa colocadas em sacos de lavanderia, e o lixo, recolhido. A cozinha foi esfregada até ficar impecável.

Enquanto os últimos convidados iam para dentro da casa conversar com a família na sala de estar, Steven e Tank supervisionavam a desmontagem das barracas e do bufê de sobremesas. O restante da equipe foi limpar a piscina e o quintal.

Depois que o pessoal do bufê e da limpeza saiu, fui verificar se tudo tinha sido deixado exatamente como nós encontramos.

– Avery... – Sofia saiu para o quintal, parecendo satisfeita, mas cansada. – Acabei de inspecionar tudo; está perfeito. Os Travis estão relaxando na sala de estar. Ree-Ann pode me deixar em casa, ou posso ficar aqui com você.

– Vá com a Ree-Ann. Vou perguntar a Hannah se ela quer que eu faça mais alguma coisa.

– Tem certeza?

– Absoluta.

– Provavelmente não vou estar em casa quando você chegar. – Sofia sorriu. – Vou à academia.

– Hoje ainda? – perguntei, incrédula.

– Tem uma nova aula que combina *spinning* com treinamento funcional. Levantei as sobrancelhas para ela.

– Qual o nome dele?

Sofia me deu um sorriso acanhado.

– Não sei ainda. Ele sempre pega a bicicleta vinte e dois. Na última aula, ele me desafiou para uma corrida.

– Quem ganhou?

– Ele. Mas só porque me distraí com a bunda dele.

Eu ri.

– Bom treino.

Depois que Sofia se foi, continuei caminhando ao redor da piscina. O pôr do sol ainda demoraria umas duas horas, mas a luz baixa já estava tingida pelo fogo vermelho do fim do dia. Eu estava com calor e suada, e meus pés doíam de andar de um lado para o outro pelo quintal. Suspirando, tirei minhas sandálias e flexionei os dedos.

Quando olhei para a água, notei um objeto pequeno, de cores vivas, no fundo da piscina. Parecia um brinquedo de criança. A equipe de limpeza já tinha partido, e eu era a única ali fora. Fui até o abrigo de ferramentas, onde o material da piscina ficava. Pendurada na parede, encontrei uma rede com cabo comprido. Era do tipo de rede usada para tirar sujeira da superfície da água. Após me atrapalhar para estender o cabo retrátil até a sua máxima extensão, agachei-me na borda da piscina e mergulhei a rede o mais fundo que consegui. Infelizmente, seu cabo não era comprido o suficiente.

Uma das portas da casa foi aberta e fechada. De algum modo, eu sabia que era Joe, antes mesmo de ele abrir a boca.

– Precisa de ajuda? – ele perguntou.

Senti um arrepio de preocupação, estremecendo por dentro ao imaginar que ele iria querer conversar.

– Estou tentando tirar uma coisa da piscina – respondi. – Parece um brinquedo de criança. – Ficando em pé, ofereci a rede para Joe. – Você quer tentar?

– Essa rede não vai dar. A piscina tem mais de quatro metros de profundidade. Nós tínhamos um trampolim desse lado. – Joe tirou a camisa e a jogou no chão de pedra aquecido pelo sol.

– Você não precisa... – Eu comecei, mas ele já tinha saltado com elegância na água, mergulhando diretamente até o fundo com braçadas poderosas e eficientes.

Ele emergiu com um carrinho vermelho e amarelo.

– É do Lucas – ele disse, colocando-o na borda. – Vou levar para ele.

– Obrigada – eu respondi.

Joe não parecia estar com pressa de sair da piscina. Após empurrar o cabelo molhado para trás, ele apoiou os braços cruzados sobre a pedra da borda. Imaginando que seria rude simplesmente ir embora, agachei-me junto à borda, o que deixou nossos olhos num nível mais próximo.

– Haven gostou da festa? – perguntei.

Joe assentiu.

– Foi um dia ótimo para ela. Para todos nós. A família não quer ir embora ainda; estão falando em pedir comida chinesa. – Uma breve hesitação. – Por que você não fica e janta conosco?

– É melhor eu ir para casa – respondi. – Estou cansada e suada. Não seria uma boa companhia.

– Você não precisa ser uma boa companhia. Essa é a beleza de uma família: os membros precisam se tolerar de qualquer maneira.

Eu sorri.

– É a sua família, não a minha. Tecnicamente, eles não precisam me tolerar.

– Mas vão tolerar, se eu quiser que tolerem.

Ouvindo o canto entrecortado de um pássaro, olhei para o emaranhado distante de trombeta-chinesa e arbusto-de-cera que margeava o rio. Outro pássaro respondeu ao canto do primeiro. O diálogo continuou, um gorjeio agressivo após o outro.

– Eles estão brigando? – perguntei.

– Poderia ser uma disputa de território. Mas nesta época do ano, pode ser que estejam cortejando uma fêmea.

– Então é uma serenata? – Os pássaros guinchavam com toda a musicalidade de folhas de metal sendo rasgadas. – Nossa, que romântico.

– Fica melhor quando começa o coro.

Eu ri e fiz a besteira de olhar nos olhos dele. Estávamos perto demais. Eu podia sentir o cheiro da sua pele, de sol, sal e cloro. Seu cabelo estava desgrenhado e eu quis alisar os fios molhados, brincar com eles.

– Ei – Joe disse com suavidade. – Por que não entra aqui comigo?

A expressão daqueles olhos fez com que meu rosto enrubescesse.

– Eu não trouxe trajes de banho.

– Pule de roupa mesmo. Depois ela seca.

Balancei a cabeça e soltei uma risada nervosa.

– Não posso fazer isso.

– Então tire a roupa e nade só de lingerie. – O tom dele era pragmático, mas pude ver malícia em seus olhos.

– Você perdeu o juízo – eu disse.

– Venha. Vai ser bom.

– Não vou fazer uma idiotice com você só porque vai ser bom. – Depois de uma pausa, acrescentei com uma careta: – Outra vez.

Joe riu daquele jeito suave dele, uma risada grave, vinda do fundo da garganta.

– Entre aqui. – Ele segurou meu pulso de leve com uma das mãos.

– De jeito nenhum, eu... *Ei!* – Arregalei os olhos quando senti que ele aumentava a pressão ao redor do meu pulso. – Joe, eu juro que vou te matar se...

Um leve puxão foi o suficiente para me desequilibrar. Eu caí para frente, na água, com um gritinho, direto nos braços dele, que já me esperavam.

– Maldito! – Eu comecei a jogar água nele, agitando os braços. – Não acredito que você fez isso... pare de rir, seu idiota! Não tem graça!

Rindo e fungando, Joe me agarrou e começou a me beijar onde conseguia, na cabeça, no pescoço, nas orelhas. Eu lutava, indignada, mas os braços dele eram fortes demais, e suas mãos estavam por toda parte. Era como lutar com um polvo.

– Você é tão fofa – ele exclamou. – Como uma gatinha molhada. Querida, não se canse, não dá para chutar os outros debaixo d'água.

Com ele brincando e eu lutando, nós deslizamos para o lado mais fundo e eu afundei. Por instinto, me agarrei a ele.

– Está muito fundo.

– Eu seguro você. – Joe continuava de pé, um braço ao redor dos meus quadris. Parte da diversão dele se transformou em preocupação. – Você sabe nadar?

– Teria sido legal você perguntar antes de me puxar – eu disse, irritada. – Sim, sei nadar. Mas não tão bem assim. E não gosto de quando não dá pé.

– Está tudo bem – Ele me puxou para mais perto. – Nunca deixaria que nada de mal lhe acontecesse. Agora que está aqui, pode muito bem ficar alguns minutos. Está gostoso, não?

Estava mesmo, mas eu não iria dar a ele a satisfação de admitir isso.

Minha roupa ficou praticamente transparente, o algodão molhado inchando e ondulando como as nadadeiras de uma criatura aquática exótica. Uma das minhas mãos encontrou a cicatriz diagonal abaixo do peito de Joe. Hesitante, deixei as pontas dos meus dedos percorrerem a saliência.

– Isto é do acidente de barco?

– Uhum. Cirurgia devido a um coágulo e o pulmão parcialmente colapsado. – Uma das mãos dele se aventurou por baixo da bainha ondulante da minha bata, encontrando a pele nua da minha cintura. – Sabe o que essa experiência toda me ensinou? – ele perguntou, com a voz suave.

Balancei a cabeça, encarando o fundo de seus olhos e vendo neles refletido o brilho do pôr do sol como minúsculas tochas.

– Não desperdice nem um minuto de sua vida – ele disse. – Procure qualquer motivo para ser feliz. Não se reprima achando que vai ter tempo mais tarde... nenhum de nós pode ter certeza disso.

– É o que torna a vida tão assustadora – eu disse, solenemente.

Joe balançou a cabeça, sorrindo.

– É o que a torna tão maravilhosa. – Ele me levantou, puxando-me mais para perto, e minhas mãos rodearam seu pescoço.

Pouco antes de seus lábios encontrarem os meus, um som chamou a atenção dele. Joe olhou por sobre o ombro para alguém que se aproximava.

– O que você quer? – ele perguntou, irritado.

Estremeci quando ouvi a resposta lacônica de Jack:

– Ouvi alguém gritar.

Morta de vergonha de ser pega na piscina, sem ter onde me esconder, eu me afundei no peito de Joe.

– Avery caiu na piscina? – ouvi Jack perguntar.

– Não, eu a puxei.

– Boa – Foi a resposta impassível. – Quer que eu traga toalhas para vocês?

– Quero, mas depois. Agora eu quero um pouco de privacidade.

– Pode deixar.

Depois que Jack saiu, eu me soltei de Joe e nadei em direção à parte rasa. Ele me acompanhou, cortando a água com a facilidade de um golfinho. Quando a água estava na altura do meu peito, parei e me virei para ele.

– Não gosto de ser constrangida – eu disse, olhando feio para Joe. – E também não gosto de ser puxada para dentro de piscinas!

– Desculpe. – Ele tentou parecer arrependido, sem que obtivesse muito sucesso. – Queria conseguir sua atenção.

– Minha *atenção*?

– É. – Ele se movia lentamente ao meu redor, seu olhar fixo no meu. – Você me ignorou o dia todo.

– Estava trabalhando.

– E me ignorando.

– Tudo bem – admiti. – Estava te ignorando. Não sei como devemos nos comportar na frente das pessoas. Nem sei o que estamos fazendo, e... – parei de falar, irritada. – Joe, pare de me rodear assim. Parece que estou com um tubarão na piscina.

Ele estendeu a mão para mim, puxando-me e fazendo com que eu flutuasse na direção dele.

– Bem que eu gostaria de tirar um pedaço de você – ele murmurou, dando um beijo escaldante no meu pescoço.

Quando tentei me desvencilhar de seus braços, ele me levantou, fazendo-me perder o equilíbrio de propósito.

– Volte aqui – ele sussurrou.

– O que está fazendo?

– Quero conversar com você. – Ele me levou para o lado mais fundo, onde fui obrigada a me segurar aos músculos dos seus ombros.

– Sobre o quê? – perguntei, ansiosa.

– Sobre o problema que estamos tendo.

– Só porque não quero um relacionamento com você, isso não quer dizer que haja um problema.

– Concordo. Mas se você quisesse ter um relacionamento e não conseguisse porque tem medo de algo... então você teria um problema. E seria problema meu também.

A pele do meu rosto foi ficando tensa, até que minhas bochechas começaram a latejar.

– Quero sair da piscina – eu disse.

– Só preciso lhe dizer uma coisa, me dê só uns minutinhos, e depois deixo você ir. Combinado?

Eu respondi com um aceno de cabeça.

– Todo mundo tem segredos que não gostaria que ninguém soubesse. Quando nós somamos tudo... todas as coisas que fizemos ou fizeram conosco... todos os nossos pecados e erros e prazeres inconfessáveis... a soma desses segredos forma quem nós somos. Às vezes você precisa se arriscar a deixar alguém se aproximar, porque seus instintos lhe dizem que essa pessoa vale o risco. Então você tem que apostar, tem que confiar na pessoa e esperar que ela não vá estraçalhar seu coração, e, droga, às vezes você faz a escolha errada – ele fez uma pausa. – Mas você tem que continuar apostando nas pessoas erradas até encontrar a certa. Você desistiu cedo demais, Avery.

Eu me sentia péssima, sufocada. Não importava que ele estivesse certo; eu não estava pronta para aquilo. Para ele.

– Eu gostaria de sair agora. – minha voz saiu aguda e fraca.

Joe começou a me puxar para o lado mais raso.

– Você já se pesquisou na internet, querida?

Aturdida, sacudi a cabeça.

– Steven cuida da parte de mídias sociais e...

– Não estou falando da empresa, mas do seu próprio nome. A primeira página de resultados é toda relacionada ao seu trabalho: alguns blogs mencionam seu nome, um link nos direciona para uma página do Pinterest, esse tipo de coisa. Mas na segunda página tem um link para uma matéria antiga de um jornal de Nova York... sobre uma noiva abandonada no dia de seu casamento.

Eu me senti ficando branca como papel.

Às vezes, quando pensava naquele dia, conseguia me colocar num estado de distanciamento e ver aquilo como se tivesse acontecido com outra pessoa. Tentei fazer o mesmo naquele momento, mas não consegui colocar nenhuma distância entre mim e aquela lembrança. Não conseguia me distanciar de nada quando Joe me abraçava. E ele iria me obrigar a explicar como eu tinha sido rejeitada, abandonada e humilhada na frente de todo mundo cuja opinião importava para mim justo no dia que deveria ter sido mais feliz da minha vida. Para uma mulher com autoestima normal, esse dia teria sido devastador. Para alguém cuja autoestima já não era lá grande coisa, aquilo tinha sido um massacre.

Fechei os olhos ao sentir a vergonha arder como veneno em cada veia do meu corpo. Pessoas que passaram por um constrangimento real não têm o mesmo medo da morte que as outras. Nós sabemos que deve ser bem mais fácil tolerá-la.

– Não consigo falar disso – eu suspirei.

Joe levou minha cabeça molhada até seu ombro.

– O noivo cancelou na manhã do casamento – ele continuou com serenidade. – Ninguém culparia a noiva se ela surtasse. Mas ela começou a fazer ligações. Ela mudou todos os planos que tinha feito, para que pudesse doar a festa de casamento que ela tinha pagado para uma instituição de caridade. E passou o resto do dia com duzentas pessoas sem teto, a quem ofereceu um jantar de cinco pratos com música ao vivo. Tratava-se de uma mulher bela, generosa e agora livre de um babaca.

Muito tempo se passou até que eu conseguisse falar. Os dedos de Joe aninhavam minha cabeça, e ele manteve a mão ali, como se me protegesse de algo. Eu precisava daquilo mais do que podia imaginar. Ficar presa de encontro a ele com tanta firmeza fez com que seu corpo formasse uma barreira necessária entre mim e o resto do mundo.

Ter alguém segurando seus pedaços quebrados daquele modo era mais íntimo que sexo.

Aos poucos senti o calor voltando ao meu corpo, as sensações retornando até eu tomar consciência do ombro nu dele sob o meu rosto; como era quente e suave aquela pele...

– Eu não queria que isso saísse nos jornais – eu disse. – Pedi à instituição que não divulgasse nada.

– É difícil manter um gesto como esse em segredo. – Ele disse, virando a boca e beijando a minha orelha com carinho. – Você pode me contar só uma coisa, meu bem? Sobre o que ele disse naquela manhã?

Eu engoli em seco.

– Brian me telefonou e disse que não estaria na cerimônia. A princípio, eu entendi que ele queria dizer que se atrasaria, então perguntei se estava preso no trânsito, mas ele disse que não, que não estava indo mesmo. Fiquei chocada, não consegui responder nada na hora. Nem consegui perguntar o porquê. Ele disse que sentia muito, mas que não sabia se algum dia tinha me amado... ou talvez tivesse de fato me amado, mas que naquele momento tinha acabado.

– Se o amor fosse real – Joe disse em voz baixa –, não teria acabado.

– Como é que você sabe?

– Porque é isso que "real" quer dizer.

Nós nos movíamos lentamente pela água, girando, flutuando em movimentos preguiçosos. Eu não tocava em nada a não ser em Joe; não fazia contato com nenhuma superfície. Ele detinha o controle absoluto, conduzindo-me num deslizar calmo. Eu me sentia embalada pela sensualidade inusitada daquilo.

– Brian não me traiu nem nada assim – me peguei dizendo. – Ele levava uma vida terrível; ninguém que trabalha em Wall Street deveria tentar um relacionamento até ter pelo menos 30 anos. A agenda dele era insana. Semanas de trabalho de oitenta horas, muita bebida alcoólica, nada de exercício, nada de lazer... Brian nunca parou tempo suficiente para pensar no que realmente queria.

Com Joe girando devagar, vi-me enrolada nele como uma sereia.

– Às vezes você pensa que ama alguém – eu disse –, mas na verdade a pessoa apenas se tornou uma rotina. No último minuto, Brian percebeu que era assim que se sentia a meu respeito.

Joe puxou meus braços ao redor do pescoço dele, prendendo meus dedos à sua nuca. Eu me obriguei a encará-lo, perdida naquele calor inexorável, sensual. Nosso movimento pela piscina continuou, eu me segurando nele, à deriva. Quaisquer que fossem as opiniões de Joe a respeito de Brian... e sem dúvida ele devia ter formado algumas bem fortes..., ele as manteve para si. Permaneceu em silêncio, esperando com paciência por qualquer coisa que eu quisesse lhe contar. De algum modo, isso tornou mais fácil confessar o resto, a parte que só Sofia conhecia.

– Fui falar com meu pai depois que o Brian ligou – eu disse. – Eu tinha pagado a passagem de avião para ele ir do Texas a Nova York, para que pudesse entrar comigo na igreja. Minha mãe ficou furiosa quando descobriu. Nós nunca fomos muito próximas. Acredito que nós duas ficamos aliviadas quando eu saí de casa para fazer faculdade. Eu a amo, mas sempre soube que alguma coisa não estava certa entre nós. Ela se casou e se divorciou duas vezes depois que papai nos deixou, mas de todos os homens do passado dela, era meu pai quem ela mais odiava. Ela sempre disse que se envolver com ele foi o pior erro que cometeu. Acho que ela nunca conseguiu olhar para mim sem pensar que eu era a filha nascida do erro.

Chegamos ao lado fundo. Apertei meus braços ao redor do pescoço de Joe.

– Não vou te soltar – ele disse, em tom tranquilizador. – Continue.

– Minha mãe disse que não iria ao casamento se Eli estivesse lá. Ela falou que eu teria que escolher entre os dois. E escolhi meu pai. Esse foi, basicamente, o fim da nossa relação, e eu e ela mal nos falamos desde então. Eu a convidei para vir a Houston e conhecer Sofia, mas ela sempre recusa. – Relaxei quando Joe nos levou para o lado mais raso. – Não sei por que queria tanto meu pai lá. Ele nunca tinha feito nada das coisas que se espera que os pais devam fazer. Talvez eu pensasse que se ele entrasse comigo na igreja, isso compensaria todo o resto. Eu sentia como se isso fosse consertar tudo.

Joe me observava, o rosto impenetrável.

– O que aconteceu quando você disse a ele que Brian tinha cancelado o casamento?

– Ele me deu um lenço de papel e me abraçou, e eu me lembro de pensar: *Este é meu pai e ele está aqui para me apoiar, e eu posso contar com ele sempre que estiver com problemas, e talvez tenha valido a pena perder o Brian para descobrir isso.* Mas então ele me disse...

– O quê? – Joe perguntou quando fiquei em silêncio.

– Ele disse: "Avery, não ia durar mesmo". Ele falou que os homens não foram feitos para a monogamia... você sabe, a questão biológica. E disse que a maioria dos homens acaba se decepcionando com as mulheres. Ele disse que gostaria que alguém tivesse dito para ele, muito tempo antes, que não importa o quão apaixonado você esteja, não importa o quão convencido esteja de que encontrou "a pessoa certa", você sempre vai perceber, depois que for tarde demais, que estava mentindo para si mesmo. – Dei um sorriso sem vida. – Esse foi o jeito do meu pai ser carinhoso. Ele quis me ajudar me contando a verdade.

– A verdade dele. Não a de todo mundo.

– É a minha verdade também.

– Mas é claro que não é. – A voz de Joe tinha mudado, agora não mais demonstrando paciência. – Você passa a maior parte do seu tempo planejando casamentos, um após o outro. Abriu uma empresa para fazer isso. Parte de você acredita nisso.

– Eu acredito no casamento para algumas pessoas.

– Mas não para você? – Quando ficou evidente que eu não responderia, ele disse: – Claro que não. Os dois homens mais importantes da sua vida fizeram o possível para acabar com todas as suas esperanças num momento em que você não podia se defender. – Ardentemente, ele acrescentou: – Queria poder voltar no tempo e dar uma surra nos dois.

– Não dá. Meu pai morreu e Brian não vale o esforço.

– Mesmo assim, pode ser que eu dê uma surra nele algum dia. – O modo como Joe me segurava mudou, suas mãos tornando-se mais ousadas, mais íntimas. O céu tinha se transformado num azul alaranjado, o ar quente do entardecer penetrante com o odor de verbena. – Quando você acha que vai estar pronta para tentar outro relacionamento?

No tenso silêncio que se seguiu, não tive coragem de dizer para ele o que eu realmente pensava... que trazer à tona as recordações tristes e amargas tinha me lembrado do quanto eu queria evitar me envolver com ele.

– Quando eu encontrar o tipo certo de homem – eu disse, afinal.

– Que tipo é esse?

Fiquei tensa quando senti os dedos dele passarem por baixo do fecho na parte de trás do meu sutiã.

– Independente – eu disse. – Alguém que concorde que não precisamos experimentar tudo juntos. Um cara que não se importa se cada um de nós tiver seus próprios interesses e amigos, e cada um tiver sua própria casa. Porque eu gosto de passar muito tempo sozinha...

– O que você acabou de descrever não é um relacionamento, Avery. Você descreveu uma amizade colorida.

– Não, não me incomodo de ter um parceiro. Só não quero um relacionamento que domine todo o resto.

Nós tínhamos parado junto à lateral da piscina, minhas costas na parede. Meus pés não tocavam o fundo, o que me obrigava a me segurar na curva dos ombros dele. Baixei o olhar e me vi olhando para seu peito, hipnotizada pelo modo como a água tinha escurecido e achatado os pelos ásperos.

– Está me parecendo que esse era o tipo de relacionamento que você tinha com Brian – eu o ouvi dizer.

– Não era exatamente assim – eu disse, na defensiva. – Mas, sim, algo parecido com isso. Sei o que funciona para mim.

Senti um puxão hábil no fecho do meu sutiã, e o bojo acolchoado se soltou. Soltei uma exclamação, batendo as pernas em busca de apoio. As mãos dele deslizaram até meus seios, acariciando-me debaixo d'água, provocando os mamilos, que endureceram. Ele pressionou minhas costas contra a parede, sua coxa se intrometendo entre as minhas.

– Joe... – eu protestei.

– Agora é minha vez de falar. – O som da voz dele no meu ouvido era puro pecado. – Eu sou o cara certo para você. Posso não ser o que você está procurando, mas sou o que você quer. Faz muito tempo que você está sozinha. Está na hora de acordar com um homem na sua cama. Está na hora de ter o tipo de sexo que joga você na cama, possui você e a deixa trêmula a ponto de não conseguir servir o café pela manhã. – Ele me puxou com mais força contra a própria coxa, a pressão íntima me deixando fraca de desejo. – Você vai ter sexo todas as noites, do jeito que quiser. Tenho tempo para você, e com certeza tenho energia. Vou fazer com que esqueça todo homem que conheceu antes de mim. A questão é que, primeiro, você precisa confiar em mim. Essa é a parte mais difícil, não? Você não consegue deixar ninguém se aproximar demais. Porque alguém que conheça você tão bem pode te machucar...

– Agora chega. – Eu me debati e o empurrei, desajeitada, desesperada para que ele ficasse quieto.

Ele abaixou a cabeça e beijou a lateral do meu pescoço, usando a língua e fazendo com que eu me contorcesse. Em meio à confusão, ele colocou as duas pernas entre as minhas e deslizou uma das mãos sobre a minha bunda. Eu gani quando Joe me puxou contra ele, *lá*, fazendo com que eu sentisse como ele estava grande e pronto, e todos os meus sentidos se concentraram nessa pressão rígida, hipnotizante.

Com sua mão no meu cabelo, Joe levou minha boca até a dele e me beijou, faminto. A outra mão dele continuou puxando meus quadris para mais perto, obrigando-me a cavalgá-lo num ritmo erótico. Eu não podia acreditar como ele era desavergonhado e gostoso, o corpo tão quente e duro encostado ao meu. Ele sabia o que estava fazendo, e fazia exatamente do que tinha vontade, alimentando cada sensação com desejo bruto.

O prazer crescia, e eu não aguentava mais; precisava enrolar minhas pernas nele, meus nervos gritavam. *Sim, sim, agora*, e nada importava, a não ser suas mãos, boca e corpo, o modo como ele me dominava, trazendo cada vez mais prazer para os meus sentidos ofuscados. Tudo que eu queria era beijá-lo e me contorcer junto àquele calor implacável, de que eu tanto precisava. As sensações começavam a crescer em mim com uma força visceral...

– Querida, não – Joe disse, rouco, afastando-me com um tremor. – Aqui não. Espere. Isto aqui... não.

Agarrando-me à lateral da piscina, encarei-o, confusa e furiosa. Não conseguia pensar direito. Cada membro meu estava latejando. Meu cérebro demorou para processar que nós não iríamos até o fim.

– Você... você...

– Eu sei. Me desculpe. Droga. – Com a respiração pesada, ele se virou, os músculos de suas costas se retesando. – Não queria ter ido tão longe.

Fiquei temporariamente furiosa. De algum modo, aquele homem tinha me feito confiar nele, até o ponto em que eu fiquei mais vulnerável do que jamais tinha ficado com qualquer outro, e então, depois de me deixar quase louca de desejo, resolveu parar no último minuto. *Sádico*. Nadei até a parte rasa da piscina e tentei prender o fecho do meu sutiã, mas estava trêmula e nervosa, e minha blusa molhada se grudava, insistente, na minha pele. Eu lutava contra aquela confusão encharcada.

Joe veio por trás de mim e pôs as mãos por baixo da minha blusa.

– Prometi que iríamos devagar – ele murmurou, fechando meu sutiã. – Mas parece que não consigo tirar as mãos de você.

– Não precisa se preocupar com isso agora – eu disse com veemência. – Porque não pretendo tocar em você nem com uma vara de três metros, a menos que você esteja pendurado na borda de um precipício, e aí eu usaria a vara para *te derrubar*.

– Me desculpe... – Joe começou a me abraçar por trás, mas eu o repeli e me afastei chafurdando na água, extremamente indignada. Ele veio atrás, continuando a se desculpar. – Depois de nossa primeira vez acontecer daquele jeito, não podia deixar que a segunda acontecesse numa piscina.

121

– Não vai haver uma segunda vez. – Com esforço, tomei impulso para fora da piscina. Minhas roupas molhadas pareciam pesadas como uma malha de metal. – Eu não vou entrar em casa assim, preciso de uma toalha. E da minha bolsa, que está em um dos balcões da cozinha. – Sentei-me numa espreguiçadeira, tentando parecer o mais respeitável possível enquanto a água escorria de mim.

– Vou pegar. – Joe parou. – Sobre o jantar...

Eu lhe dei um olhar mortífero.

– Esqueça o jantar – ele se apressou em dizer. – Já volto.

Depois que ele trouxe as toalhas e eu me sequei o máximo possível, fui até o meu carro, com Joe logo atrás. Meu cabelo estava pegajoso, e minha roupa, grudada ao corpo. O ar da noite continuava quente, e eu estava superaquecida, quase fumegando. Quando me sentei ao volante, senti o estofamento absorvendo a água das minhas roupas. *Se o interior do meu carro ficar com cheiro de mofo*, pensei, furiosa, *vou fazer com que ele pague para reestofar os assentos.*

– Espere. – Joe segurou a porta do carro antes que eu conseguisse fechá-la. Para minha indignação, ele não parecia ter nem um pingo de remorso. – Você vai atender quando eu ligar? – ele perguntou.

– Não.

Isso não pareceu surpreendê-lo.

– Então vou aparecer na sua casa.

– Nem pense nisso. Estou farta dos seus abusos.

Deu para ver, pela maneira como mordeu o lábio, que Joe estava tentando segurar um comentário espirituoso.

– Se eu tivesse sido mais abusado, querida, você estaria muito mais feliz agora.

Estendi a mão para a porta do carro e a bati. Estendendo o dedo do meio, eu o mostrei para ele pela janela. Quando dei a partida no carro, Joe se virou... mas antes eu pude ver, de relance, que ele sorria.

········· Capítulo treze ·········

A noite de domingo se passou sem nenhuma notícia de Joe. Assim como a noite de segunda. Eu esperava, com uma impaciência cada vez maior, que ele ligasse. Mantinha o celular comigo o tempo todo, pulando a cada ligação ou mensagem de texto.

Nada.

– Não dou a mínima se você liga ou não – murmurei olhando para o telefone mudo ligado ao carregador. – Na verdade, não conseguiria estar menos interessada.

O que era mentira, óbvio, mas foi bom dizer aquilo.

A verdade era que eu não conseguia parar de me lembrar daqueles momentos em que flutuei, leve, com Joe na piscina. A lembrança era constrangedora, assombrosa e loucamente prazerosa. O modo como ele tinha falado comigo... impiedoso, sensual... senti suas palavras me penetrando, atravessando minha pele. E as promessas que me fez... seriam sequer possíveis?

A ideia de me soltar, com ele, era aterrorizante. Sentir intensamente. Voar tão alto. Não sabia o que esperar depois, que mecanismos internos poderiam ser abalados a essa altura, quanto oxigênio seria roubado do meu sangue. Ou mesmo se uma aterrissagem segura seria possível.

Na manhã de terça-feira, precisei me concentrar totalmente em Hollis Warner e em sua filha, Bethany, que foram à empresa pela primeira vez. Ryan tinha feito o pedido de casamento no fim de semana, e pelo que Hollis me contou ao telefone, Bethany tinha ficado encantada com a coisa do castelo de areia. O fim de semana foi romântico e relaxante, e o casal de noivos aproveitou para discutir possíveis datas para o casamento.

Para meu desalento – e de Sofia –, os Warner queriam a cerimônia dentro de quatro meses.

– Nosso tempo é limitado – Bethany me disse, pondo a mão sobre a barriga, ainda plana. – Quatro meses é só o que temos antes que minha barriga apareça demais no tipo de vestido que quero.

123

– Compreendo – eu disse, mantendo minha expressão impassível. Não me arrisquei a olhar para Sofia, que estava sentada ao meu lado com o bloco de notas, mas soube que ela devia estar pensando a mesma coisa: ninguém consegue organizar um megacasamento em tão pouco tempo. Todo local decente já estaria reservado, e o mesmo poderia ser dito sobre todos os bons fornecedores e músicos. – Contudo – continuei –, um prazo tão curto vai limitar nossas opções. Você já pensou em ter o bebê primeiro? Desse modo...

– *Não.* – Bethany me fuzilou com os olhos azuis. Mas no momento seguinte, seu rosto relaxou e ela sorriu, afável. – Sou uma garota antiquada. Para mim, o casamento tem que vir antes do bebê. Se isso significa que a festa terá que ser um pouco menor, tudo bem para mim e Ryan.

– Um casamento menor não está nada bem para mim – Hollis interveio. – Qualquer coisa menor do que quatrocentos convidados é impossível. Esse evento vai mostrar para a velha-guarda que somos uma família para ser levada a sério. – Ela me deu um sorrisinho que não combinava com seu olhar intenso, furioso. – Este casamento é da Bethany, mas o show é meu. Quero que todo mundo se lembre disso.

Essa não era a primeira vez que eu planejava um casamento no qual as pessoas vinham com interesses diferentes. Contudo, era a primeira vez em que a mãe da noiva era tão sincera sobre querer que a festa fosse seu próprio espetáculo.

Certamente não foi fácil crescer à sombra de uma mãe dessas. Filhos de pais dominadores podem acabar se tornando pessoas tímidas e inseguras, desesperadas para não atrair atenção. Bethany, no entanto, parecia ter sido feita no mesmo molde duro como diamante. Embora desejasse um casamento com estilo, era evidente que, acima de tudo, Bethany desejava rapidez. Não pude deixar de me perguntar se ela estaria preocupada que Ryan pudesse desistir.

As duas estavam sentadas lado a lado no sofá azul, as pernas cruzadas numa diagonal idêntica. Bethany era uma jovem linda, magra e longilínea, o cabelo platinado comprido e liso. Um grande diamante cintilou em sua mão esquerda quando ela estendeu o braço graciosamente no encosto do sofá.

– Mãe – ela disse para Hollis –, eu e Ryan já concordamos que vamos convidar apenas gente com quem temos alguma ligação pessoal.

– E quanto às *minhas* ligações pessoais? O ex-presidente e a sua primeira-dama...

– Não vamos convidá-los.

Hollis olhou para a filha como se ela tivesse acabado de falar numa língua que ela não compreendia.

– É claro que vamos.

– Já estive em casamentos com Serviço Secreto, mãe. Cães farejadores de bombas, magnetômetros, tudo fechado num raio de oito quilômetros... Ryan não vai querer isso. Só posso forçá-lo até certo ponto.

– Por que ninguém se preocupa em estar *me* forçando? – Hollis perguntou e riu, ultrajada. – Todo mundo sabe que a mãe é responsável pelo casamento. Tudo isso vai refletir em *mim*.

– Isso não quer dizer que você pode forçar todo mundo a fazer o que você quer.

– Eu é que estou sendo forçada. Eu é que estou sendo colocada de lado!

– De quem é o casamento? – Bethany perguntou. – Você teve o seu. Quer ficar com o meu também?

– O meu não foi nada comparado a este. – Hollis me deu um olhar de incredulidade, como que para expressar como sua filha era impossível. – Bethany, você sabe quanta coisa você tem que eu nunca tive?

– Claro que sei. Você não para de falar nisso.

– Ninguém vai ser colocado de lado – eu intervi, aflita. – Nós todas temos o mesmo objetivo: fazer com que Bethany tenha o casamento que ela merece. Vamos resolver as obrigações contratuais e depois começaremos a fazer uma lista de convidados. Tenho certeza de que vamos encontrar um modo de conciliar todos os interesses. E vamos consultar Ryan, é claro.

– Não sou eu quem decide... – Hollis começou.

– Tenho certeza de que podemos colocar Bethany como noiva do mês nas revistas *Casamentos Sulistas* e *Noiva Moderna* – eu a interrompi, tentando distraí-la.

– E na *Noiva do Texas* – Sofia acrescentou.

– Sem falar que vamos conseguir alguma cobertura na mídia local – continuei. – Primeiro vamos criar uma narrativa envolvente...

– Eu já sei de tudo isso – Hollis disse, irritada. – Fui entrevistada dezenas de vezes sobre minhas festas e meus eventos de arrecadação de fundos.

– Mamãe sabe de tudo – Bethany disse num tom doce.

– Um dos pontos mais atraentes desta história – eu disse – é sobre a alegria de mãe e filha ao planejarem um casamento, juntas, com a filha esperando um bebê. Esse pode ser um ótimo gancho para...

– Nós não vamos mencionar a gravidez – Hollis disse, determinada.

– Por que não? – Bethany perguntou.

– A velha-guarda não vai aprovar. Essas situações costumavam ser encobertas e discretas, e eu acho que esse continua sendo o melhor modo de lidar.

– Não quero sua opinião – Bethany retrucou. – Não tenho nada do que me envergonhar e não vou me esconder. Vou casar com o pai do meu filho. Se essas mocreias não gostarem, elas deveriam tentar viver no século XXI. Além do mais, minha barriga vai estar evidente quando acontecer o casamento.

– Você vai ter que cuidar do peso, querida – Hollis disse. – Comer por dois é um mito. Durante minha gravidez inteira, só ganhei sete quilos. Você já está meio inchada.

– Bethany – Sofia interveio com entusiasmo artificial –, nós duas precisamos arrumar um tempo para pensarmos em alguns planos, paletas de cores...

– Vou participar também – Hollis disse. – Você vai querer minhas ideias.

Depois que as Warner foram embora, eu e Sofia desabamos no sofá e gememos em uníssono.

– Me sinto atropelada – eu disse.

– Elas vão agir assim o tempo todo? – Sofia perguntou.

– Esse é só o começo. – Eu olhava para o teto. – Quando chegarmos ao momento de definir os lugares na festa, sangue já terá sido derramado.

– Quem é a velha-guarda? – Sofia perguntou. – E por que Hollis não para de falar nela?

– Não é "ela". É um grupo mais velho, estabelecido, que deseja que tudo continue igual. Pode existir uma velha-guarda na sociedade, na política, numa organização esportiva, em qualquer área que você conseguir pensar.

– Oh! Pensei que ela estava falando de alguma "guarda" específica, alguém do exército.

Talvez fosse por causa da reunião tensa que tínhamos acabado de enfrentar e o súbito alívio da tensão, mas o comentário inocente de Sofia me pareceu irresistivelmente engraçado. Eu comecei a rir.

Uma almofada veio do nada e me acertou no rosto.

– Por que você fez isso? – eu perguntei.

– Você está rindo de mim.

– Não estou rindo de você. Estou rindo do que você disse.

Outra almofada me acertou. Eu me ajeitei no sofá e a joguei de volta. Rindo descontroladamente, Sofia pulou para trás do sofá. Eu me debrucei sobre o encosto e a acertei com a almofada. Depois, me abaixei para evitar que ela me acertasse de novo.

Estávamos tão absortas que nem vimos a porta da frente ser aberta e fechada.

– Ah... Avery? – veio a voz de Val. – Eu trouxe sanduíches para o almoço, e...

– Coloque-os no balcão! – eu gritei, debruçando-me sobre o encosto do sofá para acertar Sofia. – Estamos no meio de uma reunião executiva. – *Plof.*

Sofia lançou um contra-ataque, e eu me joguei no assento do sofá. *Plof. Plof.*

– *Avery.* – O tom na voz de Val fez minha irmã parar. – Nós temos visita.

Levantei a cabeça e espiei por sobre o encosto do sofá. Arregalei os olhos ao ver Joe Travis parado junto à porta.

Morrendo de vergonha, sumi de vista, deitando no sofá, meu coração acelerado. Ele estava ali. Joe tinha aparecido, como disse que faria. Eu me senti tonta. Por que ele não tinha escolhido um momento em que eu demonstrava compostura e profissionalismo? Por que precisou me encontrar no meio de uma guerra de travesseiros com a minha irmã, como se tivéssemos 12 anos?

– Estamos aliviando o estresse – ouvi Sofia dizer, ainda ofegante.

– Posso assistir? – Joe perguntou, fazendo-a rir.

– Acho que já acabamos.

Joe deu a volta no sofá e me encontrou deitada de barriga pra cima. Seu olhar passou rapidamente pelo meu corpo. Eu vestia outro de meus vestidos caros, porém disformes; preto, sem mangas. Embora sua barra ficasse à altura da minha panturrilha, ela havia ficado acima dos joelhos quando me joguei no sofá.

Não conseguia olhar para ele sem lembrar da última vez em que estivemos juntos, do modo como eu tinha me contorcido e lhe beijado e contado tudo a ele. A vergonha me cobriu dos pés à cabeça. O que tornava tudo pior era que Joe sorria como se entendesse exatamente o que causava meu desconforto.

– Você tem pernas lindas – ele disse ao estender a mão para mim, seus dedos se fechando ao redor dos meus, colocando-me de pé com facilidade. – Eu disse que iria aparecer – ele murmurou.

– Um aviso teria sido bom. – Afoita, tirei minha mão da dele e coloquei meu vestido no lugar.

– E lhe dar uma chance de se esconder? – Ele pegou uma mecha de cabelo que tinha caído sobre meus olhos e a prendeu atrás da minha orelha com uma familiaridade inusitada.

Ciente de estar sendo observada com interesse por Sofia e Val, pigarreei e tentei soar profissional:

– Posso ajudá-lo com alguma coisa?

– Vim ver se você gostaria de ir almoçar. Tem um restaurante *Cajun* no centro... não é chique, mas a comida é boa.

– Obrigada, mas Val já trouxe sanduíches.

– Eu não trouxe nada para você, Avery – Val gritou da cozinha. – Só para mim e Sofia.

Até parece. Olhei atrás de Joe, pronta para desafiar Val, mas ela me ignorou, fingindo estar ocupada na cozinha.

Sofia sorriu para mim, os olhos maliciosos.

– Vá almoçar, *mi hermana.* – Só para me complicar, ela acrescentou: – Demore o quanto quiser; sua agenda está livre pelo resto da tarde.

– Eu tinha planos – disse. – Ia examinar as despesas de todo mundo.

Sofia deu um olhar de súplica para Joe.

– Por favor, mantenha Avery longe o máximo de tempo possível – ela disse, e ele sorriu.

– Pode deixar comigo.

O restaurante *Cajun* tinha um balcão e banquetas de aço de um lado, e uma fileira de mesas com sofás do outro. A atmosfera era agradavelmente ruidosa: o ambiente ecoava conversas ágeis, talheres arranhavam pratos de vidro e cubos de gelo se chocavam em copos de chá gelado. Garçonetes carregavam pratos com comida fumegante... *étouffée* com caudas densas de lagostim, bolinhos de milho fritos na manteiga... sanduíches *po'boy* recheados de lagosta e camarão.

Para meu alívio, a conversa se manteve em território seguro, sem menção ao nosso último encontro. Quando descrevi a reunião com as Warner, Joe achou graça, mas se mostrou compreensivo.

A garçonete trouxe nosso pedido, dois pratos de peixe pampo recheado de camarão e caranguejo assado dentro de papel-alumínio com molho *velouté* de manteiga e vinho. Cada garfada era macia e cremosa, a comida derretendo deliciosamente na minha boca.

– Eu tinha outro motivo para convidar você para sair hoje – Joe disse enquanto comíamos. – Preciso parar em um abrigo de animais e tirar algumas fotos de uns cães novos. Quer vir e me ajudar?

– Posso tentar... mas acho que não sou boa com cachorros.

– Você tem medo?

– Não, é só que nunca convivi com cachorros.

– Ah, tudo bem. Eu te digo o que fazer.

Depois do almoço, fomos até o abrigo, um edifício pequeno de tijolos com muitas janelas pintadas de branco. Uma placa com um desenho de cães e gatos informava: "Au-aubergue do Melhor Amigo". Joe pegou a bolsa com a câmera e uma sacola da parte de trás de seu Jeep, e nós entramos no local. O saguão era bem iluminado e alegre, exibindo uma tela interativa na qual os visitantes podiam navegar pelas fotos e descrições dos animais disponíveis.

Um idoso com cabeleira branca saiu de trás do balcão para nos receber, e seus olhos azuis brilhavam quando apertou a mão de Joe.

– A Millie o avisou do último grupo?

– Sim, senhor. Ela disse que quatro foram enviados por um abrigo municipal.

– Outro chegou esta manhã. – O olhar amistoso do homem se voltou para mim.

– Avery, este é o Dan – Joe disse. – Ele e sua mulher, Millie, construíram este local cinco anos atrás.

– Quantos cachorros vocês mantêm aqui? – eu perguntei.

– Cerca de cem, em média. Procuramos ficar com os cães que outros lugares têm dificuldade para fazer com que sejam adotados.

– Nós vamos preparar tudo nos fundos – Joe disse. – Traga o primeiro quando estiver pronto, Dan.

– Pode deixar.

Joe me levou até uma área de recreação nos fundos do edifício. O local era espaçoso, com o piso emborrachado em xadrez preto e branco. Havia um sofá baixo de vinil vermelho junto a uma parede. Havia uma cesta com brinquedos para cachorro e uma casinha de brinquedo com uma rampa.

Após tirar uma Nikon da bolsa, Joe colocou a lente e ajustou a exposição e o cenário. Tudo isso foi feito com a rapidez e a facilidade de quem já realizou essa tarefa um milhão de vezes.

– Primeiro eu tiro alguns minutos para conhecer um pouco o cachorro – ele disse. – Alguns chegam meio nervosos, ainda mais se já foram maltratados. O importante é se lembrar de nunca se aproximar diretamente de um cachorro e invadir o espaço dele. O cachorro vai ver isso como uma ameaça. Você é o líder da matilha, então ele é que deve vir até você. Não o olhe nos olhos a princípio, permaneça calma e o ignore até ele se acostumar com você.

A porta foi aberta, e Dan entrou com uma cadela preta e grande, cujas orelhas estavam em mau estado.

– Esta é a Ivy – ele disse. – Mestiça de labrador. Cega de um olho depois que ficou presa numa cerca de arame farpado. Ninguém consegue tirar uma foto boa dela por causa de sua cor.

– O preto complica a iluminação – Joe disse. – Você acha que ela aguenta se eu rebater um *flash* no teto?

– Claro. Ivy era um cão de caça. Um *flash* não vai incomodá-la.

Colocando a câmera de lado, Joe esperou que Ivy viesse cheirar sua mão. Ele a acariciou e coçou seu pescoço. A cadela fechou o olho são, em êxtase e ofegando, feliz da vida.

– Que cachorrinha boazinha – Joe disse, agachando-se e continuando a coçar o peito e o pescoço dela.

Depois Ivy foi até a cesta de brinquedos, pegou um jacaré de pelúcia e o levou para Joe. Ele jogou o brinquedo no ar, e Ivy o pegou com habilidade. Ela levou o jacaré de novo até ele, abanando o rabo com entusiasmo, e o processo se repetiu mais algumas vezes. Então Ivy largou o brinquedo e veio na minha direção, cheirando, curiosa.

– Ela quer conhecer você – Joe disse.

– O que eu faço? – perguntei.

– Fique parada e a deixe cheirar sua mão. Depois você pode acariciar embaixo do queixo dela.

Ivy cheirou a barra da minha saia, depois seu focinho frio tocou minha mão.

– Oi, Ivy – murmurei, coçando o pescoço e o peito dela. Ela relaxou a mandíbula e se sentou, batendo o rabo no chão. O olho são ficou fechado enquanto eu a acariciava.

Seguindo as orientações do Joe, segurei um rebatedor de luz enquanto ele tirava algumas fotos da Ivy, que se revelou uma modelo entusiasmada, deitando-se no sofá vermelho com o brinquedo entre as patas.

Mais três cães foram trazidos: um mestiço de Beagle, um Yorkshire terrier e uma Chihuahua de pelo curto. Esta última, segundo Dan, teria mais dificuldades para ser adotada. Ela era bege e branca e tinha um rosto encantador, com olhos grandes e amorosos, mas duas coisas pesavam contra ela: tinha 10 anos e era banguela.

– A dona dela precisou ir para um asilo – Dan explicou, carregando a cadelinha até o salão. – Os dentes dela ficaram ruins e tiveram que ser extraídos. Todos eles.

– Ela consegue sobreviver sem os dentes? – perguntei.

– Sim, desde que receba comida mole. – Com cuidado, Dan colocou a Chihuahua no chão. – Vamos, Cacá.

Ela parecia tão frágil, que senti uma pontada de preocupação.

– Quanto tempo eles vivem?

– Esta aqui pode durar mais uns 5 anos, talvez mais. Nós temos uma amiga cujo Chihuahua viveu 18 anos.

Cacá avaliou nós três, insegura. Balançou o rabo uma vez, depois outra, em um gesto de esperança que me deu um aperto no coração. Para minha surpresa, ela veio até mim num êxtase de bravura, os pés minúsculos tamborilando no chão. Eu me inclinei e a peguei. Ela era muito levinha; era como segurar um passarinho. Pude sentir o coração dela batendo na minha mão. Quando ela tentou lamber meu queixo, pude ver feridas na ponta de sua língua.

– Por que a língua dela está tão seca? – perguntei.

– Ela não consegue manter a língua dentro da boca porque não tem dentes. – Dan caminhou para a porta, dizendo por sobre o ombro. – Vou deixar vocês trabalharem.

Carreguei a cadelinha até o sofá e a coloquei sobre ele com cuidado. As orelhas dela caíram e seu rabo foi parar entre as pernas. Olhando para mim, ela começou a ofegar, triste.

– Está tudo bem – tentei animá-la, afastando-me. – Fique parada.

Mas Cacá parecia cada vez mais preocupada e se arrastou até a borda do sofá, como se estivesse se preparando para pular e vir atrás de mim. Eu voltei e me sentei no sofá. Enquanto eu a acariciava, ela veio para o meu colo e tentou se aninhar.

– Que esponjinha de amor – eu disse, rindo. – Como faço para que ela fique sentada sozinha?

– Não tenho ideia – Joe disse.

– Pensei que você soubesse como lidar com os cães.

– Querida, não tem como eu a convencer de que uma almofada fria de vinil é melhor do que seu colo. Se você a segurar, vou aproximar o zoom e usar a menor profundidade de campo possível.

– Para o fundo ficar borrado?

– Isso. Veja se consegue fazer com que ela relaxe. Com as orelhas murchas assim ela parece amedrontada.

– O que você quer que as orelhas dela façam?

– Veja se consegue que ela as levante e as vire para frente.

Segurei Cacá em diferentes poses, chamei-a de querida, anjo, amorzinho, e disse que, se ela se comportasse, eu lhe daria todos os prêmios que ela quisesse.

– As orelhas dela levantaram? – perguntei.

Ele torceu a boca.

– As minhas, com certeza, sim. – Agachando-se, ele tirou várias fotos, a câmera clicando sem parar.

– Você acha que alguém irá adotar a Cacá?

– Espero que sim. Não é tão fácil alguém ficar com um cão idoso. Não resta muito tempo de vida a ela, e os problemas de saúde vão começar a aparecer.

Cacá olhou para mim com olhos brilhantes e um sorriso banguela. Eu senti uma pontada de tristeza quando pensei no que provavelmente aconteceria com aquela criatura vulnerável e pouco atraente.

– Se a vida fosse mais simples... – eu me ouvi dizer. – Se eu fosse outro tipo de pessoa... eu a levaria para casa comigo.

Os cliques do obturador pararam.

– Você quer levá-la?

– Não importa. Não posso. – Fiquei surpresa com o tom lastimoso da minha voz.

– Tudo bem.

– Não tenho experiência com cães de estimação.

– Entendo.

Levantei Cacá e olhei para ela, que me encarou, franca, com aquele rostinho de velha senhora, as patinhas penduradas, abanando o rabo no ar.

– Você tem problemas demais – eu disse para ela.

Joe se aproximou, parecendo se divertir.

– Você não tem que ficar com ela.

– Eu sei. É só que... – Eu soltei uma risada apertada, incrédula. – Por algum motivo eu não aguento a ideia de ir embora sem ela.

– Deixe-a aqui e pense melhor esta noite – Joe disse. – Você pode voltar amanhã.

– Se eu não a levar agora, não vou voltar. – Eu a coloquei no meu colo e alisei seu pelo, pensando no que fazer. Ela se enrolou e fechou os olhos.

Joe se sentou ao meu lado, colocando o braço ao redor dos meus ombros. Ele ficou em silêncio, deixando que eu refletisse a respeito.

– Joe? – eu perguntei depois de alguns minutos.

– Hum?

– Você pode me dar uma razão prática para eu levar esta cachorrinha para casa comigo? Qualquer uma? Porque ela não é grande o bastante para me proteger, e não preciso dela como cão-guia ou pastora. Então me dê uma razão. Por favor.

– Vou lhe dar três. Em primeiro lugar, um cachorro vai lhe dar amor incondicional. Segundo, ter um cachorro reduz o estresse. E terceiro... – Ele tirou o braço e virou meu rosto para si, o polegar acariciando meu queixo. Ele me olhou nos olhos e sorriu. – Bem, faça isso porque você quer.

No caminho de volta para casa, paramos em um *pet shop* para comprar suprimentos. Além do básico, adquiri uma bolsa com laterais de malha e interior acolchoado. Assim que coloquei Cacá dentro dela, ela enfiou a cabeça numa abertura no alto e olhou ao redor. Eu tinha me transformado numa mulher com um cachorro de bolsa, só que em vez de um Lulu da Pomerânia ou um Poodle toy, o meu era uma Chiuhuahua banguela.

A empresa estava vazia e silenciosa quando chegamos. Joe trouxe minhas compras do carro, incluindo uma gaiola de transporte de animais de estimação e uma caixa de comida enlatada *premium* para cachorro. Eu coloquei um tapete de espuma e um cobertor macio na gaiola. Cacá entrou, curiosa.

– Queria dar um banho nela – eu disse –, mas ela já teve muita agitação por hoje. Vou deixar que ela se acostume com o novo ambiente.

Joe colocou a comida de cachorro no balcão.

– Você já parece uma especialista.

– Rá. – Comecei a guardar as latas na despensa. – A Sofia vai me matar. Eu deveria ter perguntado para ela antes de fazer isso. Só que ela teria dito "não", e eu teria trazido a Cacá para casa mesmo assim.

– Diga que eu pressionei você.

– Não, ela sabe que eu não faria nada assim a menos que realmente quisesse. Mas obrigada por se oferecer para leva a culpa.

– Sempre que precisar. – Joe parou. – Eu vou embora agora.

Eu me virei para ele, meus nervos latejando de expectativa quando ele se aproximou.

– Obrigada pelo almoço – eu disse.

O olhar quente dele me envolveu.

– Obrigado por me ajudar no abrigo. – Ele passou os braços ao meu redor, levando-me de encontro aos músculos rígidos do seu peito. Minhas mãos subiram pelas costas dele. Seu aroma terroso de limpeza estava se tornando familiar, e era mil vezes melhor do que uma colônia. Terminando o abraço, ele me soltou.

– Tchau, Avery – ele disse, a voz rouca.

De olhos arregalados, observei-o se encaminhar à porta.

– Joe...

Ele parou, com a mão na maçaneta, olhando por sobre o ombro.

– Você não vai... – Eu corei antes de continuar. – Você não vai me beijar?

Um sorriso se abriu lentamente no rosto dele.

– Não. – E ele foi embora, fechando a porta devagar atrás de si.

Enquanto eu, atônita e indignada, fitava a porta, Cacá se arriscou a sair da gaiola.

– O que é isso? – perguntei em voz alta, andando em círculos. – Ele me leva para almoçar e me traz de volta com um Chihuahua de segunda mão e, além disso, não me dá um beijo de despedida nem fala se vai me ligar... Que tipo de joguinho é esse? Isto foi um encontro, pelo menos?

Cacá me observava, ansiosa.

– Você está com fome? Sede? – Apontei para um canto da cozinha. – Suas tigelas estão lá.

Ela não se mexeu.

– Quer assistir a um pouco de TV? – perguntei.

Ela abanou o rabo espigado.

Após passar por alguns canais na TV de tela plana, encontrei um episódio de uma novela mexicana que eu e Sofia estávamos acompanhando. Apesar do drama absurdo e da maquiagem e dos penteados estilo anos 1980, a história era viciante. Eu precisava descobrir como aquilo acabava.

– As novelas mexicanas nos ensinam lições importantes – Sofia me disse, certa vez. – Por exemplo, se você estiver num triângulo amoroso com dois homens atraentes que nunca usam camisa, lembre-se de que aquele que você rejeitar se tornará um vilão e fará um plano para destruir você. E se você for linda, mas pobre e maltratada, é provável que tenha sido trocada na maternidade por outro bebê que assumiu seu lugar numa família poderosa.

Eu me diverti lendo as legendas para Cacá, carregando os diálogos com emoção: "Juro que você pagará caro por essa afronta!" e "Agora você terá que lutar por seu amor!". Borrifando a língua de Cacá com água Evian durante o comercial, eu disse:

– Espere um minuto, você não precisa de tradução. Você é uma Chihuahua, já fala espanhol.

Ouvindo a porta da frente ser aberta e fechada, olhei por sobre o encosto do sofá. Sofia entrou, parecendo abatida.

– Tudo bem? – perguntei.

– Lembra do cara na aula de *spinning*?

– Bicicleta aro vinte e dois?

– Isso. Nós saímos para beber. – Ela deu um suspiro profundo. – Foi um *horror*. A conversa ficava empacando. Foi um tédio maior do que ficar vendo bananas amadurecerem. Tudo que ele faz é se exercitar. Ele não gosta de viajar porque interfere na rotina de treino. Não lê livros nem acompanha as notícias. Mas o pior de tudo foi ele ficar olhando para o telefone o tempo todo. Que tipo de cara fica lendo e enviando mensagens durante um encontro? Chegou a um ponto em que eu coloquei uma nota de vinte dólares na mesa para pagar pelas minhas bebidas e falei: "Não quero atrapalhar seu encontro com seu telefone" e fui embora.

– Que pena.

– Agora não vou conseguir nem mesmo assistir aos glúteos dele durante as aulas de *spinning*. – Sofia conectou o celular num carregador sobre o balcão. – Como foi seu almoço?

– A comida estava ótima.

– E o Joe? Vocês se divertiram? Ele estava sedutor?

– Foi divertido – eu disse. – Mas preciso confessar uma coisa.

– O quê? – Ela me deu um olhar de expectativa.

– Depois do almoço, nós fomos fazer compras.

– Comprar o quê?

– Uma cama e uma coleira de cachorro.

Ela arqueou as sobrancelhas.

– Isso é um pouco pervertido para um primeiro encontro.

– A cama e a coleira de cachorro são para uma cachorrinha de verdade – eu disse.

– De quem? – Sofia ficou atônita.

– Nossa.

Minha irmã deu a volta no sofá. O olhar incrédulo dela caiu sobre o Chihuahua que descansava no meu colo. Cacá se encolheu, tremendo.

– Esta é a Cacá – eu disse.

– Onde está a cachorra? Só estou vendo um rato com olhos esbugalhados. E dá para sentir o fedor dela daqui.

– Não dê ouvidos a ela – eu falei para Cacá. – Você só precisa de um estilista melhor.

– Eu perguntei uma vez se nós podíamos arrumar um cachorro, e você disse que era uma ideia terrível!

– E eu tinha razão. É uma ideia terrível quando se fala de um cachorro de tamanho normal. Mas este é perfeito.

– Eu *odeio* Chihuahuas. Três das minhas tias têm. Eles precisam de comida especial, coleira especial e escadinha especial para subir no sofá. E eles mijam quinhentas vezes por dia. Se nós vamos ter um cachorro, quero um que possa sair para correr comigo.

– Você não corre.

– Porque não tenho cachorro.

– Agora nós temos.

– Não dá para correr com uma Chihuahua! Ela vai cair morta depois de quinhentos metros.

– Você também. Já te vi correndo.

Sofia parecia furiosa.

– Eu também vou sair e comprar um cachorro. Um cachorro *de verdade*!

– Tudo bem, vá comprar um. Traga meia dúzia de cachorros para casa.

– Pode ser que eu traga mesmo. – Ela fez uma careta. – Por que a língua dela fica pendurada desse jeito?

– Ela não tem dentes.

Nossos olhares se chocaram num silêncio tenso.

– Ela não consegue manter a língua dentro da boca – eu continuei –, então fica sempre seca. Mas uma mulher do *pet shop* sugeriu que eu a massageasse com um pouco de óleo de côco orgânico todas as noites, e que a borrifasse com água durante o dia... Por que isso é engraçado?

Sofia começou a gargalhar tanto que engasgou. Na verdade, ela mal conseguia falar, de tanto que bufava e ofegava.

– Você tem padrões tão elevados. Você adora coisas lindas, de bom gosto. E esta cachorra é tão feia e esquelética e... *Dios mío*, ela é um abacaxi. – Sentando ao meu lado, ela estendeu a mão para que Cacá a cheirasse. A cachorrinha inspirou, delicada, e deixou que Sofia a acariciasse.

– Ela não é um abacaxi – eu disse. – Ela é uma *jolie laide*.

– O que é isso?

– É uma expressão em francês para uma mulher que não tem uma beleza convencional, que é linda de um modo especial. Como Cate Blanchett ou Meryl Streep.

– Foi o Joe que a convenceu a fazer isso? Você pegou essa cachorra para que ele pense que você é bondosa?

Dirigi a ela um olhar indignado.

– Você sabe que nunca quis que as pessoas pensassem que sou sensível.

Sofia balançou a cabeça, conformada.

– Venha, Meryl Streep – ela disse para Cacá, tentando fazê-la sair do meu colo. – *Vem aqui, niña*.

Cacá se encolheu, ofegante de ansiedade.

– Um abacaxi asmático – Sofia disse, recostando-se no canto do sofá com um suspiro. – Minha mãe vem me visitar amanhã – ela disse depois de um instante.

– Nossa, já está na hora, de novo? – Eu fiz uma careta. – Já?

A cada dois ou três meses, Alameda, mãe da Sofia, vinha de San Antonio para visitar a filha. Essas ocasiões consistiam sempre em horas de um interrogatório incansável a respeito dos amigos de Sofia, de sua saúde, seu trabalho e suas atividades sexuais. Alameda nunca perdoou a filha por se mudar para tão longe da família e por terminar o relacionamento com um jovem chamado Luis Orizaga.

A família inteira de Sofia tinha tentado pressioná-la a se casar com Luis, cujos pais eram honrados e ricos. De acordo com Sofia, Luis era autoritário e egoísta, além de terrível na cama. Alameda me culpava por ajudar Sofia a largar Luis e começar uma vida nova em Houston. Como resultado, a mãe de Sofia mal se dava ao trabalho de ser educada comigo.

Por causa da minha irmã, eu tentava ser gentil com Alameda. De certo modo, eu simpatizava com ela, assim como simpatizaria com qualquer pessoa que meu pai tivesse magoado. Porém, o modo como ela tratava Sofia era difícil de tolerar. Como Alameda não podia extravasar sua raiva com o ex-marido, tinha transformado a filha dos dois em um bode expiatório. Eu sabia muito bem como era isso. Sofia sempre ficava deprimida por um dia ou dois depois que a mãe a visitava.

– Ela vai ficar aqui? – perguntei.

– Não, minha mãe não gosta de dormir no nosso sofá-cama. Machuca as costas dela. Ela vai se hospedar num hotel amanhã à tarde e vem para jantar às 17 horas.

– Por que você não a leva para comer fora?

Sofia descansou a cabeça no encosto do sofá e a rolou negativamente de um lado para outro.

– Ela quer que eu cozinhe para que possa apontar tudo que estou fazendo de errado.

– Você quer que eu saia enquanto ela estiver aqui?

– Seria melhor se você ficasse. – Com um sorriso desanimado, Sofia completou: – Você é boa para atrair algumas das pedras.

– Tantas quanto eu puder – eu disse, sentindo uma onda de amor por minha irmã. – Sempre, Sofia.

Capítulo catorze

Depois de pensar muito e ponderar algumas ideias, Sofia veio com dois conceitos para o casamento Warner. O primeiro era de um casamento formal tradicional, perfeitamente grandioso e realizável. Depois da imponente cerimônia na Igreja Metodista na avenida Memorial, uma frota de limusines branco-pérola transportariam os convidados até uma festa de cristal e rosas no Country Club de River Oaks. Seria tudo elegante, de bom gosto, o tipo de festa que todos estariam esperando. Mas não o tipo que nós queríamos que os Warner escolhessem.

O segundo conceito de casamento era um arraso. O local seria o edifício Filter, no lago White Rock, perto de Dallas. O edifício histórico era uma instalação industrial espetacular, à margem do lago, com tijolos vermelhos e vigas de ferro à mostra, com janelões com vista para o lago. Era quase certo que Ryan adoraria o local, que deveria agradar seu gosto por arquitetura.

Inspirada pelo edifício da era da Grande Depressão, Sofia tinha idealizado um suntuoso casamento gatsbyiano em tons de creme, bege e dourado, com as madrinhas usando vestidos de cintura baixa e cordões de contas. Os homens vestiriam *smoking*. As mesas seriam cobertas por toalhas bordadas, e os arranjos de flores teriam orquídeas e plumas. Os convidados seriam transportados de um hotel em Dallas até o lago White Rock em uma frota de Rolls-Royces e Pierce-Arrows antigos.

– Vamos fazer de um modo novo – Sofia disse. – Elegante, mas moderno. Nós queremos que o evento seja inspirado na Era do Jazz, mas sem ser muito fiel, do contrário vai parecer uma festa à fantasia. – A equipe toda adorou o conceito gatsbyiano.

A equipe toda exceto Steven.

– Vocês sabem que a história do Gatsby é trágica, certo? – ele perguntou. – Pessoalmente, não gosto de um casamento baseado em temas de poder, ganância e traição.

– Que pena – Sofia disse. – Seria perfeito para você.

Val interveio antes que eles começassem a brigar.

– *O grande Gatsby* é um daqueles livros de que todo mundo ouviu falar, mas que ninguém leu.

– Eu li – Steven disse.

– Leitura obrigatória no ensino médio? – Sofia perguntou, desdenhosa.

– Não, foi por diversão. Chama-se literatura. Você deveria tentar, um dia, se conseguir se afastar das novelas mexicanas.

As sobrancelhas de Sofia se juntaram.

– Olhem quem está falando, com todos aqueles esportes bobos que você assiste.

– Agora chega, vocês dois – eu intervi, dando um olhar escaldante para Steven.

Ele me ignorou e pegou o telefone.

– Preciso fazer umas ligações. Vou lá fora. Não consigo ouvir com vocês tagarelando.

– Deem uma chance para ele – Tank sugeriu assim que Steven se afastou. – Ele e a namorada brigaram no fim de semana.

Sofia arregalou os olhos.

– Ele tem uma namorada?

– Eles começaram a se ver algumas semanas atrás, mas no domingo eles estavam assistindo ao futebol na casa dele quando, de repente, ela baixou o volume e disse para o Steven que os dois não deviam mais se ver, porque ele estava "emocionalmente indisponível".

– O que ele respondeu?

– Steven perguntou se ela podia esperar para conversar no intervalo. – Diante de nossos olhares de indignação, Tank completou, na defensiva: – Nós estávamos jogando contra os Cowboys.

A campainha tocou.

– É minha *mamá* – Sofia murmurou.

– Todos em seus postos de combate – eu disse, brincando apenas parcialmente. Como todos na empresa tinham conhecido Alameda em outras ocasiões, ninguém perdeu tempo para recolher suas coisas. Ninguém tinha qualquer vontade de papear com uma mulher que não tinha algum senso de humor. Toda conversa com ela era igual, uma ladainha de reclamações contidas dentro de reclamações, como um conjunto de bonecas russas venenosas.

Sofia levantou, puxou a barra de sua blusa turquesa e foi, relutante, receber a mãe. Ela endireitou os ombros antes de abrir a porta e dizer, animada:

– *¡Mamá!* Como foi a viagem? Como foi...

Interrompendo-se de repente, Sofia recuou como se tivesse visto uma cobra armar o bote. Sem pensar, pulei do sofá e fui até ela. O rosto da minha irmã tinha perdido a cor, exceto pela parte rosada no alto de cada maçã do rosto, como se fossem sinais de alerta.

Alameda Cantera estava parada diante do vão da porta, com o mesmo aspecto de sempre, com os olhos frios e a boca retorcida pela amargura de uma pessoa maltratada pela vida. Alameda era uma mulher atraente, o corpo pequeno e magro, usando uma blusa rosa-choque, blazer e calças jeans. O cabelão preto liso estava puxado para trás, preso num coque baixo. Era uma escolha infeliz para alguém cujas feições duras poderiam se beneficiar de uma moldura mais suave. Mas quando jovem, antes de Eli a deixar amargurada, Alameda deve ter sido linda.

Ela tinha trazido alguém, um homem ainda na faixa dos 20 e poucos anos. Tinha o cabelo preto e era um pouco esbelto, baixo, mas musculoso, vestindo calças sociais bem passadas e uma camisa impecável. Embora fosse atraente, sua expressão transmitia certa arrogância, um machismo sorrateiro com que instintivamente antipatizei.

– Avery – Sofia disse –, este é Luis Orizaga.

Puta merda, eu pensei.

Mesmo conhecendo Alameda, não pude acreditar que ela tinha trazido à nossa casa o ex-namorado da filha, sem ser convidado e *nada* bem-vindo. Embora Luis nunca tivesse agredido Sofia, tentou dominá-la de todas as formas, decidido a extinguir cada centelha de independência dela.

Aparentemente, nunca tinha ocorrido a Luis que Sofia pudesse não estar feliz no relacionamento. Foi um choque para ele quando minha irmã terminou o noivado e se mudou para Houston para começar uma empresa comigo. Luis entrou num estado de fúria que durou um mês e envolveu muita bebida, múltiplas brigas em bares e móveis quebrados. Menos de um ano depois, ele se casou com uma garota de 17 anos. Alameda contou para Sofia que eles tiveram um filho, e afirmou que ele deveria ter sido o neto dela e que Sofia precisava ter filhos.

– Por que você está aqui? – Sofia perguntou a Luis. Sua voz soou tão jovial e vulnerável, que me senti tentada a me colocar à frente dela e brigar com a dupla parada à porta, dizer-lhes que a deixassem em paz.

– Eu convidei Luis para vir comigo – Alameda respondeu, agressivamente alegre, os olhos brilhando. – É muito solitário vir dirigindo sozinha desde Dallas, o que tenho que fazer já que *você* nunca vai me visitar, Sofia. Eu disse para o Luis que ele nunca saiu de seu coração, e é por isso que você continua solteira.

– Mas você é casado – Sofia disse, dando um olhar de perplexidade para Luis.

– Nós nos divorciamos – ele disse. – Eu dei muitas coisas para ela. Fui gentil demais. Todo esse mimo fez com que ela quisesse me deixar.

– É claro que foi isso – eu não consegui me conter.

Meu comentário ácido foi completamente ignorado.

– Eu tenho um filho chamado Bernardo... – Luis disse para Sofia.

– A criança mais linda que eu já vi. – Alameda disse.

– Ele tem quase 2 anos – Luis continuou. – Eu fico com ele um fim de semana a cada quinze dias. Preciso de ajuda para criá-lo.

– Você é a garota mais sortuda do mundo, *cariño* – Alameda disse para Sofia. – Luis decidiu te dar outra chance.

Eu me virei para Sofia.

– Você ganhou na loteria – falei, irônica.

Sofia estava abalada demais para sorrir.

– Você deveria ter me perguntado antes de aparecer, Luis – ela disse. – Eu falei para você, quando vim embora para Houston, que não queria mais vê-lo.

– Alameda me explicou tudo – ele respondeu. – Sua irmã a convenceu a se mudar quando você ainda estava de luto pela morte do seu pai. Você não sabia o que estava fazendo.

Eu abri minha boca para protestar, mas Sofia fez um sinal pedindo silêncio sem nem olhar para mim.

– Luis – ela disse –, você sabe por que eu fui embora. E nunca vou voltar para você.

– As coisas estão diferentes. Eu mudei, Sofia. Agora sei como te fazer feliz.

– Ela já está feliz – eu soltei.

Alameda me deu um olhar de pouco caso.

– Avery, isto não é da sua conta. É assunto de família.

– Não seja grossa com a Avery – Sofia disse, ficando vermelha de raiva. – Ela é a minha família.

Um rápido tiroteio de frases em espanhol se seguiu, com os três falando ao mesmo tempo. Não consegui entender mais do que algumas palavras. Ao fundo, Ree-Ann, Val e Tank esperavam com suas bolsas e notebooks.

– Precisa de ajuda? – Tank perguntou.

– Ainda não sei – murmurei, grata por ele estar presente.

Sofia parecia cada vez mais nervosa enquanto tentava se defender. Eu me aproximei, ansiosa por interver em defesa dela.

– Podemos não fazer isso em esoanhol, por favor? – perguntei, firme. Ninguém pareceu me ouvir. – O fato é que – eu tentei outra vez – Sofia tem uma vida ótima aqui. Uma carreira de sucesso. Ela é uma mulher independente. – Quando nada disso produziu qualquer efeito, eu acrescentei: – Ela tem um novo namorado.

Para minha satisfação, um silêncio abrupto pairou no ambiente.

– Isso mesmo – Sofia confirmou, aproveitando a deixa. – Eu tenho um namorado. Noivo, na verdade.

Alameda estreitou os olhos, como uma víbora.

– Você nunca me disse nada sobre esse homem. Quem é ele? Qual é o nome?

Sofia abriu os lábios.

– Ele é...

– Com licença – Steven disse, abrindo caminho pela porta entreaberta. Ele parou com uma expressão intrigada, observando nossos rostos confusos no silêncio tenso. – O que está acontecendo?

– *Querido* – Sofia exclamou e se jogou nele.

Antes que Steven pudesse reagir, ela passou os braços ao redor do pescoço dele, puxou sua cabeça para baixo e colou a boca na dele.

················ CAPÍTULO QUINZE ···············

Pego de surpresa, Steven congelou quando Sofia o beijou. Eu prendi a respiração, pedindo em silêncio que ele não a afastasse. As mãos dele, suspensas como se estivessem presas em fios de marionete, desceram lentamente até os ombros dela. *Tenha pena dela, Steven,* eu pensei, desesperada. *Só desta vez.*

Mas a reação de Steven não teve nada de piedosa. Seus braços deslizaram ao redor dela, e ele começou a beijá-la como se não quisesse parar nunca. Como se ela fosse uma substância perigosamente viciante, que precisava ser manuseada com cuidado, racionada devagar, ou ele poderia morrer de uma overdose fatal. A paixão concentrada naquele beijo cego, abrasador, pareceu irradiar e aquecer toda a sala.

De algum lugar atrás de mim veio um baque no chão. Tank tinha derrubado seu notebook. Ele e as duas estagiárias fitavam, boquiabertos, o casal entrelaçado.

– Está tudo bem. Caiu no tapete. Nem arranhou – Tank avisou, abaixando-se para pegar o computador.

– Ninguém liga – Ree-Ann disse, seu olhar pasmo ainda preso a Steven e Sofia.

– Vocês todos podem ir agora – eu disse para eles, apontando para a porta dos fundos.

– Esqueci de limpar a cafeteira – Val disse.

– Eu ajudo – Ree-Ann se ofereceu.

– *Fora!* – eu ordenei.

Relutantes, todos saíram da cozinha e continuaram até a porta dos fundos, olhando várias vezes por sobre o ombro.

De repente, Steven interrompeu o beijo e sacudiu a cabeça, como se para clareá-la. Seu olhar foi do rosto corado de Sofia para a dupla à porta.

– O que...

– *Mamá* veio me visitar – Sofia disse, apressada. – Ela trouxe Luis, meu ex-namorado.

Minhas mãos se crisparam à espera da reação de Steven. Ele sabia o bastante a respeito do passado de Sofia para entender como aquela situação era devastadora. Se ele quisesse uma oportunidade para humilhar Sofia... mais do que isso, para *destruí-la*, tinha acabado de conseguir uma.

– Aconteceu uma confusão – Sofia continuou, seu olhar desesperado grudado no dele. – *Mamá* pensou que houvesse alguma chance de eu voltar com o Luis, então ela o convenceu a acompanhá-la até aqui. Mas eu estava começando a explicar que isso não é possível, porque... porque...

– Nós estamos juntos – Steven disse, a última palavra marcada por uma fraca interrogação.

Sofia assentiu vigorosamente.

– Eu já vi esse aí antes – Alameda disse para Sofia em tom acusador. – Ele trabalha aqui. Você nem gosta dele!

Eu não podia ver o rosto de Steven, mas quando ele falou, sua voz soou quente e descontraída.

– Não foi amor à primeira vista – ele admitiu, mantendo o braço ao redor de Sofia. – Mas a atração estava lá desde o início.

– Para mim também – Sofia se apressou em dizer.

– Às vezes, quando o sentimento é profundo – Steven continuou –, é difícil saber como lidar com ele. E não é como se Sofia fosse o tipo de mulher pela qual eu imaginava que me apaixonaria.

– Por que não? – Sofia olhou para ele franzindo o cenho.

Fitando-a nos olhos, Steven começou a brincar com uma mecha do cabelo dela.

– Deixe-me enumerar os motivos: você é uma otimista incorrigível, começa a decorar para o Natal três meses antes da hora e põe *glitter* em tudo que não consegue fugir de você. – Com a ponta dos dedos, Steven desenhou a curva da orelha dela e acariciou o rosto de Sofia. – Quando fica empolgada com um projeto, você começa a esfregar as mãos como um vilão com um plano maligno. Você costuma comer pimentas tão picantes, que fariam uma pessoa normal desmaiar. Existem palavras que você não consegue pronunciar direito. Salmão. Pijama. Toda vez que ouve um telefone tocar, você acha que é o seu, menos quando é de fato o seu. Outro dia vi você estacionar na frente da empresa, e dava para perceber que estava cantando a plenos pulmões. – Aos poucos, ele foi abrindo um sorriso. – Eu aceitei, afinal, que essas são razões perfeitamente legítimas para amar alguém.

Minha irmã não sabia o que falar.

Nenhum de nós sabia.

Steven tirou seu olhar de Sofia e estendeu a mão para cumprimentar Luis.

– Eu sou Steven Cavanaugh – ele disse. – Não o culpo por querer Sofia de volta. Mas ela está, com certeza, comprometida.

Luis recusou-se a aceitar o cumprimento, cruzando os braços e olhando feio para Steven.

– Você não pediu minha permissão – Alameda ralhou com Steven. – E Sofia não tem anel. Não existe noivado sem anel.

Absorvendo essa informação, Steven olhou para Sofia.

– Você... contou para ela do noivado? – ele perguntou, lentamente.

Sofia balançou a cabeça, confirmando com um movimento nervoso.

– Tecnicamente, eles estão comprometidos a se comprometer – eu intervi. – Steven planejava conversar com você a respeito esta noite, Alameda. Depois do jantar.

– Ele não pode jantar conosco – Alameda disse. – Eu convidei o Luis.

– Eu convidei Steven primeiro – Sofia disse.

– *Chega!* – Luis rugiu. Ele tentou segurar Sofia. – Quero falar com você lá fora. A sós.

Steven bloqueou o movimento com uma agilidade espantosa, batendo no braço de Luis.

– Tire as mãos dela – ele disse, num tom que levantou os pelos da minha nuca. Aquilo não era a cara do Steven, que se orgulhava por nunca perder a calma.

– Steven – Sofia interveio, tentando evitar que a situação saísse de controle. – *Querido mío*, está tudo bem, eu... eu faço o que ele está pedindo. Eu posso conversar com ele.

Steven encarou Luis, o olhar duro.

– Ela é minha.

A rivalidade pesava no ar enquanto os dois homens se encaravam. Eu me arrependi de ter mandado Tank embora. No passado ele tinha encerrado muitos embates, e esse prometia ser complicado.

– Luis – Alameda disse, constrangida –, talvez seja melhor você voltar para o hotel. Eu cuido da minha filha.

– *Ninguém vai cuidar de mim* – Sofia estourou. – Não sou um animalzinho de estimação. *Mamá*, quando vai aceitar que eu tomo minhas próprias decisões?

A boca de Alameda tremeu e seus olhos se encheram de lágrimas. Ela procurou um lenço em sua bolsa.

– Eu fiz tudo por você. Minha vida inteira foi para você. Só estou tentando evitar que você cometa tantos erros.

– *Mamá* – Sofia disse, irritada. – Eu e Luis não servimos um para o outro. – Alameda soluçava alto demais para escutar. Sofia se virou para Luis. – Sinto muito. Desejo tudo de bom para você e seu filho...

– *Eres babosa!* – Luis explodiu. Pelo modo como Sofia ficou rígida, percebi que era um insulto. Ele gesticulou na direção de Steven. – Quando ele descobrir que você é burra e idiota, que fica deitada na cama parecendo um peixe morto, ele vai te jogar fora. Vai te deixar gorda e grávida de um bastardo, assim como seu pai deixou sua mãe.

– Luis! – Alameda exclamou, chocada e em lágrimas.

– Um dia – Luis continuou, amargurado –, você vai voltar rastejando para mim, Sofia, e eu vou lhe dizer que você mereceu por ser tão...

– E isso é tudo que precisamos saber das suas opiniões – eu disse, ríspida. Vendo que Steven estava para perder a cabeça, eu corri até a porta e a escancarei, dirigindo-me a Luis: – Se precisar de um táxi, ficarei feliz em chamar um.

Luis saiu pisando duro sem dizer mais nada.

– Como ele vai voltar para o hotel? – Alameda perguntou com a voz chorosa. – Viemos no meu carro.

– Ele dá um jeito – eu disse.

Alameda enxugou os olhos, que ficaram manchados de rímel preto, deixando-a parecida com um guaxinim.

– Sofia – ela choramingou. – Você deixou o Luis tão bravo. Ele não sabia o que estava dizendo.

Engolindo uma resposta sarcástica, pus a mão no ombro da mulher e a levei em direção aos fundos da sala.

– Alameda, temos um banheiro depois da cozinha, à esquerda no corredor. É melhor você arrumar a maquiagem.

Com uma exclamação abafada, Alameda foi na direção do lavabo.

Eu me virei e dei de cara com Sofia nos braços de Steven.

– ... desculpe ter envolvido você nisso – ela disse, em tom de sofrimento. – Só consegui pensar nisso.

– Não precisa se desculpar. – Baixando a cabeça, Steven a beijou na boca, com uma mão na nuca de Sofia, aninhando-a. Pude ouvir minha irmã inspirando fundo.

Estarrecida, passei por eles e fui até a cozinha como se nada demais estivesse acontecendo. Mecanicamente, comecei a tirar a louça limpa da lavadora.

– Eu ajudo com o jantar – ouvi, enfim, Steven dizer. – O que nós vamos comer?

— Não consigo me lembrar — Sofia soou atordoada.

Durante o resto da noite, Steven foi o retrato do namorado perfeito. Eu nunca o tinha visto agir assim. Afetuoso. Tranquilo. Não dava para saber o quanto daquilo era real. Ele insistiu em ajudar Sofia a cozinhar, e não demorou para que eu e Alameda estivéssemos sentadas nas banquetas do balcão, assistindo.

Steven e Sofia tinham passado horas cozinhando juntos, mas nunca pareceram à vontade na companhia um do outro. Até aquele momento. Eles tinham descoberto um novo tipo de relação. Estavam procurando acertar o tom, abrindo-se um para o outro.

Por ter trabalhado no restaurante da família, Sofia era uma cozinheira e tanto. Nessa noite, ela fez frango ao *mole*, prato favorito de Alameda. Como entrada, Sofia serviu uma tigela de tortilhas caseiras, finas e crocantes, acompanhada de salsa batida, um purê fumegante que fez minha língua latejar de ardência.

Enquanto Steven preparava margaritas, fui procurar Cacá, que levei para mostrar para Alameda. Embora a mãe de Sofia e eu não tivéssemos nada em comum, finalmente encontramos algo para nos unir. Alameda e todas as tias de Sofia adoravam Chihuahuas. Ela pegou Cacá no colo, murmurou coisas em espanhol para a cachorra e elogiou a coleira rosa de couro cravejada de brilhantes. Ao descobrir que eu estava disposta a ouvir assuntos relacionados a Chihuahuas, Alameda começou a me dar conselhos de alimentação e cuidados.

Steven preparou uma salada com milho recém-assado, pedaços de queijo branco, coentro picado e molho cremoso picante de limão.

— *Que tal?* — ele perguntou a Sofia.

Ela sorriu e respondeu um murmurinho enquanto ia até a geladeira.

— O que foi? — ele perguntou.

Sofia pegou um recipiente com frango marinado no café.

— Eu disse que podia acrescentar mais molho.

— Essa parte eu entendi. Eu perguntei da parte em espanhol. O que quer dizer?

— Oh! — Corando, Sofia pôs uma frigideira pesada de ferro no fogão. — Nada. É só uma expressão.

Steven apoiou as mãos no balcão, envolvendo-a por trás.

– Você não pode me chamar dessas coisas e não me dizer o que significam – ele murmurou, acariciando a bochecha dela com o nariz.

Ela ficou mais vermelha.

– Não é assim.. bem, não faz sentido quando se traduz.

– Diga assim mesmo – ele insistiu.

– *Media naranja*.

– O que é isso?

– Meia laranja – Alameda disse. Um franzido marcou sua testa enquanto ela pegava o copo de margarita. – É uma expressão que significa "cara metade". Alma gêmea.

Foi difícil interpretar a expressão de Steven. Mas ele baixou a cabeça e beijou Sofia no rosto antes de se afastar. Sofia começou a mexer o conteúdo de uma panela sem parecer saber muito bem o que estava fazendo.

Se Alameda tinha alguma dúvida se aquele relacionamento era realmente genuíno, tive certeza de que já não a tinha mais. Steven e Sofia estavam mais do que convincentes como casal, o que me deixou preocupada. Com o casamento Warner se aproximando, esse não era o melhor momento para um relacionamento turbulento e todo o drama que podia vir junto.

Havia também a possibilidade de que Steven voltasse ao seu estado normal no dia seguinte. Por mais que eu conhecesse o Steven, não dava para dizer o que estava se passando em sua cabeça. Será que ele limitaria toda essa experiência a uma encenação? Sem dúvida Sofia também estava se perguntando o mesmo.

O frango acabou sendo uma obra-prima, banhado em um molho aveludado escuro, feito de chocolate Oaxacan amargo, especiarias e do calor terroso de pimentas *guajillo*. Steven se esforçou para ser encantador, respondendo prontamente às perguntas de Alameda a respeito de seus pais, que moravam no Colorado. A mãe era florista, e o pai, professor aposentado. Os dois estavam casados há trinta anos. Questionado por Alameda, Steven admitiu que talvez não quisesse trabalhar com planejamento de eventos para sempre; ele conseguia se ver administrando projetos maiores, corporativos, ou até migrando para relações públicas. No momento, contudo, ainda tinha muito o que aprender na nossa empresa.

– Se pelo menos eu não fosse tão inacreditavelmente mal pago – ele acrescentou em tom de desânimo, e tanto eu quanto Sofia começamos a rir.

– Depois do seu último aumento? – perguntei, fingindo indignação. – E da melhoria do seu plano de saúde?

– Preciso de mais benefícios – Steven disse. – Que tal uma aula de yoga na empresa? – À vontade, ele pendurou o braço no encosto da cadeira de Sofia.

Para fazê-lo ficar quieto, Sofia colocou uma tortilha diante da boca dele, que aceitou e deu uma mordida.

Alameda sorriu ao observá-los. Ela nunca gostaria de Steven, pensei. Com certeza ele devia lembrá-la do meu pai. Embora Steven não fosse tecnicamente parecido com Eli, era alto, loiro e possuía um encanto britânico semelhante. Eu poderia ter dito para Alameda que Steven era um cara totalmente diferente, mas isso não importaria para ela. Alameda estava decidida a não aceitar nenhum homem que Sofia escolhesse sozinha.

Comemos pudim de sobremesa e depois tomamos café forte com canela. Enfim, Alameda anunciou que estava na hora de ir embora. A despedida foi estranha, permeada pela consciência de tudo que não tinha sido dito. Alameda não se desculpou por ter trazido Luis para Houston, e Sofia ainda fervia por dentro por ter sofrido aquela emboscada. Alameda demonstrou o mínimo de educação para com Steven, quem, por sua vez, foi educadíssimo.

– Posso acompanhá-la até seu carro, Sra. Cantera? – ele perguntou.

– Não, quero que Avery venha comigo.

– Claro – eu disse, pensando: *Qualquer coisa. Qualquer coisa para tirar você daqui.*

Nós caminhamos até as vagas de estacionamento em frente à empresa. Fiquei ao lado do carro de Alameda enquanto ela se sentava no lugar do motorista. Ela bufou alto e manteve a porta abeta.

– Que tipo de homem ele é? – ela perguntou sem olhar para mim.

– Um homem bom – eu respondi com seriedade. – Steven não foge quando as coisas ficam complicadas. Está sempre calmo numa emergência. Ele consegue dirigir qualquer coisa com rodas, sabe fazer massagem cardíaca e conhece o básico de encanamento. Trabalha dezoito horas seguidas sem reclamar; até mais, se necessário. Posso lhe garantir uma coisa, Alameda: ele não se parece em nada com meu pai.

Um sorriso sem graça passou com rapidez pelas sombras do rosto dela.

– Eles são todos parecidos com seu pai, Avery.

– Então por que está tentando empurrar a Sofia para o Luis? – perguntei, pasma.

– Porque assim, pelo menos, ele a levaria para morar perto da família – Alameda disse. – A *verdadeira* família dela.

Enfurecida, esforcei-me para manter a voz calma.

– Sabe, Alameda, você tem o péssimo hábito de atacar sua própria filha, e não sei o que pretende conseguir com isso. Se espera que isso sirva de incentivo para a Sofia se aproximar de você, parece que não está funcionando. Talvez seja melhor você tentar outra tática.

Fuzilando-me com o olhar, Alameda bateu a porta do carro e deu partida no motor. Depois que ela se foi, voltei para a empresa, onde Sofia estava fechando a lava-louça enquanto Steven secava o copo do liquidificador. Os dois estavam quietos. Eu me perguntei o que tinha sido dito quando eu estava com Alameda.

Peguei Cacá e virei seu rosto para mim.

– Você se comportou muito bem esta noite – eu disse. – É uma garota boazinha. – Ela tentou me lamber. – Na boca não! – eu exclamei. – Eu sei onde você pôs essa língua.

Steven pegou suas chaves no balcão.

– Está na hora de ir – ele disse. – E depois desse jantar, acho que vou rolando.

– Você salvou o dia – eu sorri para ele. – Obrigada, Steven.

– É, obrigada – Sofia disse, com desânimo na voz. Toda a empolgação tinha sumido de seu rosto.

– Não foi nada. – O tom de Steven foi cuidadosamente neutro.

Eu pensei em como me retirar com elegância.

– Você quer que eu...

– Não – Steven se apressou em dizer. – Eu vou embora. Vejo vocês amanhã.

– Está bem – eu e Sofia dissemos juntas.

Nós duas nos ocupamos com tarefas triviais enquanto Steven se arrumava para ir embora. Peguei uma toalha de papel e passei no balcão, que já estava limpo. Sofia borrifou produto de limpeza no interior da pia, que já tinha sido lavada. Assim que a porta se fechou, nós começamos a conversar.

– O que ele disse? – eu quis saber.

– Nada demais. Ele perguntou se eu queria guardar o resto da salsa e onde nós guardávamos sacolas de plástico. – Sofia cobriu o rosto com as mãos. – Eu o *odeio*. – Fiquei assustada ao ouvir um soluço escapar.

– Mas – eu comecei, confusa – ele foi bem legal com você esta noite...

– *Exatamente* – Sofia disse, enfurecida. Outro soluço. – Parecia um príncipe da Disney. E eu me permiti acreditar que era real, e foi ma-maravilhoso. Mas agora acabou, e amanhã ele vai voltar a se transformar numa ab-abóbora.

– O príncipe não vira abóbora.

– Então *eu* vou virar abóbora.

Eu estendi a mão para o rolo de papel-toalha e puxei uma folha.

– Não, você também não vira abóbora. A carruagem é que se transforma em abóbora. Você volta andando para casa com um sapato e um monte de roedores traumatizados.

Uma risada passou tremendo pelos dedos de Sofia. Ela aceitou a tolha de papel.

– Ele queria dizer todas aquelas coisas – Sofia disse, enxugando os olhos molhados. – Ele gosta de mim. Eu sabia que era verdade.

– Todo mundo sabia, Sofia. Foi por isso que Luis ficou furioso e foi embora tão depressa.

– Mas isso não significa que Steven queira um relacionamento.

– Talvez você também não queira – eu disse. – Às vezes, começar um relacionamento é a pior coisa que se pode fazer com alguém que você ama.

– Só mesmo uma filha de Eli Crosslin para dizer isso – a voz soou através do papel-toalha.

– Mas deve ser verdade.

Sofia me encarou por cima da massa de papel molhado.

– Avery – ela disse com firmeza –, *nada* do que nosso pai lhe disse era verdade. Nenhuma promessa. Nenhum conselho. Ele é a pior parte de nós. Por que a metade dele sempre vence? – Chorando, ela se levantou com um pulo e foi para o quarto.

······················ Capítulo dezesseis ··············

Para minha grande satisfação, sem falar na de Sofia, Bethany Warner adorou o conceito de casamento "Era do Jazz" no edifício Filter. Hollis demorou um pouco mais para ser convencida, receando que os elementos *art déco* pudessem parecer frios demais. Porém, depois que Sofia lhe mostrou desenhos e amostras dos detalhes, incluindo arranjos de flores frescas ornamentados com cordões de pérolas e broches brilhantes de cristal, Hollis ficou mais entusiasmada.

– Ainda assim, sempre imaginei Bethany usando um vestido de casamento tradicional – Hollis resmungou. – Não algo da moda.

Bethany franziu o cenho.

– Não é "da moda" se vem da década de 1920, mãe.

– Não quero você com algo que pareça uma fantasia – Hollis insistiu.

Eu intervi com rapidez, pegando o bloco de rascunho de Sofia e me sentando entre as Warner.

– Eu compreendo. Precisamos de algo que seja clássico, sem ser muito ligado ao tema. Não estava pensando em cintura baixa para você, Bethany. Pensei em algo mais assim... – Peguei um lápis e desenhei um vestido elegante, de cintura alta. Por impulso, acrescentei a saia com a frente dividida em seguimentos drapeados de seda e tule. – A maior parte do corpete seria coberto por pérolas e paetês. – Eu preenchi o desenho com um padrão geométrico. – E em vez de véu, um diadema de cabelo duplo, com diamantes e pérolas passando pela testa. Ou, se isso for dramático demais...

– É isso – Bethany disse, empolgada, apontando o dedo para o desenho. – É isso que eu quero. Adorei.

– É lindo – Hollis admitiu. Ela me deu um olhar satisfeito. – Você acabou de pensar nisso, Avery? É muito talentosa.

Eu sorri para ela.

– Tenho certeza de que podemos conseguir que algo semelhante seja feito...

– Não – Bethany me interrompeu. – Semelhante, não. Eu quero *este*.

– Sim, você deve desenhar o vestido, Avery – Hollis disse.

Eu balancei a cabeça, desconcertada.

– Faz anos que não desenho vestidos. E meus antigos contatos estão todos em Nova York.

– Encontre alguém para ajudá-la com isso – Hollis me disse. – Nós pegaremos um avião para Nova York sempre que for necessário provar o vestido.

Depois que a reunião terminou e as Warner saíram, Sofia exclamou:

– Não acredito que elas gostaram do casamento "Era do Jazz". Pensei que havia cinquenta por cento de chance de elas escolherem o Country Club.

– Eu estava certa de que Hollis escolheria a opção com mais personalidade. Ela quer ser vista como visionária e criadora de tendências.

– Mas sem ofender a velha-guarda – Sofia disse.

Eu sorri e fui pegar Cacá na casinha.

– Aposto que parte da velha-guarda estava por aí durante a Era do Jazz.

– Por que você deixou a Cacá presa enquanto as Warner estavam aqui?

– Algumas pessoas não gostam de ver um cachorro andando por aí.

– Eu acho que você tem vergonha dela.

– Não diga esse tipo de coisa na frente do nosso bebê – protestei.

– Essa cadela não é meu bebê – Sofia disse, tentando não sorrir.

– Venha me ajudar a fazer as unhas dela.

Nós nos sentamos lado a lado junto ao balcão, com Cacá no meu colo.

– Uma de nós deveria ligar para o Steven e contar que as Warner gostaram do casamento à Gatsby – eu disse, tirando a tampa de uma caneta-esmalte para unhas de cachorro, no mesmo tom de rosa da coleira com brilhantes.

– Você liga – Sofia disse.

Sofia e Steven estavam num impasse. Ele estava sendo gentil com ela nos últimos dias, mas não havia sinal algum do carinho que ele tinha demonstrado na noite do jantar com Alameda. Quando eu disse para Sofia ir falar com ele, ela confessou que ainda estava tentando juntar coragem.

– Sofia, pelo amor de Deus, vá falar com ele. Seja proativa.

Ela pegou uma das patas delicadas de Cacá e a segurou com firmeza.

– Por que você não segue seu próprio conselho? – ela retrucou. – Você não fala com Joe desde que ele a levou para almoçar.

– Minha situação é diferente.

– Como?

Com cuidado, apliquei uma camada de esmalte em uma das unhas da Cacá.

– Para começar, ele tem dinheiro demais. Não tem como eu ir atrás dele sem parecer uma interesseira.

– Será que Joe veria você assim? – Sofia perguntou, em dúvida.

– Não importa. Todo mundo veria. – A Chihuahua olhava de uma para a outra, com seriedade, enquanto conversávamos. Eu tampei a caneta-esmalte e soprei delicadamente as unhas rosas e brilhantes da Cacá.

– E se ele decidiu esperar que você tome a iniciativa? E se vocês dois são teimosos demais para dar o próximo passo?

– Então, pelo menos, vou manter meu orgulho.

– Orgulho não se põe à mesa.

– Você está torcendo para eu perguntar o que isso quer dizer, mas não vou perguntar.

– É melhor começar a transar com ele – Sofia disse –, já que todo mundo pensa que vocês já estão transando.

– Por que as pessoas pensariam isso? – perguntei, arregalando os olhos.

– Porque vocês compraram um cachorro juntos.

– Não compramos, não! *Eu* adotei a cachorrinha. Joe só estava comigo.

– É um sinal de compromisso. Mostra que vocês dois estão pensando em ficar juntos no futuro.

– A Cacá não é uma cachorra de casal – eu disse, irritada, mas quando olhei para Sofia, percebi que ela estava me provocando. Revirando os olhos, relaxei e pus Cacá com cuidado no chão.

Ao voltar para meu lugar, vi que Sofia me olhava, pensativa.

– Avery... andei pensando sobre um monte de coisas desde que vi Luis aquele dia. Percebi que trazê-lo aqui foi uma das coisas mais legais que *mamá* já fez por mim.

– Nesse caso – eu disse –, pode acreditar que foi uma boa ação por acidente.

Sofia sorriu com tristeza.

– Eu sei. Mas me ajudou. Porque encarar o Luis, depois de todo esse tempo, fez com que eu percebesse uma coisa: enquanto eu não seguir em frente, estou dando ao Luis poder sobre mim. É como se ele estivesse me mantendo refém. O lugar dele é no meu passado; não posso deixar que ele influencie meu futuro. – Os olhos cor de avelã dela assimilaram minha expressão de espanto, e ela continuou. – Eu e você somos muito parecidas, Avery. Pessoas de pele tão fina não deveriam ter sentimentos tão intensos como nós temos; nossos machucados deixam marcas com muita facilidade.

Nós duas ficamos em silêncio por um momento.

– Sempre que penso em seguir em frente – acabei dizendo –, parece uma ideia tão aterrorizante quanto saltar de paraquedas de um avião. À noite. Sobre um campo de cactos. Parece que não consigo me convencer a fazer isso.

– E se o avião estiver pegando fogo? – Sofia sugeriu. – Você conseguiria saltar nesse caso?

Um sorriso torto retorceu meu rosto.

– Bem, com certeza isso serviria de motivação.

– Então, na próxima vez em que estiver com Joe – Sofia disse –, tente pensar que seu avião está pegando fogo. A única opção é saltar.

– Sobre um campo de cactos?

– Qualquer coisa é melhor do que um avião pegando fogo – ela disse, com razão.

– É verdade.

– Então vai ligar para o Joe?

Eu hesitei, surpresa pela onda de saudade que a pergunta me fez sentir. Apenas dois dias, e eu sentia tanto a falta dele. Não apenas o queria, como *precisava* dele. *Estou perdida*, pensei e suspirei, resignada.

– Não – eu disse. – Não vou ligar para o Joe. Prefiro pensar num modo de fazê-lo vir até aqui sem que eu precise pedir.

Ela me deu um olhar divertido.

– Como simular seu sequestro ou algo assim?

– Eu não iria tão longe. – Eu ri, mas depois de alguns segundos ponderando, completei: – Mas isso me dá uma ideia...

Na tarde de sábado, fechei a empresa e tomei um banho demorado de banheira. Depois, soltei o cabelo em ondas soltas e passei um perfume leve nos pulsos e no pescoço. Coloquei calças confortáveis de seda lilás e uma blusa combinando, com detalhes em renda, que mostrava mais decote do que eu jamais tinha exibido em público.

– Estou saindo para uma noite das garotas – Veio a voz de Sofia quando eu descia a escada.

– Com quem?

– Val e outras amigas. – Sofia estava ocupada remexendo na bolsa. – Jantar, filme e, provavelmente, drinques depois. – Ela olhou para mim e sorriu. – Pode ser que eu durma na casa da Val. Você vai querer a casa só para você depois que Joe a vir vestida assim.

– Ele pode se irritar com a peça que eu preguei e ir embora assim que me vir.

– Não acredito nisso. – Sofia me soprou um beijo. – Lembre-se do avião – ela disse e saiu.

Vagando pela casa vazia, apaguei a maioria das luzes, acendi algumas velas dentro de vasos de vidro e servi uma taça de vinho. Quando me sentei no sofá em frente à TV, Cacá subiu sua escadinha para ficar do meu lado.

Tínhamos assistido a um terço do filme quando a campainha da porta tocou.

Cacá desceu a escadinha do sofá e correu para a porta da frente soltando um latido curto. Meus nervos estavam alvoroçados quando me levantei e a segui, carregando minha taça de vinho. Após inspirar fundo, entreabri a porta e encontrei Joe encostado no batente. Ele estava lindo de morrer, num terno escuro, camisa social e gravata.

– Oh, olá – eu disse em tom de leve surpresa, abrindo a porta mais alguns centímetros. – O que está fazendo aqui?

– Eu deveria fotografar um evento de caridade esta noite. Mas, quando estava saindo, descobri que a bolsa da minha câmera estava vazia. Só tinha isto. – Joe me mostrou um pedaço de papel coberto de letras recortadas de revista e coladas para parecer um bilhete de resgate, que dizia:

Ligue para mim, ou a câmera vai sofrer.

– Você sabe algo a respeito? – ele perguntou.

– Talvez. – Quando fitei seus olhos escuros, vi, para meu alívio, que Joe não estava bravo. Na verdade, tive a impressão de que estava se divertindo.

– Isso foi um trabalho interno – Joe disse. – Jack tem a chave do meu apartamento, mas ele não faria isso. Então deve ter sido a Hannah quem te ajudou.

– Não admito nada. – Abri a porta completamente. – Você gostaria de entrar e tomar uma taça de vinho?

Joe estava prestes a responder quando seu olhar desceu para a curva do meu decote e meus seios levemente expostos, e então pareceu que não conseguiria desgrudar os olhos dali.

– Vinho? – insisti.

Joe piscou e arrastou o olhar de volta ao meu rosto. Ele precisou pigarrear para responder.

– Por favor.

Cacá trotou de volta ao sofá quando Joe e eu fomos para a cozinha.

– Estava esperando alguém? – Joe perguntou ao ver a outra taça de vinho ao lado da garrafa aberta.

– Nunca se sabe.

– Sabe-se que as chances são altas quando uma Nikon de três mil dólares some.

– Ela está em segurança. – Eu servi um Pinot Grigio gelado e entreguei a taça a ele.

Joe deu um gole, a haste de cristal da taça cintilando em seus dedos fortes.

Estar com ele de novo, tê-lo ao alcance das mãos, preencheu-me com um sentimento que beirava a empolgação. Para mim, felicidade era tão inatingível e frágil como um daqueles balões que Eli levou, certa vez, para Sofia. No entanto, nesse momento, a felicidade parecia estar impregnada em mim, costurada aos meus ossos e músculos, deixando meu sangue espesso.

– Espero não estar te atrasando para o seu evento – eu disse.

– Foi cancelado.

– Quando?

Um sorriso tomou os lábios dele.

– Há cerca de um minuto e meio. – Ele colocou o vinho de lado, depois tirou o paletó e o pendurou no encosto de uma banqueta. Em seguida, os punhos da camisa foram desabotoados e enrolados duas vezes, revelando antebraços salpicados de pelos escuros. Palpitações animadas despertaram na minha barriga quando ele começou a tirar a gravata.

Após desabotoar o botão mais alto da camisa, Joe pegou a taça de vinho e me encarou de frente.

– Eu não liguei porque estava tentando lhe dar espaço.

– Existe uma diferença entre dar espaço a alguém e ignorar esse alguém – tentei parecer magoada.

– Querida, não estou ignorando você. Só estou tentando não agir como um perseguidor.

– Por que você não me beijou naquele dia, depois que saímos?

Os vincos nos cantos externos dos olhos dele se aprofundaram.

– Porque sabia que se começasse, não conseguiria parar. Você deve ter notado que tenho dificuldades para me controlar quando estou com você. – Ele se levantou e segurou os dois lados da minha cadeira, aprisionando-me. – Agora que você raptou minha câmera... de que tipo de resgate estamos falando?

Tive que controlar meus nervos antes de responder.

– Acho que devemos negociar lá em cima. No meu quarto.

Joe me encarou por um longo momento antes de balançar a cabeça.

– Avery... quando isso acontecer, vou querer coisas que serão difíceis para você me dar. Vai ser diferente da primeira vez. E não posso arriscar que não esteja pronta.

Apoiei minhas mãos em seus antebraços, firmes, com os músculos contraídos.

– Senti sua falta – eu disse. – Senti falta de conversar com você à noite, de ouvi-lo falar sobre como foi o seu dia e de contar do meu. Tenho sonhado com você. Como já está ocupando parte da minha mente, podemos muito bem dormir juntos.

Joe permaneceu imóvel, seu olhar travado no meu rosto cada vez mais corado. A essa altura, ele sabia como era difícil, para mim, admitir o que eu sentia.

– Não sei se estou pronta para isso – continuei. – Mas sei que confio em você – falei. – E sei que quero acordar com um homem na minha cama amanhã. Especificamente você. Então, se você...

Antes que eu pudesse terminar, Joe se inclinou para frente e me beijou. Meus dedos apertaram seus antebraços numa tentativa de me equilibrar. Inspirei fundo outra vez, meus pulmões se esforçando em meio a um turbilhão de batimentos cardíacos. O beijo se tornou mais intenso, mais voraz, sua boca abrindo a minha. Sem parar de me beijar, ele me tirou da banqueta e me prendeu de encontro ao balcão, como se eu precisasse ser mantida no lugar, presa, e aquela insinuação de agressividade masculina foi loucamente excitante.

– Joe – eu ofeguei quando a boca dele deslizou para o meu pescoço. – Eu... eu tenho uma cama grande lá em cima, coberta com... lençóis italianos e uma colcha de seda artesanal... e travesseiros de plumas...

Joe inclinou a cabeça para trás, para me observar, o riso brilhando em seus olhos.

– Você não precisa me vender a cama, querida.

Ele parou ao ouvir o toque do celular vindo do bolso do seu paletó.

– Desculpe – ele disse, pegando a peça de roupa. – Esse toque é exclusivo da família. – Ele começou a procurar nos bolsos.

– Claro.

Ele pegou o telefone e consultou as mensagens de texto.

– Meu Deus – ele disse, sua expressão se alterando.

Certamente algo de ruim havia acontecido.

– Haven está no hospital – ele disse. – Preciso ir.

– Eu também vou – eu disse no mesmo instante.

Joe balançou a cabeça.

– Você não precisa...

– Espere dois minutos – eu disse, já correndo escada acima. – Vou vestir um jeans e uma camiseta. Não saia sem mim.

Capítulo dezessete

No caminho para o hospital, ocorreu-me que, talvez, eu tivesse sido inconveniente ao insistir em acompanhar Joe. O que quer que houvesse de errado com Haven, era assunto de família, e talvez os outros não gostassem de ter alguém de fora com eles. Por outro lado, queria ajudar de qualquer modo que fosse possível. E, o mais importante, queria apoiar o Joe. Tendo entendido o quanto os Travis eram importantes um para o outro, eu sabia que ele ficaria arrasado se algo acontecesse com sua irmã.

— O que a mensagem diz sobre o problema de Haven? – perguntei.

Sem dizer uma palavra, Joe me entregou o telefone.

— Pré-eclâmpsia – eu disse, lendo a mensagem de Hannah.

— Nunca ouvi isso antes.

— Eu já ouvi, mas não sei muito bem o que é. – Em instantes, encontrei um link sobre pré-eclâmpsia. – É uma doença hipertensiva. Aumento da pressão sanguínea, retenção severa de líquidos e acúmulo tóxico nos rins e no fígado.

— É muito séria?

Eu hesitei.

— Pode ficar bem séria.

— Com risco de vida? – As mãos dele apertaram o volante.

— Garner é um hospital de primeira linha. Tenho certeza que Haven vai ficar bem. – O telefone tocou e eu olhei para a tela. – É a Hannah. Você quer...

— Fale com ela enquanto eu dirijo.

Atendi a ligação.

— Hannah? Oi, é a Avery.

A voz dela estava baixa, mas eu pude perceber a tensão contida em seu tom controlado.

— Estamos na sala de espera da UTI neonatal – ela informou. – Você está vindo com o Joe?

– Sim, estamos quase chegando. O que aconteceu?

– Pela manhã, a Haven acordou com dor de cabeça e náusea, mas, minha nossa, isso é o normal dela. Não conseguia segurar nada no estômago e voltou para a cama. Quando acordou, mais tarde, estava com dificuldade para respirar. Hardy a levou para o hospital e fizeram testes e exames. A pressão sanguínea dela está nas alturas, e os níveis de proteína estão o triplo do que deveriam. E ela está confusa, o que apavorou o Hardy. A boa notícia é que o batimento cardíaco do bebê está normal.

– Quantas semanas até o bebê estar a termo?

– Quatro, eu acho. Mas é provável que ela fique bem, ainda que ele nasça agora.

– Espere. Você quer dizer que Haven está em trabalho de parto?

– Vão fazer uma cesariana. Tudo bem, preciso ir. Liberty e Gage acabaram de chegar e vão querer notícias. – A ligação foi encerrada.

– Vão fazer uma cesariana – informei a Joe.

Ele praguejou baixo.

Eu olhei para a página da internet no meu celular.

– Pré-eclâmpsia normalmente se resolve em até 48 horas após o bebê nascer – eu disse. – Eles vão dar a Haven remédios para hipertensão. O bebê vai nascer prematuro, mas, a essa altura, já está bem desenvolvido e não deve ter problemas a longo prazo. Tudo vai ficar bem. Joe assentiu, parecendo não estar, nem de longe, tranquilizado.

A sala de espera da UTI neonatal era mobiliada com grupos de cadeiras azuis estofadas, mesinhas e um sofá. A luz ambiente conferia uma brancura lunar à atmosfera. Os membros presentes da família Travis estavam compreensivelmente tensos e preocupados quando cumprimentaram Joe e eu. Jack, contudo, mostrou um pouco de seu humor habitual.

– Oi, Avery – ele disse, dando-me um abraço breve e fingindo surpresa. – Você continua saindo com o Joe?

– Eu insisti em vir com ele – disse. – Espero não estar atrapalhando, mas pensei...

– Claro que não está – Liberty me interrompeu, olhando-me com seus olhos verdes calorosos.

– Gostamos que esteja aqui – Gage acrescentou. O olhar dele foi do meu rosto para o de Joe. – Ainda nenhuma novidade sobre Haven.

– Como o Hardy está? – Joe perguntou.

– Está aguentando bem até agora – Jack respondeu. – Mas se Haven piorar... ele não vai suportar.

– Nenhum de nós vai – Joe disse, e o grupo ficou em silêncio.

Nós mudamos a disposição da cadeira e todos se acomodaram na sala de espera. Joe e eu ficamos no sofá.

– Você quer mesmo ficar? – Joe me perguntou em voz baixa. – Posso mandar você para casa num carro do hospital. Isso aqui não vai terminar tão cedo.

– Você quer que eu vá? É melhor para a família que não haja estranhos aqui? Pode ser sincero, porque eu...

– Você não é uma estranha. Mas não precisa sofrer numa sala de espera de hospital só porque eu estou aqui.

– Não estou sofrendo. E quero ficar, desde que você também queira que eu fique. – Eu dobrei minhas pernas debaixo de mim e me inclinei para o lado dele.

– Eu quero você aqui. – Ele me puxou para mais perto.

– O que quis dizer com o "carro do hospital"? – eu perguntei. – É um novo tipo de serviço?

– Não exatamente. O hospital tem o que eles chamam de programa VIP para benfeitores. Minha família fez algumas doações no passado, e nosso pai deixou um legado para eles no testamento. Então, quando qualquer um de nós vem para o hospital, a família deveria esperar numa sala VIP, que fica perdida em alguma ala distante do hospital, com gente nos rodeando o tempo todo. Nós concordamos que evitaríamos o tratamento VIP sempre que possível. – Ele fez uma pausa. – Mas eu ignoraria o acordo se você quisesse uma carona para casa numa limusine.

– Se você não quer ser VIP – eu respondi –, não tente me transformar em uma.

Joe sorriu e encostou os lábios na minha testa.

– Algum dia – ele murmurou – vou levar você a um belo encontro normal. Sem drama. Vamos jantar num restaurante como gente civilizada.

Após vários e longos minutos de silêncio, Jack disse que iria pegar café e perguntou se alguém mais queria. O grupo negou com a cabeça. Ele saiu e logo voltou com um copo de isopor cheio do líquido fumegante.

Hannah franziu o cenho, preocupada.

– Jack, não é bom tomar bebidas quentes nesse tipo de copo; as substâncias químicas passam para o café.

– Eu bebi café em copos de isopor a maior parte da minha vida – Jack disse, sarcástico.

– Isso explica muita coisa – Joe comentou.

Embora Jack tenha dirigido um olhar ameaçador para o irmão, o canto retorcido de sua boca o traiu quando se sentou ao lado de Hannah. Ele ofereceu à esposa um pacote de biscoitos.

– Você pegou isto na máquina, não foi? – ela perguntou, desconfiada.

– Não consegui me controlar – Jack respondeu.

– O que as máquinas de lanches têm de errado? – eu perguntei.

– A comida é um lixo – Hannah respondeu. – E as máquinas são mortíferas. Por ano, elas matam mais gente do que tubarões.

– Como uma máquina dessas pode matar alguém? – Liberty perguntou.

– Elas caem e esmagam as pessoas – Hannah respondeu. – Acontece.

– Não existe nenhuma máquina de lanches que consiga matar um Travis – Jack disse. – Nossa cabeça é dura demais.

– Posso assegurar isso – Hannah disse. Disfarçando, ela pegou um biscoito do pacote aberto e começou a mordiscá-lo.

Eu sorri e descansei a cabeça no ombro de Joe. Seus dedos começaram a pentear as mechas soltas do meu cabelo.

De repente, o movimento calmante de sua mão parou, e uma nova tensão o tomou. Erguendo a cabeça, acompanhei a direção do olhar de Joe.

Hardy tinha entrado na sala de espera, sem parecer reconhecer a família nem reparar em ninguém. Seu rosto estava abatido e branco como cera, os olhos azuis como gelo. Ele foi até o canto mais distante e se sentou, os ombros largos encurvados como se ele estivesse tentando se recuperar de um coice de mula no peito.

– Hardy... – alguém disse em voz baixa.

Ele teve um sobressalto e balançou a cabeça.

Um médico apareceu à porta. Gage foi até ele e os dois conversaram por alguns instantes.

A expressão de Gage era indecifrável quando ele voltou. O grupo se inclinou na direção dele para entender cada palavra que ele murmurava.

– A pré-eclâmpsia pode ter uma complicação chamada síndrome de HELLP. Basicamente, as células vermelhas do sangue começam a se romper. O quadro médico de Haven está se encaminhando para falência do fígado e um possível derrame. – Ele fez uma pausa e engoliu em seco, seu olhar procurando o de Liberty. – Fazer o parto é o primeiro passo – ele continuou em tom calmo. – Depois, eles darão esteroides e plasma para ela, e possivelmente uma transfusão de sangue. Acho que dentro de uma hora teremos mais notícias. Por enquanto, nós sentamos e esperamos.

– Merda – Joe falou baixo. Ele olhou para o canto mais distante da sala, onde Hardy estava sentado com os antebraços apoiados nas coxas, a cabeça baixa. – Alguém deveria ir ficar com ele. Será que eu...

– Eu vou, se você não se importar – Gage murmurou.

– Vá em frente.

Gage se levantou e foi até a figura solitária no canto.

Fiquei surpresa por Gage demonstrar vontade de fazer companhia para Hardy, ao lembrar de que Joe havia me dito, certa vez, que havia certa hostilidade entre os dois. Joe tinha sido vago quanto aos detalhes, mas ele deu a entender que Hardy tinha causado algum problema para Gage e Liberty. Parecia também que Hardy e Liberty tinham um passado; eles se conheceram quando crianças e até mesmo namoraram na adolescência.

– Como foi que Hardy acabou se casando com Haven? – eu perguntei quando ele me contou.

– Não sei bem como começou – Joe respondeu, então. – Mas depois que Hardy e Haven ficaram juntos, foi como tentar segurar um trem desgovernado. No fim, todos percebemos que o Hardy a amava, que é o que importa. Ainda assim... Gage e Hardy costumam manter distância um do outro, a menos que seja uma ocasião em que toda a família se reúne.

Dei um olhar discreto para o canto da sala, onde Gage se sentou ao lado de Hardy e lhe deu um tapinha fraterno nas costas. Hardy pareceu nem notar. Ele estava perdido em algum inferno pessoal, onde ninguém conseguiria alcançá-lo. Alguns minutos depois, contudo, os ombros de Hardy subiram e desceram com um suspiro. Gage lhe perguntou alguma coisa, e Hardy negou com a cabeça.

Durante a hora seguinte, Gage permaneceu ao lado de Hardy, murmurando algo de vez em quando, mas, na maior parte do tempo, sendo uma companhia silenciosa. Ninguém mais se aproximou, compreendendo que Hardy estava muito sensível e que a proximidade de uma pessoa era tudo que ele podia suportar.

Porém, era difícil de compreender por que essa pessoa deveria ser Gage.

Dei um olhar de interrogação para Joe.

– Haven sempre foi a favorita do Gage – ele murmurou, aproximando-se. – Hardy sabe que, se alguma coisa acontecer, Gage vai ficar tão arrasado quanto ele. Além do mais... Gage é o mais velho.

Uma enfermeira jovem entrou na sala de espera.

– Sr. Cates? – Hardy se levantou, o rosto contorcido por uma angústia tão intensa que duvidei que a enfermeira ou qualquer um de nós conseguiria esquecer aquela expressão. Ela correu até ele segurando o celular.

– Tenho uma foto da sua filha – ela disse. – Tirei antes que a pusessem na incubadora. Ela tem um quilo e oitocentos. Quarenta e três centímetros de comprimento.

Os Travis se reuniram ao redor do telefone, soltando exclamações de empolgação e alívio. Hardy olhou rapidamente para a imagem.

– Minha mulher... – ele disse, a voz rouca.

– A Sra. Cates passou pela cirurgia sem nenhuma complicação. Está em recuperação agora, e vai demorar um pouco. O médico virá em breve e vai lhe informar...

– Eu quero vê-la – Hardy disse de repente.

Antes que a enfermeira, desconcertada, pudesse responder, Gage interveio.

– Hardy, eu falo com o médico enquanto você vai ver a Haven.

Hardy assentiu e saiu a passos largos da sala de espera.

– Ele não deveria fazer isso – a enfermeira ficou preocupada. – É melhor eu ir atrás dele. Se vocês quiserem ver a bebê, ela está no berçário de cuidados especiais.

Fui até o berçário com Joe, Hannah e Jack. Gage e Liberty ficaram na sala de espera para falar com o médico.

– Pobre Hardy – Hannah murmurou enquanto caminhávamos pelo corredor. – Está doente de preocupação.

– Estou preocupado com a Haven – Joe disse. – Não sei os detalhes do que ela está enfrentando, nem quero saber. Mas sei que ela passou por uma batalha e tanto.

Entramos no berçário de cuidados especiais, onde a recém-nascida tinha sido colocada em uma incubadora. Ela estava ligada a um tubo de oxigênio e fios de monitoramento, e seu tronco estava envolto por um tecido azul brilhante.

– O que é isso? – perguntei em voz baixa.

– É um *biliblanket* – Hannah respondeu. – Puseram um na Mia quando ela nasceu. É fototerapia para icterícia.

A bebê piscou e pareceu adormecer, sua boquinha abrindo e fechando. Sua cabeça estava coberta de um cabelo escuro e fino.

– É difícil dizer com quem ela se parece – Jack comentou.

– Ela vai ser linda – Hannah afirmou. – Como poderia não ser, tendo Haven e Hardy como pais?

– Hardy não é o que eu chamaria de bonito – Jack disse.

– Se você chamasse – Joe observou –, ele lhe daria uma surra.

Jack sorriu e se virou para Hannah.

– A Haven te disse qual seria o nome da bebê?

– Ainda não.

Voltamos para a sala de espera, onde Gage e Liberty acabavam de falar com o médico.

– Eles estão otimistas, mas cautelosos – Gage relatou. – Vai demorar três ou quatro dias até os problemas da HELLP estarem resolvidos. Já fizeram uma transfusão de sangue nela, e é provável que façam outra para ajudar com a contagem de plaquetas. Também vão monitorá-la com atenção e iniciar a terapia de corticosteroides. – Ele balançou a cabeça, parecendo preocupado. – Vão deixá-la no soro com magnésio para evitar convulsões. A coisa é complicada.

Liberty esfregou o rosto e suspirou.

– Por que não tem bar em hospitais? É o lugar onde mais se precisa de uma bebida.

Gage passou o braço ao redor da esposa e a puxou contra o seu peito.

– Você precisa ir para casa e ver as crianças. Que tal se o Jack e a Hannah deixarem você lá enquanto eu fico mais um pouco? Vou aproveitar para falar com o Hardy.

– Parece uma boa ideia – Liberty disse, encostada no ombro dele.

– Você precisa de mim para alguma coisa? – Joe perguntou.

Gage negou com a cabeça e sorriu.

– Acho que não. Você e Avery podem ir descansar. Vocês merecem.

CAPÍTULO DEZOITO

Acordei na manhã seguinte grogue, mas ciente de que não estava sozinha. Revirando as camadas nubladas da consciência, relembrei os eventos da noite anterior... voltando do hospital para casa com Joe... convidando-o para dormir comigo. Nós dois estávamos exaustos, doloridos pelas horas passadas nos móveis desconfortáveis da sala de espera e emocionalmente esgotados. Eu vesti uma camisola e deitei na cama com o Joe. A sensação de ser mantida junto ao corpo grande e quente dele foi deliciosa, e, em questão de segundos, adormeci.

Joe ficou atrás de mim, um braço debaixo da minha cabeça, suas pernas encolhidas atrás das minhas. Fiquei deitada em silêncio, escutando a cadência ritmada de sua respiração. Curiosa para ver se ele estava acordado, deixei os dedos dos meus pés percorrerem com delicadeza os contornos dos pés dele. Lentamente, sua boca encontrou meu pescoço, descobrindo um lugar tão sensível que senti uma pontada de deleite no fundo do meu ventre.

– Tem um homem na minha cama – eu disse, esticando uma mão para trás e sentindo uma coxa peluda e musculosa, a maciez firme do quadril masculino. Meu pulso foi capturado gentilmente, minha mão guiada para baixo até meus dedos encontrarem a carne dura e vigorosa, a pele sedosa e máscula. Eu inspirei fundo e arregalei os olhos.

– Joe... está muito cedo.

A mão dele passeou até um dos meus seios, acariciando-o através do tecido fino da minha camisola, beliscando de leve o mamilo e extraindo sensações dos pontos que enrijeciam. Eu tentei de novo, soando confusa até para meus próprios ouvidos:

– Não sou fã de sexo matinal.

Mas ele continuou a beijar meu pescoço, puxando a bainha da camisola acima dos meus joelhos.

Soltei um risinho nervoso e me arrastei para o outro lado da cama.

Joe atacou, puxando-me para baixo. Ele subiu em cima de mim, as coxas prendendo meus quadris, fazendo com que eu sentisse parte de seu peso, seu corpo carregado de desejo. O momento era de brincadeira, mas havia intenção no modo como ele me tocava, uma assertividade que me deixou sem fôlego.

– Pelo menos me deixe tomar um banho antes – resmunguei.

– Eu quero você assim.

Comecei a me contorcer.

– Mais tarde. Por favor.

– Você não está no comando. Eu estou – Joe murmurou, baixando a cabeça.

Fiquei imóvel. Por algum motivo, ouvir aquelas palavras suaves enquanto ele me prendia daquele jeito provocou uma excitação eletrizante em mim. A voz dele se desenrolou, quente, na minha orelha.

– Você me pertence e eu vou te possuir. Aqui e agora.

Parecia que eu não conseguia ar suficiente. Nunca havia me sentido tão intensamente excitada.

Ele mudou de posição, com a mão deslizando por baixo da minha camisola, entre as minhas coxas, numa busca íntima. Estremeci quando ele massageou minha umidade, dois dedos a me penetrar com delicadeza. Meus quadris começaram a oscilar para frente e para trás num ritmo inconsciente, e ele combinou seus movimentos aos meus com perfeição, pressionando fundo, desencadeando sensações até eu começar a me contrair a cada ímpeto.

Colocando-me de costas na cama, ele se ajoelhou entre as minhas coxas e as levantou, de modo que meus joelhos se dobraram. Então ele me beijou no tornozelo, na panturrilha, subindo cada vez mais. Mordi o lábio inferior e me contorci quando seus beijos se aproximaram da junção entre a coxa e a virilha.

– Não... – eu comecei a protestar, pouco antes de sentir uma carícia quente e aveludada na minha carne latejante. Não pude escapar ao puxão firme e molhado de sua boca. Comecei a gemer, minhas defesas se desfazendo sob o peso do prazer.

Ele foi implacável, concentrando sua língua naquela região quente e trêmula, as carícias adquirindo um ritmo que levavam cada impulso, sensação e batimento cardíaco para um único caminho. Minhas pernas se abriram mais e, quando o alívio estonteante começou, eu passei a emitir sons como se estivesse machucada. Era demais para suportar, intenso demais, e meu corpo começou a convulsionar violentamente.

Joe passou longos minutos extraindo de mim cada gota de prazer, e, mesmo depois do ápice, sua boca continuou me acariciando com uma gentileza diabólica. Enfim, ele levantou a cabeça e me beijou a barriga. Eu estava tão devastada que mal registrei quando ele rolou de lado por um instante e pegou algo na mesinha de cabeceira. Ele voltou a se posicionar sobre o meu corpo, afastando minhas pernas para os lados, e eu estendi os braços fracos para ele. Entrando em mim com um impulso urgente, ele recuou um pouco, só o bastante para uma nova investida; a intensidade pensada de cada golpe me forçava a me abrir deliciosamente, meus quadris arqueando a cada novo movimento.

Às vezes, o ritmo era lento e provocador, outras, rápido e profundo. Ele prestava atenção a cada reação minha, não importando quão sutil fosse, aprendendo o que me excitava e o que me dava prazer. Joe fazia amor comigo como ninguém jamais havia feito, e embora a experiência não me fosse familiar, eu soube reconhecê-la. Extasiada, fechei os olhos enquanto ele me penetrava num ritmo firme. Lamentos escaparam da minha garganta. Não dava para segurar nada, não era possível sentir vergonha, nem ter controle. Mais uma sequência de espasmos violentos, meu prazer alimentando o dele. Joe soltou um grunhido que veio do peito até a garganta e começou a tremer nos meus braços. Eu o abracei, beijando a lateral de seu pescoço, amando sentir seu peso sobre mim.

Depois, ele se virou e me puxou parcialmente sobre ele, e ficamos assim, enroscados, durante um longo tempo. Fiquei num estupor, com pensamentos aleatórios pairando fora do meu alcance. Os cheiros de suor e sexo se misturavam numa fragrância erótica, que saturava cada inspiração. Debaixo da minha cabeça, o peito de Joe subia e descia num padrão tranquilo. Uma das mãos dele passeava por mim, acariciando-me com delicadeza. Eu beijei seu ombro.

– Vou tomar aquele banho agora – eu disse, minha voz rouca. – Não tente me impedir.

Ele sorriu e se virou de lado, observando-me sair da cama.

Entrei no banheiro com as pernas bambas e liguei o chuveiro. Minha garganta estava apertada com o esforço de segurar as lágrimas. Era difícil me sentir tão indefesa... entregue... ao mesmo tempo que havia um alívio indizível nisso tudo.

Antes que a água tivesse esquentado o suficiente para eu entrar, Joe apareceu no banheiro. Seu olhar intenso captou cada nuance da minha expressão antes que eu conseguisse esconder. Pondo a mão na água, ele testou a temperatura e entrou comigo no box de vidro. Fechando os olhos, enfiei o rosto na água.

Joe passou sabonete nas mãos e começou a me lavar, seu toque mais carinhoso do que sexual. Eu me encostei nele, passiva, sem protestar quando seus dedos ensaboados deslizaram no meio das minhas pernas e abriram minhas dobras macias para a água quente. Ele me virou para lavar minhas costas, e fiquei encostada na superfície musculosa e molhada da frente de seu corpo.

– Cedo demais? – Eu o ouvi perguntar.

Eu balancei a cabeça, meus braços em volta da cintura dele.

– Não... mas foi diferente da primeira vez.

– Eu lhe disse que seria.

– Sim, mas eu... não sei bem por que.

– Porque agora significa algo – ele murmurou junto à minha orelha.

Eu só consegui responder com um aceno trêmulo de cabeça.

Após um rápido café com torrada, Joe precisou ir embora. Ele passaria correndo em casa para trocar de roupa antes de se reunir com um dos diretores da fundação beneficente dos Travis para discutir as últimas iniciativas que a família tinha concordado em adotar.

– Depois de tudo o que aconteceu noite passada – Joe disse –, é bem possível que eu seja o único Travis a aparecer. – Ele me deu um beijo rápido. – Jantar esta noite? – Outro beijo antes que eu pudesse responder. – Às 19 horas? – Mais um beijo. – Vou tomar isso como um sim.

Fiquei parada ali, com um sorriso bobo no rosto enquanto ele ia embora.

Um pouco mais tarde, enquanto bebia minha segunda xícara de café, Sofia desceu a escada num roupão rosa, calçando pantufas de coelhinho.

– Joe ainda está aqui? – perguntou num sussurro.

– Não, ele já foi.

– E a noite passada, hein?

Dei um sorriso torto.

– Tumultuada. Passamos a maior parte do tempo numa sala de espera do Hospital Garner. – Sentadas lado a lado junto ao balcão, contei para minha irmã tudo sobre as complicações da gravidez de Haven, o nascimento do bebê e como os Travis interagem.

– Foi meio que esclarecedor – eu disse. – Já vi famílias celebrando, e famílias a ponto de brigar por coisas incrivelmente estúpidas. Mas nunca vi uma família, assim tão de perto, numa situação dessas. O modo como eles se apoiavam... – Fiz uma pausa, pois tive dificuldade de pôr em palavras. –

Bem, fiquei surpresa de ver que foi Gage, que teve problemas com Hardy no passado, quem sentou com ele para reconfortá-lo, e de ver que Hardy permitiu que ele se aproximasse, e que isso foi por causa dos laços de família, dessa... dessa ligação estranha que é tão importante para todos eles.

– Não é estranho – Sofia disse. – Família é isso.

– Sim, sei o que é uma família, mas nunca tinha visto o que uma família *faz*. Não desse jeito – fiz uma pausa, franzi a testa. – Eu nunca fiz parte de uma família grande. Não sei se eu gostaria disso. Todos parecem se conhecer tão bem. Bem demais. Eu não teria privacidade suficiente.

– De fato, existem obrigações quando se faz parte de uma família – Sofia disse. – E problemas. Mas o modo como cada um cuida do outro... a sensação de pertencimento... essa parte é maravilhosa.

– Você sente falta de não estar próxima de seus parentes? – perguntei.

– Às vezes – Sofia admitiu. – Mas quando não se é aceito pelo que você é, a família deixa de ser verdadeira. – Ela deu de ombros e tomou um gole de café. – Conte-me o resto – ela pediu. – Depois que Joe a trouxe pra casa.

Meu rosto ficou levemente corado.

– Ele passou a noite aqui, é óbvio.

– E?

– Não vou contar os detalhes – afirmei, e Sofia riu com gosto ao me ver ficando mais vermelha.

– Dá para dizer que foi bom só de olhar para o seu rosto – ela disse.

Tentei distraí-la.

– Vamos fazer nossos planos para o dia. Esta tarde nós precisamos analisar o que já foi feito pelo casamento dos Warner e elaborar um relatório para o Ryan. Acho que ele vai estar de acordo com a maior parte das coisas, mas quero garantir... – fui interrompida pela campainha. – Deve ser uma entrega. A menos que você esteja esperando alguém.

– Eu não. – Sofia foi até a entrada da frente e espiou pelas janelas estreitas ao lado da porta. Ela se virou e grudou as costas na porta, como a assistente de um atirador de facas durante o treino. – É o Steven – ela disse, arregalando os olhos. – Por que ele está aqui?

– Não tenho ideia. Vamos perguntar.

Sofia não se moveu.

– O que acha que ele quer?

– Ele trabalha aqui – eu a lembrei, com paciência. – Deixe-o entrar.

Minha irmã concordou, tensa. Ela se virou para destrancar a porta, depois a abriu com um ímpeto desnecessário.

– O que você quer? – ela perguntou, sem delongas.

Steven estava vestido à vontade, com calça jeans e camisa polo. Foi difícil interpretar a expressão quando ele olhou para ela.

– Eu deixei a capa do meu celular aqui ontem – ele disse, cauteloso. – Vim buscar.

– Oi, Steven – eu disse. – A capa do seu telefone está na mesinha de café.

– Obrigado. – Ele entrou com ar de extremo cuidado, como se desconfiasse que a empresa tivesse armadilhas.

Cacá subiu a escadinha até o sofá e observou Steven pegar a capa do celular. Ele se deteve para acariciar a cabecinha e o pescoço dela. Assim que parou, Cacá colocou a pata na mão dele e enfiou a cabeça debaixo de sua mão, pedindo para ele continuar.

– Como você está? – perguntei.

– Estou bem – Steven respondeu.

– Quer café?

Aquela pareceu ser uma pergunta para qual não havia resposta fácil.

– Eu... não sei.

– Tudo bem.

Continuando a acariciar Cacá, ele olhou de lado para Sofia.

– Você está usando pantufas de coelhinho – ele disse, como se confirmando uma suspeita que tinha há algum tempo.

– E? – Sofia perguntou, tensa, à espera de um comentário sarcástico.

– Eu gosto.

Sofia lhe deu um olhar confuso.

Os dois estavam tão concentrados um no outro que nenhum deles reparou na minha discreta saída da cozinha.

– Eu estou indo à feira – Steven disse. – Parece que tem uns pêssegos ótimos. Quer ir comigo?

– Claro, por que não? – Sofia respondeu com a voz um pouco mais aguda que o normal.

– Ótimo.

– Eu só preciso tirar o pijama e colocar uma roupa, e... – Sofia se interrompeu. – Pijama – ela repetiu. – É assim que se pronuncia, certo?

Incapaz de resistir, parei para observá-los do alto da escada. Eu tinha uma visão clara do rosto de Steven. Ele sorria para Sofia, os olhos brilhando.

– O modo como você pronuncia – ele disse – soa sempre como "piiamas". – Ele hesitou um instante, depois levantou a mão para acariciar o rosto dela.

– Pijama – Sofia repetiu, soando exatamente como antes.

Parecendo perder toda a inibição, Steven a puxou para si e murmurou algo. Um longo silêncio. Respiração entrecortada.

– Eu também – ouvi Sofia dizer.

Ele a beijou, e Sofia colou seu corpo no dele, levando suas mãos ao cabelo de Steven. Os dois pareciam desajeitados e tomados por um carinho mútuo enquanto beijavam o rosto, o queixo e a boca um do outro.

Até pouco tempo atrás, pensei enquanto subia apressada a escada, *a ideia de Steven e Sofia abraçados apaixonadamente teria sido inconcebível.*

Tudo estava mudando tão depressa. A estrada longa e segura que eu tinha planejado para mim e Sofia estava se revelando com tantos desvios e curvas inesperadas que comecei a me perguntar se acabaríamos em lugares completamente diferentes do que tínhamos pensado.

Recebi informações frequentes de Hannah, Liberty e, claro, Joe, sobre as condições de Haven. Embora a saúde dela estivesse melhorando rapidamente, ela só estaria bem o bastante para receber visitas além das da família quando voltasse para casa. Sua filha, chamada Rosalie, estava bem, ganhando peso, e era levada com frequência para ficar com Haven no que chamavam de "canguru", descansando no peito da mãe para elas terem contato pele a pele.

Enquanto eu rolava as fotos que Joe tinha tirado e carregado em seu tablet, parei numa imagem emocionante de Hardy segurando Rosalie carinhosamente em suas mãos enormes, o rosto sorridente perto da filha, que apoiava uma de suas mãozinhas em miniatura no nariz dele.

– Os olhos dela parecem azuis – eu disse, aproximando a foto.

– Quando a mãe do Hardy veio visitá-las, ontem, ela disse que os olhos dele eram dessa mesma cor quando ele nasceu.

– Quando Haven e Rosalie poderão sair do hospital?

– Eles acreditam que daqui a uma semana. Hardy vai ficar feliz da vida quando levar suas duas garotas para casa. – Joe fez uma pausa. – Mas espero que minha irmã não queira mais filhos. Hardy disse que não sobrevive a outra dessas, mesmo que Haven queira se arriscar.

– Existe risco de pré-eclâmpsia se ela engravidar de novo?

Joe assentiu.

– Talvez Haven se contente com uma filha – eu disse. – Ou quem sabe Hardy mude de ideia. Nunca dá para prever o que as pessoas vão fazer. – Tendo chegado à última foto, devolvi o tablet para Joe.

Nós estávamos na casa dele, em Old Sixth Ward, um bangalô charmoso com uma pequena casa nos fundos. Joe tinha pintado o interior das duas edificações num tom creme suave e tingido a madeira das guarnições de nogueira. A decoração era espartana e masculina, com algumas peças de mobília restauradas com muito gosto. Joe passou a maior parte do tempo me mostrando a pequena casa dos fundos, onde ele trabalhava e mantinha seus equipamentos de fotografia. Para minha surpresa, havia até um laboratório de revelação, que ele admitiu usar raramente, mas do qual nunca conseguiria se livrar.

— De vez em quando, eu fotografo com um rolo de filme, porque existe algo de mágico em revelar uma foto numa sala escura.

— Mágico? — eu repeti, com um sorriso intrigado.

— Vou lhe mostrar um dia desses. Não existe nada como ver a imagem aparecer na bandeja de revelação. E tem tudo a ver com habilidade: não dá para saber se a foto foi pouco ou superexposta, não dá para ver os detalhes do que foi feito na ampliação, então você tem que agir por instinto, de acordo com o que as experiências passadas lhe ensinaram.

— Então você prefere isso ao Photoshop?

— Não, o Photoshop tem muitas vantagens. Mas eu gosto da ideia de ter que esperar para ver a imagem na sala escura. Esperar um tempo e ver a fotografia com uma nova perspectiva... não é tão prática quanto a foto digital, mas é mais romântica.

Adorei a paixão que ele demonstrava pelo trabalho. Adorei o fato de ele achar romântica uma salinha sem janela cheia de bandejas de produtos químicos.

Rolando arquivos de fotografias num monitor de computador, encontrei uma série de fotos que ele tirou no Afeganistão... lindas, fortes, arrebatadoras. Algumas das paisagens pareciam de outro mundo. Uma dupla de velhos sentados diante de uma parede turquesa... a silhueta de um soldado diante de um céu vermelho numa trilha de montanha... um cachorro, capturado do nível dos olhos do animal, com as botas de um soldado em primeiro plano.

— Quanto tempo você ficou lá? — perguntei.

— Só um mês.

— E como é que foi parar lá?

— Um amigo da faculdade estava filmando um documentário. Ele e a equipe de câmera estavam acompanhando tropas de uma base em Candar. Mas o fotógrafo de cena teve que ir embora antes. Então meu amigo perguntou se eu podia ir até lá terminar o serviço. Passei pelo mesmo treinamento de dois dias que a equipe tinha enfrentado, que é basicamente sobre como não fazer besteira num ambiente de combate. Os cães na linha de frente eram incríveis. Nenhum deles se assustava com os sons dos tiros. Um dia, numa patrulha, vi uma labrador farejar uma bomba que os detectores de metal não pegaram.

— Isso deve ter sido inacreditavelmente perigoso.

— Foi. Mas era uma cadela esperta. Ela sabia o que estava fazendo.

— Eu quis dizer perigoso para você.

— Ah! — Os lábios dele se arquearam. — Eu sou bom em ficar de fora da confusão.

Tentei devolver o sorriso, mas senti algo parecido com uma facada no peito ao pensar em Joe correndo aquele tipo de risco.

— Você faria algo assim de novo? — Não pude evitar perguntar. — Aceitar um trabalho onde pudesse se ferir... ou coisa pior?

— Qualquer um de nós pode se ferir, não importa onde estamos — ele disse. — Mas quando chega sua vez, não há o que fazer. — O olhar dele sustentou o meu quando acrescentou: — Mas eu não me colocaria numa situação dessas se você não quisesse.

A ideia de que meus sentimentos pudessem interferir numa decisão dessas foi um pouco assustadora. Mas parte de mim reagiu bem a esse pensamento, desejando esse tipo de influência sobre ele. E isso me preocupou ainda mais.

— Vamos — Joe murmurou, tirando-me dali. — Vamos para a minha casa.

Explorando o lugar, entrei no pequeno quarto. A cama *queen-size* estava arrumada com lençóis brancos e uma colcha também branca. Gostei da cabeceira, um painel feito de ripas verticais.

— Onde você conseguiu isso?

— A Haven me deu. Era a porta de um elevador de carga do prédio dela.

Observando a peça mais de perto, vi uma palavra estampada em vermelho, há muito tempo desbotada — PERIGO — e sorri. Passei minha mão pela superfície lisa da dobra do lençol.

— Belos lençóis. Parecem ter centenas de fios de algodão.

— Não faço ideia de quantos fios têm.

Eu tirei os sapatos e subi na cama. Reclinando-me de lado, dei um olhar provocativo para ele.

— Parece que você não compartilha do meu gosto por lençóis luxuosos.

Joe se abaixou perto de mim.

— Pode acreditar que você é a coisa mais luxuosa que já esteve nesta cama. — Lentamente, sua mão deslizou pelas curvas da minha cintura e do meu quadril. — Avery... eu quero fotografar você.

— Quando? — Minhas sobrancelhas se arquearam.

– Agora.

Olhei para minha camiseta regata e meu jeans.

– Com esta roupa?

Sem pressa, ele desenhou traços com a ponta dos dedos na minha coxa.

– Na verdade... eu pensei que você poderia tirá-la.

Meus olhos se arregalaram.

– Oh, meu Deus! Você está falando sério que quer me fotografar nua?

– Você pode se cobrir com o lençol.

– Não.

Pelo jeito como Joe me olhou, deu para ver que ele estava calculando como conseguir o que queria.

– Pra que isso? – perguntei, nervosa.

– Minhas duas coisas favoritas no mundo são você e fotografia. Quero curtir as duas coisas ao mesmo tempo.

– E depois, o que vai acontecer com essas fotos?

– Elas são só para mim. Não vou mostrar para ninguém. Mais tarde eu apago todas, se você quiser.

– Você já fez isso antes? – eu perguntei, desconfiada. – É algum tipo de ritual que faz com suas namoradas?

– Você é a primeira. – Joe balançou a cabeça. – Não, você é a segunda. Uma vez fui contratado para fotografar um anúncio de automóvel com uma modelo usando apenas tinta prateada. Eu saí com ela algumas vezes depois disso. Mas nunca foi uma namorada de verdade.

– Por que vocês terminaram?

– Depois que a tinta prateada saiu, ela não era mais tão interessante.

Não consegui conter uma risada relutante.

– Me deixe fotografar você – Joe insistiu. – Confie em mim.

Eu lhe dei um olhar furioso de súplica.

– Por que estou sequer pensando nessa possibilidade?

Os olhos dele reluziram de satisfação.

– Isso significa um "sim" – ele saiu da cama.

– Significa que vou matá-lo se trair minha confiança – gritei para ele, que já tinha saído do quarto. Ao me ouvir, revirei os olhos. – Estou falando como uma personagem de novela. – Tirei a roupa rapidamente e subi na cama, tremendo com o frescor dos lençóis.

Em menos de um minuto, Joe voltou ao quarto com sua Nikon e um pequeno *flash* automático. Ele abriu as venezianas, deixando apenas as cortinas translúcidas para amenizar a luz brilhante da tarde. Quando ele afastou a colcha da cama, eu puxei o lençol para cima, até debaixo do meu queixo.

Joe me observava de um modo diferente de antes, avaliando as luzes, as sombras, a geometria visual.

– Não estou à vontade nua – eu disse para ele.

– O problema é que você não fica nua o suficiente. Você precisa ficar sem roupa noventa e cinco por cento do tempo, e aí vai se acostumar.

– Você bem que gostaria disso – eu murmurei.

Joe sorriu e se inclinou para beijar a pele exposta do meu ombro.

– Você é tão linda sem suas roupas – ele sussurrou, subindo com os lábios até meu pescoço. – Toda vez que vejo você naquelas blusas folgadas, penso nessas curvas sexy por baixo, e isso me deixa maluco.

Dei um olhar incomodado para ele.

– Você não gosta do modo como eu me visto?

Ele parou de me beijar tempo suficiente para dizer:

– Você é linda, não importa o que vista.

O curioso é que eu sabia que ele estava sendo sincero. Dava para ver que era verdade, que tinha sido real desde o início. As imperfeições do meu corpo não eram defeitos para Joe, que sempre viu meu corpo com um misto de admiração e desejo que era bem lisonjeiro.

Pensei que talvez fosse possível que eu o estivesse testando sem perceber, tentando descobrir se os vestidos sem forma, as blusas largas e as calças *baggy* faziam alguma diferença para ele. Era óbvio que não. Joe me achava linda. Por que eu tinha uma opinião inferior à dele sobre mim? Por que eu deixava aquelas roupas lindas penduradas no meu armário, sem vesti-las?

– Tenho umas roupas novas bem estilosas, que o Steven me ajudou a escolher – eu disse. – Mas ainda não encontrei a hora certa para começar a usá-las.

– Você não precisa mudar nada por mim.

Essa declaração teve o efeito contrário, fazendo com que eu quisesse usar algo novo e bonito, algo que estivesse à altura do modo como ele me enxergava.

Seguindo a orientação dele, deitei de lado, apoiando, meio sem jeito, a cabeça na mão.

Agachando-se, Joe posicionou a câmera. O obturador clicou, e o *flash* na mesa de cabeceira disparou, cobrindo-me com luz de preenchimento para equilibrar o brilho da janela atrás de mim.

– Você não tem motivo para ser tímida – ele disse. – Cada centímetro seu é uma delícia. – Ele fez uma pausa para ajustar o *flash* automático, testou-o de novo e focou a câmera em mim. A voz dele soou suave e encorajadora: – Pode me mostrar uma perna?

Eu hesitei.

– Uma perna – ele insistiu.

Com cuidado, deslizei minha perna de cima para fora e a passei por cima do lençol.

O olhar de Joe percorreu toda minha perna exposta, e ele balançou a cabeça como se estivesse diante de mais tentação do que um homem podia aguentar. Colocando a câmera de lado, ele se curvou para beijar meu joelho.

Estendi a mão para acariciar seu cabelo.

– Você vai derrubar a câmera.

– Não ligo.

– Vai ligar se ela se arrebentar no chão.

A mão dele começou a deslizar por baixo do lençol.

– Quem sabe, antes de eu começar a fotografar, nós pudéssemos...

– Não – eu disse. – Concentre-se no seu trabalho.

Ele retirou a mão.

– Depois? – ele perguntou, esperançoso.

Não consegui conter um sorriso.

– Vamos ver.

Meu sorriso foi capturado com um clique imediato. Joe tirou várias fotos de ângulos diferentes, ajustando o anel de foco da lente com precisão.

– Por que você deixa a câmera no manual? – perguntei, prendendo o lençol com mais cuidado debaixo dos braços.

– Com esta luz, consigo encontrar o foco com mais rapidez do que no modo automático.

Era sexy ver as mãos dele na câmera, o modo habilidoso como ele a segurava e a manipulava. Há um prazer especial em se observar um homem fazendo algo no que ele é bom. Sua expressão era de concentração enquanto fazia uma série de fotos comigo deitada de barriga para baixo, os quadris cobertos com o lençol, minhas costas nuas. Eu apoiei a cabeça na curva dos meus braços cruzados e lhe dei um olhar de soslaio. Foram vários cliques.

– Caramba, como você é fotogênica – ele murmurou, aproximando-se da cama. – Sua pele parece uma pérola do modo que reflete a luz. – Ele continuou a me fotografar de vários ângulos, flertando comigo e me elogiando, acariciando-me sempre que conseguia. Percebi que estava me divertindo.

– Estou começando a pensar que você está usando tudo isso como desculpa para passar a mão em mim – comentei.

– Benefício adicional – ele disse, subindo na cama comigo. Ainda segurando a câmera, ele montou nos meus quadris com um movimento ágil, colocando uma coxa de cada lado.

– Ei! – protestei, puxando o lençol mais acima dos seios.

Elevando-se sobre os joelhos, Joe colocou a câmera bem sobre mim e tirou mais algumas fotos. Próximos como estávamos, era impossível não reparar que o fecho de botões da calça dele estava esticado. Brincando, estendi a mão até o púbis dele e enfiei os dedos nos espaços entre os botões de metal.

Joe teve dificuldade para ajustar o anel de foco.

– Avery, não me distraia.

– Estou tentando te ajudar – eu disse, abrindo o botão de cima.

– Isso não está ajudando. Na verdade... – ele expirou de modo irregular quando comecei a desabotoar o segundo. – ... isso é o oposto de ajudar. – Ele tirou minha mão da abertura. – Seja boazinha e me deixe tirar mais algumas. Gostei dessa pose. – Após beijar a palma da minha mão, ele posicionou meu braço ao redor da minha cabeça. Seus dedos ajustaram meu cotovelo, suavizando o ângulo. Cada vez que ele mudava de posição, eu sentia a pressão sedutora do corpo dele na minha virilha.

Pegando a câmera, Joe se ergueu sobre os joelhos de novo. Olhei para a lente enquanto ele olhava para mim e pensei que, da última vez que transamos, ele ficou de pé ao lado da cama, puxou minhas pernas sobre seus ombros, provocou-me e me penetrou lentamente.

Deitada ali, tomada por aquela lembrança erótica, experimentei uma sensação pouco familiar de tranquilidade, de uma entrega lasciva. Minhas inibições tinham se dissolvido, e, pela primeira vez, não estava tentando esconder nada. Foi o oposto de tudo que eu esperava quando meus lábios se entreabriam com um sorriso tênue, enigmático. A câmera clicou mais algumas vezes.

– É isso – Joe disse com suavidade, baixando a câmera.

– Como assim?

– Consegui a foto que eu queria.

Arregalei um pouco os olhos.

– Como você sabe?

– Às vezes consigo sentir antes de ver a foto. Tudo se alinha. No instante em que aperto o disparador, sei que captei o momento certo.

Quando ele se esticou para colocar a câmera na mesa de cabeceira, ataquei os botões do jeans dele outra vez, e ouvi sua risada abafada. Ele tirou a camiseta e a jogou de lado. Concentrada na minha tarefa, fui abrindo os botões, meu cabelo se acumulando sobre a barriga nua dele e depois deslizando para os lados. Lambi o caminho de pelos amarrotados que entravam na calça, minha língua deslizando sobre maciez e aspereza. Ele emitiu um som ardente, suas mãos segurando minha cabeça, um leve tremor em seus dedos. Outro botão, mais um, e então abaixei a cintura da cueca.

Joe se moveu para me ajudar. Antes que ele conseguisse tirar a calça completamente, eu me joguei sobre ele, agarrando o pau grosso com as duas mãos. Estava quente, a pele fina se movendo com facilidade sobre a carne dura. Pus minha boca nele, que ficou imóvel, o jeans amontoado nos joelhos, os pulmões arfando em lufadas poderosas. Eu o pintei com minha língua, saboreando o sal e o cetim e uma pulsação selvagem; seu prazer era tão intenso que eu sentia ecos no meu próprio corpo. Quando ouvi seu gemido abafado, levantei minha cabeça aos poucos, chupando-o por toda a extensão. O corpo dele inteiro ficou rígido, o rosto corado.

Rastejei sobre ele, que enrolou uma das mãos no meu cabelo, abaixando minha cabeça até a dele. Quando ele tirou a calça, eu montei sobre ele e estendi a mão para colocá-lo no lugar. Com um murmúrio rouco, ele me ajudou, colocando sua mão sobre a minha.

Comecei a cavalgá-lo com rapidez e firmeza, num vaivém de entrega inconsequente. Com o desejo de que aquilo durasse, Joe segurou meus quadris, obrigando-me a diminuir o ritmo. As mãos dele passearam por mim, gentis, acariciando-me, fazendo com que eu me inclinasse para frente. Levantando a cabeça, ele abocanhou meu mamilo e o chupou com gosto. Eu me contorcia com o calor dele dentro de mim, meu corpo preenchido transbordando de sensações. Ele me puxou mais para baixo, e tentamos encontrar modos de ficar ainda mais próximos usando braços, pernas, mãos, bocas – respirando o mesmo ar, igualando beijos, carícias e batimentos cardíacos.

Muito mais tarde, Joe me mostrou a foto depois de carregá-la no computador. Uma luz brilhante conferia um brilho perolado à minha pele e deixava meu cabelo vermelho como brasa. Os olhos estavam pesados; os lábios, cheios e ligeiramente entreabertos. A mulher na foto era sedutora, convidativa, radiante.

Eu.

Enquanto admirava a imagem, maravilhada, Joe me abraçou por trás e sussurrou na minha orelha:

– Toda vez que olho para você... é isso que eu vejo.

······················· Capítulo dezenove ·······················

– Todo mundo quieto – Sofia disse, ajustando o volume da TV. – Não quero perder nenhuma palavra.

– Você está gravando, certo? – Steven perguntou.

– Acho que sim, mas às vezes me atrapalho com os ajustes.

– Deixe-me ver – ele pediu, e ela lhe entregou o controle remoto.

Todos da empresa tinham se reunido para assistir à transmissão de um programa de variedades local. Os produtores tinham enviado uma equipe de câmera e uma repórter ao casamento Harlingen, que tínhamos feito recentemente. O especial de uma hora sobre o casamento trazia as mais recentes dicas e tendências de moda, bem como um perfil de empresas baseadas no Texas. O último bloco do programa dedicava-se a conselhos práticos para o planejamento de casamentos. Uma cerimonialista de Houston chamada Judith Lord foi chamada para discutir a escolha de locais e fornecedores. Eu fui convidada para dar sequência com conselhos sobre preparação e logística no grande dia.

O bloco com Judith Lord foi elegante e decoroso, exatamente como esperava que fosse o meu. Judith, uma grande empreendedora dessa área, há muito estabelecida, possuía uma compostura delicada por fora, mas firme por dentro, o que eu admirava demais. A repórter fez algumas perguntas fáceis, delineando uma entrevista ilustrada por planos de Judith e uma cliente examinando vestidos de casamento, degustando amostras de bolos; tudo isso com Mozart tocando ao fundo.

Toda essa atmosfera de dignidade, contudo, desapareceu quando o *meu* bloco começou. A música mudou para um trecho de uma ópera-bufa agitada.

– Por que resolveram tocar isso? – perguntei, surpresa e incomodada.

– Ei, eu gosto dessa música – Tank exclamou quase ao mesmo tempo. – É daquele desenho do Pernalonga que tem as cadeiras de barbeiro.

– Também conhecida como a abertura de *O barbeiro de Sevilha*, de Rossini – Steven disse, azedo.

A narrativa da repórter começou:

– *No mundo elitista dos casamentos da sociedade texana, Avery Crosslin vem conquistando agressivamente sua clientela com um estilo impiedoso...*

– Agressiva? – eu protestei.

– Não é uma palavra ruim – Steven disse.

– Para um homem, não. Mas é ruim quando falam isso de uma mulher.

– Venha cá, Avery – Joe murmurou. Ele estava apoiado no braço do sofá, enquanto Sofia e o resto da equipe se amontoava em frente à televisão.

Fui até ele, que passou um braço ao redor do meu quadril.

– Eu sou agressiva? – perguntei, franzindo a testa.

– Claro que não – ele respondeu, procurando me acalmar, enquanto todos os outros na sala disseram, em uníssono:

– É.

No mês que se passou desde que eu e Joe começamos a dormir juntos, nos aproximamos numa rapidez que teria me assustado se eu me desse tempo suficiente para pensar a respeito. Mas me mantive ocupada planejando dois casamentos pequenos, além do espetáculo dos Warner. Todo dia era repleto de trabalho. Minhas noites, contudo, pertenciam a Joe. O tempo passava num ritmo diferente quando eu estava com ele; as horas corriam na velocidade da luz. Eu sempre temia o choque causado pelo alarme de manhã, quando tínhamos que seguir por caminhos diferentes.

Joe era um homem fisicamente ativo, exigente na cama e criativo, e possuía uma paciência infinita. Eu nunca sabia muito bem o que esperar dele. Às vezes, Joe era brincalhão e espontâneo, possuindo-me no balcão da cozinha ou na escada, fazendo o que bem queria, apesar de todo o meu pudor. Em outras ocasiões, ele me fazia ficar deitada completamente imóvel, enquanto me acariciava e me provocava sem parar, suas mãos tão habilidosas e suaves que me deixavam maluca. Depois conversávamos longa e preguiçosamente no escuro, quando eu confidenciava coisas das quais era provável que me arrependesse mais tarde. Mas eu parecia não conseguir esconder nada de Joe. Sua atenção era um tipo de droga viciante, impossível de largar.

Como me conhecia muito bem, Joe me deu um tapinha compreensivo no quadril quando franzi a testa para a TV. Lá estava eu, na câmera, enfatizando a importância de se manter um cronograma rígido para os eventos do dia do casamento.

Sofia desviou os olhos da televisão por um instante e sorriu para mim por sobre o ombro.

– Você fica ótima na TV – ela disse.

– Sua personalidade salta da tela – acrescentou Ree-Ann.

– Minha bunda também – murmurei enquanto eu, na televisão, afastava-me da câmera, que focava a minha bunda.

Joe, que não tolerava críticas ao meu *derrière*, beliscou discretamente meu bumbum.

– Silêncio – ele sussurrou.

Durante os próximos quatro minutos, assisti, com desânimo crescente, à minha imagem profissional ser demolida por edição rápida e música bizarra. Eu parecia uma atriz de comédia maluca enquanto reposicionava microfones, ajustava arranjos de flores e ia para o meio da rua desviar o trânsito para que o fotógrafo pudesse retratar os noivos com os padrinhos do lado de fora da igreja.

A imagem mostrava eu conversando com um padrinho que insistia em usar um chapéu de caubói com o *smoking*. Ele segurava o chapéu como se temesse que eu fosse arrancá-lo de suas mãos. Enquanto eu argumentava e gesticulava, Cacá encarava o padrinho insistente com uma expressão carrancuda, agitando as patas da frente em perfeita sincronia com a música da ópera.

Todos na sala riram.

– Eles não deviam me filmar com a Cacá – eu disse, fazendo uma careta. – Eu deixei isso claro. Ela só estava comigo porque o hotelzinho não tinha vaga naquele dia.

Eles cortaram de volta para a entrevista.

– *Você disse que parte do seu trabalho é estar preparada para o inesperado* – a repórter disse. – *Como você faz isso?*

– *Tento pensar no pior que pode acontecer* – respondi. – *Mudanças no tempo, erros de fornecedores, dificuldades técnicas...*

– *Dificuldades técnicas do tipo...*

– *Ah, pode ser qualquer coisa. Questões com a pista de dança, problemas com zíperes ou botões... até mesmo um enfeite fora do centro no bolo de casamento.*

Fui mostrada entrando na cozinha do local da festa, que tinha sido declarada zona proibida para a equipe de filmagem. Mas alguém tinha me seguido com uma câmera na cabeça.

– Eu não falei que podiam me seguir com uma câmera no corpo – protestei. – Eles não fizeram isso com Judith Lord!

Todos me mandaram ficar quieta de novo.

Na TV, me aproximei de dois entregadores que colocavam um bolo de quatro andares sobre o balcão. Eu lhes disse que tinham trazido o bolo para dentro cedo demais, que ele deveria ter ficado no caminhão refrigerado, ou o creme iria derreter.

– *Ninguém nos disse isso* – um deles respondeu.

– *Eu estou lhe dizendo. Leve de volta para o caminhão e...* – Eu arregalei os olhos quando o enfeite no alto do bolo começou a deslizar e se inclinar. Estendi a mão, inclinando-me para frente, e o segurei antes que pudesse estragar as quatro camadas abaixo.

Na edição, alguém colocou um bipe por cima dos meus palavrões.

Notando o modo como os entregadores me olhavam, acompanhei os olhares ávidos deles e descobri que eu tinha encostado no bolo, e que meus seios estavam cobertos de manchas brancas de creme.

A essa altura, todo mundo na sala estava gargalhando. Até Joe tentava, lealmente, disfarçar o quanto estava se divertindo.

Na tela da TV, a repórter me fez uma pergunta sobre os desafios do meu trabalho. Eu parafraseei o General Patton, dizendo que é preciso aceitar os desafios para poder viver o êxtase da vitória.

– *Mas e quanto ao romance do dia do casamento?* – perguntou a repórter. – *Isso não se perde quando você trata o evento como uma campanha militar?*

– *Os noivos entram com o romance* – eu respondi, confiante. – *Eu me preocupo com cada detalhe para que eles não precisem se preocupar. Um casamento é a celebração do amor, e os noivos precisam estar à vontade para celebrar.*

– *E enquanto todo mundo está celebrando* – disse a repórter, em *off* – *Avery Crosslin está cuidando dos detalhes.*

Então mostraram eu pegando um atalho para os fundos da igreja, onde o pai fumante da noiva se escondia com um cigarro aceso na boca. Sem dizer uma palavra sequer, peguei uma garrafa de água na minha bolsa e apaguei o cigarro enquanto ele ficou lá, de olhos arregalados. A seguir, eu estava ajoelhada no chão, prendendo, com fita crepe, a bainha rasgada do vestido de uma dama de honra. No fim, a câmera virou para o chão, mostrando o chapéu de caubói do padrinho enfiado debaixo de uma cadeira, onde eu o tinha escondido.

Alguém tinha virado o chapéu de cabeça para baixo, e Cacá estava sentada dentro dele. Ela encarou a câmera de frente, os olhos acesos, a língua pendurada, enquanto a reportagem terminava com um *gran finale* orquestral.

Eu peguei o controle remoto e desliguei a TV.

– Quem pôs a cachorrinha naquele chapéu? – eu perguntei. – Ela não conseguiria entrar lá sozinha. Sofia, foi você?

Ela balançou a cabeça, soltando um risinho.

– Então quem foi?

Ninguém quis admitir. Olhei ao redor da sala para todos eles. Nunca tinha visto todos se divertirem tanto ao mesmo tempo.

– Fico feliz que vocês tenham achado isso tão engraçado, já que provavelmente vamos ter que fechar a empresa dentro de alguns dias.

– Você está brincando? – Steven exclamou. – Isso vai nos trazer mais clientes do que vamos conseguir atender.

– Eles me fizeram parecer incompetente.

– Não fizeram, não.

– E quanto àquela cobertura de bolo? – perguntei.

– Você salvou o bolo – Steven observou. – E ao mesmo tempo elevou o nível de testosterona de todos os espectadores homens do programa.

– É um programa sobre casamentos – eu disse. – Você, Tank e Joe são os únicos homens heterossexuais de Houston que viram esse programa.

– Me dê o controle – Ree-Ann disse. – Quero ver de novo.

Sacudi a cabeça, negando enfaticamente.

– Vou apagar essa gravação.

– Tanto faz – Tank disse para Ree-Ann. – A emissora vai colocar o programa no site.

Joe fechou a mão sobre o controle e o retirou com cuidado do meu punho cerrado. O olhar dele estava iluminado por uma empatia divertida.

– Quero ser elegante como a Judith Lord – eu me queixei para ele.

– Avery, existe um milhão de Judith Lords por aí, e só uma você, que estava linda e engraçada nesse programa. E ainda transmitiu a energia de alguém que faz as coisas com gosto. Você conseguiu fazer tudo que a Judith Lord faz, só que foi muito mais interessante. – Joe entregou o controle remoto para Steven e segurou minha mão. – Vamos, vou te levar para jantar.

Até nós dois chegarmos à porta da frente, os outros já tinham voltado a entrevista para o começo e a assistiam outra vez.

Ao voltarmos para casa duas horas mais tarde, eu e Joe encontramos Sofia e Steven, que estavam saindo para jantar.

Sofia estava feliz, animada, quase iluminada. Isso, sem dúvida, tinha algo a ver com o fato de que ela e Steven tinham começado a transar. Sofia tinha me confidenciado que, ao contrário de Luis, Steven sabia o que fazer nas preliminares. Dava para dizer, só de ver os dois, que tudo estava indo muito, muito bem. De fato, Sofia e Steven tratavam um ao outro com uma gentileza que eu não esperava, dada a animosidade passada que havia entre os dois. Antes procuravam todo e qualquer modo de ferir o outro, explorando cada fraqueza que encontravam. Agora pareciam compartilhar de uma alegria leve e descomplicada por estarem desarmados um com relação ao outro.

– Você está melhor? – Sofia perguntou, me abraçando quando entrei.

– Na verdade, estou – eu disse. – Decidi esquecer esse programa de televisão idiota e fingir que nunca aconteceu.

– Receio que você não possa fazer isso – Sofia disse, a alegria cintilando em seus olhos cor de avelã. – O produtor ligou e disse que você está bombando no Twitter deles, que todo mundo adorou você. E um monte de gente quer adotar a Cacá.

Protetora, peguei a Chihuahua, que ela passou a linguinha seca no meu queixo.

– Eu disse que iríamos pensar a respeito – Sofia continuou, o olhar irônico.

Naquela semana, o programa foi transmitido pela rede da qual a emissora local era afiliada. A agenda da empresa ficou lotada de reuniões, e tanto Steven quanto Sofia começaram a insistir que precisávamos contratar mais gente.

Na sexta-feira à tarde, recebi uma mensagem da minha amiga Jasmine, uma ordem para que eu ligasse para ela no mesmo instante.

Embora adorasse falar com Jasmine e ouvi-la contar sobre sua vida em Manhattan, hesitei antes de ligar. Se ela tivesse visto o programa, tenho certeza de que teria desaprovado. Jazz sempre disse que era imperativo que uma mulher mantivesse um aspecto profissional, não importavam as circunstâncias. Nada de chorar, nada de demonstrações de raiva, nada de perder a compostura. Uma aparição na TV em que eu xingava, carregava uma Chihuahua e terminava com creme nos peitos não era o que Jazz consideraria uma imagem profissional digna.

– Você viu? – perguntei assim que Jasmine atendeu.

– Vi, sua fabulosa. Claro que vi.

A surpresa me fez rir.

– Você não odiou?

– Foi maravilhoso. Parecia uma comédia com ritmo perfeito. Você *dominou* a tela. Você e aquela cachorrinha... qual o nome dela?

– Cacá.

– Não sabia que você gostava de cachorro.

– Nem eu.

– A parte com o bolo... foi planejada?

– Deus Pai, não! Acho que nunca vou conseguir desfazer aquilo.

– Você não tem que desfazer nada. Precisa é fazer mais daquilo.

Franzi a testa, confusa.

– Quê?

– Lembra da oportunidade que eu lhe contei, há um tempo atrás, sobre o *Casamento dos Sonhos*?

– O programa do Trevor Stearns.

– Isso. Enviei para eles seu currículo, seu portfólio, e o vídeo, mas nunca tive notícias. Eles entrevistaram dezenas de candidatas e, pelo que eu sei, fizeram testes com três. Mas não ficaram cem por cento satisfeitos com nenhuma delas, e Trevor vai surtar se não encontrarem alguém logo. Não basta que a apresentadora seja capaz de fazer o trabalho, ela também tem que ter *a coisa*. Aquela qualidade que torna impossível para o público tirar os olhos dela. Dois dias atrás, uma das produtoras, Lois, viu, no YouTube, o programa com você e... desculpe, qual o nome da cachorra mesmo?

– Cacá – eu respondi, sem fôlego.

– Certo. Lois viu o vídeo e enviou o link para Trevor e os outros. Eles *morreram*. Examinaram de novo seu currículo e agora acham que você é *exatamente* o que estão procurando. Eles querem te conhecer. Vão te trazer aqui para uma entrevista. – Jasmine fez uma pausa. – Você está quieta – ela disse, impaciente. – No que está pensando?

– Não consigo acreditar – foi apenas o que consegui dizer. Meu coração tamborilava apressado.

– Pois acredite! – Jasmine exclamou, triunfante. – Agora que já te contei, vou te dar as informações de contato da Lois, e ela vai providenciar o voo. Trevor está em Los Angeles, mas os produtores de *Casamento dos Sonhos* estão em Manhattan, e você tem que falar com eles primeiro. Vamos arrumar um agente para você... não vamos conseguir ninguém a tempo para a primeira reunião, mas a esta altura não é problema. Não se comprometa com nada nem faça promessas. Apenas se apresente e escute o que eles têm a dizer.

– Eles não precisam me levar para Nova York se puderem esperar alguns dias – eu disse. – Vou até aí na próxima quarta-feira para uma prova de vestido com uma das minhas noivas.

– Você virá para cá e não me disse nada?

– Ando muito ocupada – expliquei.

– Tenho certeza que sim. A propósito, como estão as coisas com Joe Travis?

Eu tinha contado para ela do meu relacionamento com Joe, mas ainda não tinha explicado como me sentia com relação a ele... o carinho profundo, a felicidade e o medo, e a incerteza dolorosa que sentia por me tornar cada vez mais dependente dele. Jasmine não compreenderia. Quando se tratava de sua própria vida amorosa, ela escolhia relacionamentos que eram convenientes e descartáveis. Apaixonar-se era algo que ela não se permitia.

– O amor não liga se você consegue fazer seu trabalho – ela me disse certa vez.

Em resposta a uma pergunta dela, afirmei:

– Ele é divino na cama – ouvi, então, sua conhecida risada rouca.

– Aproveite esse garanhão gostoso do Texas enquanto pode – ela disse. – Logo, logo você vai voltar para Nova York.

– Eu não contaria com isso ainda – repliquei. – É provável que Trevor e os produtores acabem decidindo não me contratar. Além do mais... tem muita coisa em que eu preciso pensar.

– Avery, se isso der certo, você vai virar uma celebridade. Todo mundo irá te conhecer. Você vai conseguir a melhor mesa em qualquer restaurante, os melhores lugares em espetáculos, um apartamento de cobertura... o que há para se pensar?

– Minha irmã mora aqui.

– Ela também pode vir para cá. Eles vão encontrar algo para ela fazer.

– Não sei se ela vai querer isso. Eu e Sofia temos trabalhado muito para colocar nossa empresa de pé. Não seria fácil, para nenhuma de nós, abandonar tudo.

– Tudo bem. Vá pensando. Enquanto isso, vou passar seus dados para Lois. E te vejo na próxima semana.

– Mal posso esperar – eu disse. – Jazz... não sei como te agradecer.

– Não tenha medo de aproveitar essa chance. É a coisa certa para você. Nova York é o seu lugar, e você sabe disso. As coisas acontecem aqui. Tchau, querida – ela desligou.

Suspirando, reconectei meu celular ao carregador.

– As coisas também acontecem por aqui.

Capítulo vinte

– Sempre soube que você estava destinada a algo assim – Sofia disse depois que contei a ela sobre a ligação de Jazz. A reação dela à notícia foi semelhante à minha: pareceu um pouco abalada, mas empolgada. Sofia entendia o potencial de uma oportunidade dessas e o que poderia vir a significar. Balançando a cabeça lentamente, ela olhou para mim com os olhos arregalados. – Você vai trabalhar com Trevor Stearns.

– É só uma possibilidade.

– Vai dar certo. Estou sentindo.

– Eu teria que me mudar para Nova York – eu disse.

O sorriso dela diminuiu um pouco.

– Se for o caso, vamos fazer dar certo.

– Você gostaria de ir comigo?

– Quer dizer... me mudar para Nova York com você?

– Acho que não conseguiria ser feliz morando longe de você – eu disse.

Sofia pegou minha mão.

– Nós somos irmãs – ela afirmou. – Estamos juntas mesmo quando não estamos perto, compreende, *mi corazón*? E Nova York não é o meu lugar.

– Não vou deixar você sozinha aqui.

– Eu não vou ficar sozinha. Tenho a empresa, nossos amigos e... – ela se interrompeu e ficou corada.

– Steven – eu completei.

Sofia assentiu, seus olhos cintilando.

– O que está acontecendo? – perguntei.

– Ele me ama. E me disse isso.

– E você disse o mesmo?

– Sim.

– Você disse o mesmo porque não queria ferir os sentimentos dele, porque é o primeiro homem que soube como fazer preliminares com você, ou porque realmente o ama?

Sofia sorriu.

– Eu disse que o amava porque amo o coração, a alma e o cérebro complicado e interessante dele. – Ela fez uma pausa. – As preliminares não interferiram tanto.

Eu dei uma risada, curiosa.

– Quando foi o momento em que percebeu que o amava?

– Não houve um momento. Foi como descobrir algo que estava lá o tempo todo.

– É sério então? Sério tipo morar junto?

– Sério tipo falar de casamento – Sofia hesitou. – Nós temos sua aprovação?

– É claro que sim. Ninguém é bom o bastante para você, mas Steven é o mais perto que você vai conseguir. – Apoiei os cotovelos na mesa e encostei a ponta dos dedos nas minhas têmporas. – Vocês dois podem tocar a empresa – pensei em voz alta. – Steven pode fazer o que eu faço. Você é a única pessoa realmente indispensável por aqui. Você é o motor criativo. Tudo de que precisa são pessoas que façam suas ideias acontecerem.

– Como seria, para você – Sofia perguntou –, apresentar um programa como *Casamento dos Sonhos*? Você teria que expor ideias?

Eu balancei a cabeça.

– Imagino que a maior parte seja planejada e ensaiada. Meu papel deve ser espernear como Lucy Ricardo e depois resolver tudo no final. Vai haver acidentes e crises fabricadas, além de inúmeros enfoques no meu decote e na minha cachorrinha esquisita.

– Vai ser um sucesso tão grande – Sofia disse, maravilhada.

– Eu sei – concordei, e nós duas soltamos um gritinho.

Depois de um minuto nos acalmamos.

– E o Joe? – ela perguntou.

A pergunta fez meu estômago doer.

– Não sei.

– Muita gente mantém relacionamentos à distância – Sofia disse. – Se os dois quiserem que dê certo, é possível.

– É verdade – concordei. – Joe tem dinheiro suficiente para viajar o quanto quiser.

– O relacionamento pode ficar até melhor – Sofia divagou. – Vocês nunca vão se cansar um do outro.

– É melhor qualidade do que quantidade de tempo juntos – afirmei.

Sofia concordou vigorosamente com a cabeça.

– Vai ficar tudo bem.

Lá no fundo eu sabia que tudo isso era bobagem, mas parecia tão bom que eu queria acreditar.

– Acho que não temos nenhuma necessidade de falar disso para o Joe até eu ir para Nova York, não é? – perguntei. – Não quero que ele se preocupe sem necessidade.

– Não vou dizer nada até você ter certeza.

Consegui ficar a maior parte do fim de semana sem dizer nada para o Joe, mas aquilo me incomodava. Queria ser franca com ele, embora receasse o que ele poderia dizer. Tive dificuldade para pegar no sono e acordei várias vezes durante a noite. Passei o dia seguinte exausta. Esse ciclo se repetiu por mais dois dias, até Joe, finalmente, acender a luz à meia-noite.

– Parece que estou com um saco de filhotinhos na cama – ele disse, com um tom exasperado na voz, mas com os olhos calorosos. – O que está acontecendo, querida? Por que não consegue dormir?

Olhei para ele à luz do abajur, para o rosto preocupado, o cabelo desgrenhado e aquele peito largo. Fui inundada por uma sensação terrível de saudade, como se não importasse o quanto ele me apertasse junto ao peito, nunca seria perto o bastante. Eu me aninhei nele.

– Pode dizer – ele murmurou, ajeitando as cobertas ao nosso redor. – Independentemente do que for, vai ficar tudo bem.

Então eu contei tudo, falando tão depressa que foi uma surpresa ele conseguir acompanhar. Contei tudo que Jasmine tinha me dito sobre Trevor Stearns e o *Casamento dos Sonhos*, explicando que essa era uma chance que não apareceria outra vez e que era tudo com que eu sempre tinha sonhado.

Joe escutou atentamente, interrompendo-me apenas para fazer uma ou outra pergunta. Quando, enfim, parei para tomar fôlego, ele afastou meu rosto do peito dele e me observou. Sua expressão era impenetrável.

– É claro que você precisa conversar com os produtores – ele disse. – Você precisa saber quais são suas opções.

– Você não está bravo? Chateado?

– Claro que não. Estou orgulhoso de você. Se isso é o que você quer, vou apoiá-la até o fim.

Eu quase engasguei de alívio.

– Oh, Deus. Fico tão feliz de ouvir você dizer isso. Estava tão preocupada. Se você parar pra pensar, um relacionamento à distância não tem que ser necessariamente ruim. Desde que nós dois...

– Avery – ele disse com suavidade –, eu não concordei com um relacionamento à distância.

Aturdida, sentei-me na cama e o encarei, puxando de volta ao ombro as alças de seda da minha camisola.

– Mas você acabou de dizer que vai me apoiar.

– E vou. Quero que você faça o que te deixar feliz.

– Eu ficaria feliz se conseguisse fazer esse programa, me mudar para Nova York e também manter meu relacionamento com você. – Ao perceber o quanto eu estava soando egoísta, acrescentei, envergonhada: – Basicamente, quero o melhor dos dois mundos, e também que um dos mundos viaje para lá e para cá para me visitar.

Eu vi o sorriso rápido que ele deu, embora não fosse uma expressão de alegria.

– Mundos não viajam muito bem.

– Você não poderia ao menos tentar? – perguntei. – Com um relacionamento à distância, você teria os benefícios de ser solteiro, mas também teria a segurança de...

– Eu tentei isso muito tempo atrás – Joe me interrompeu em voz baixa. – Nunca mais. Não existem benefícios, meu bem. É cansativo ficar sozinho. Ter todos aqueles quilômetros entre nós. E quando se está junto, o que se faz é tentar ressuscitar uma relação desfalecida. É diferente quando se trata de uma separação curta. Mas se estamos falando de... uma situação sem fim à vista... não dá nem para começar.

– Você poderia se mudar. Teria oportunidades incríveis em Nova York. Melhores do que aqui.

– Melhores não – ele retrucou, calmo. – Diferentes.

– Melhores – eu insisti. – Quando você considera...

– Calma aí. – Joe ergueu a mão espalmada, um gesto pedindo tempo, com um sorriso irônico nos lábios. – Primeiro você vai falar com essa gente e descobrir se é a pessoa certa para o trabalho, e também se é o trabalho certo para você. No momento, vamos dormir um pouco.

– Não consigo dormir – resmunguei, caindo de costas na cama e bufando de frustração. – Não consegui dormir noite passada também.

– Eu sei – ele disse. – Eu estava com você.

A luz foi apagada e o quarto ficou tão escuro que não tinha sombras.

– Por que isso não aconteceu há três anos atrás? – perguntei em voz alta. – Era quando eu precisava disso. Por que tem que acontecer agora?

– Porque a vida tem um *timing* de merda. Shh.

Meus nervos estavam embolados de tanta agitação.

– Eu me recuso a acreditar que você me deixaria só porque eu não estaria convenientemente localizada no Texas.

– Avery, pare de se preocupar.

– Me desculpe – tentei relaxar e regular minha respiração. – Deixe eu perguntar uma coisa: sua família tem um avião particular, certo?

– Um Gulfstream. Para uso da empresa.

– Sim, mas se você quisesse usá-lo por razões pessoais, seus irmãos iriam se opor?

– *Eu* iria me opor. São 5 mil dólares por hora de voo.

– É um jato pequeno, médio ou...

– É um Gulfstream superjato médio de cabine grande.

– Com quanto tempo de antecedência você tem que pedir para que o deixem pronto para voar?

– Para uma viagem dessas, duas ou três horas. – As cobertas foram tiradas de cima das minhas pernas.

– O que está fazendo? – Eu não conseguia vê-lo, só senti-lo se movendo na escuridão.

– Como você está tão interessada no meu avião, vou lhe contar tudo sobre ele.

– Joe...

– Silêncio. – A bainha da minha camisola começou a subir e senti um beijo suave e quente no lado interno do meu joelho. – O Gulfstream tem internet, TV, sistema de telefonia global por satélite e a pior cafeteira que existe. – Um beijo esquentou meu outro joelho, seguido por uma longa passada de língua pela outra coxa. – Os dois motores Rolls-Royce atualizados – ele continuou – fornecem, cada um, sete toneladas-força de empuxo. – Eu inspirei fundo ao sentir a língua dele deslizar pelo lado interno da minha coxa.

A respiração dele provocou meus pelos, deixando todos arrepiados, cada um com uma sensação diferente.

– O avião comporta 4.400 galões de combustível.

Uma única e preguiçosa lambida. Eu gemi, toda minha concentração indo parar naquele local macio. Ele foi mais fundo com a língua.

– Completamente abastecido, ele tem um alcance de 4.300 milhas náuticas. – Seus dedos me abriram enquanto seus lábios desciam, formando um caminho quente e molhado. Eu estava atordoada e quieta, meus quadris arqueados para cima. Bem quando o prazer se aproximava de um ápice inimaginável, ele tirou a boca.

– O jato foi atualizado com reversores de empuxo que diminuem a distância necessária para o pouso – ele murmurou –, e um sistema de visão ampliada com uma câmera infravermelha montada na frente. – Um dedo comprido deslizou para dentro de mim. – Existe mais alguma coisa que você gostaria de saber?

Neguei com a cabeça, incapaz de falar. Embora ele não pudesse ver o movimento, ele deve tê-lo sentido, porque ouvi um risinho abafado.

– Avery, querida – ele sussurrou –, você vai dormir tão bem esta noite...

Senti a boca e a língua dele, de novo, enquanto Joe me tocava com uma precisão delicadamente cruel. Fiquei perdida num redemoinho de calor. O prazer se acumulava, crescia, mudava de direção. Quando ficou intenso demais para eu aguentar, tentei me afastar, mas Joe não me deixou, insistindo até que meus gemidos se transformaram em suspiros longos.

Depois que ele terminou, não peguei no sono; fiquei inconsciente. Dormi tanto, e tão pesado, que mal percebi Joe me dar um beijo de despedida na manhã seguinte. Ele se debruçou sobre a cama, de banho tomado e vestido, e murmurou que precisava ir embora.

Quando despertei totalmente, Joe já tinha ido embora.

Dois dias depois, embarquei num Citation Ultra particular com Hollis Warner. Uma comissária de bordo nos serviu Dr. Pepper com gelo enquanto esperávamos Bethany, que estava atrasada. Vestida com elegância e muito maquiada, Hollis relaxou no assento de couro bege ao lado do meu. Ela explicou que David, seu marido, tinha oferecido compensações para alguns dos diretores de seus cassinos e restaurantes para ter o jato durante algumas horas de uso particular e deixar a conta com a empresa. Hollis e as amigas usavam o Citation para viagens de compras e férias.

– Estou tão feliz que vamos ficar duas noites em vez de apenas uma – Hollis disse. – Vou jantar com algumas amigas amanhã à noite. Você é bem-vinda se quiser nos acompanhar, Avery.

– Muito obrigada, mas vou jantar com amigas que não vejo há muito tempo. E preciso ir a uma reunião amanhã à tarde. – Eu contei sobre a reunião com os produtores de *Casamento dos Sonhos* e a entrevista para ser apresentadora de uma série com essa temática.

Hollis pareceu encantada com a notícia e disse que, quando eu me tornasse uma celebridade, ela iria querer o crédito por ajudar a me lançar.

– Afinal, se eu não a tivesse escolhido como cerimonialista do casamento da Bethany, você não teria conseguido esse programa.

– Vou dizer para todo mundo que foi você – garanti para ela, e nós brindamos.

Depois de tomar um gole, Hollis prendeu uma mecha de seu cabelo loiro atrás da orelha e perguntou, em tom de sigilo:

– Você continua saindo com o Joe?

– Continuo.

– O que ele acha dessa oportunidade?

– Ah, ele está me dando todo o apoio. Está feliz por mim.

Eu sabia, mesmo sem ele me dizer, que se a oportunidade na televisão se concretizasse, Joe estava decidido a não influenciar minha decisão. Ele não me pediria para ficar nem para desistir de nada. Acima de tudo, não faria promessas. Não havia garantias do que se tornaria nosso relacionamento nem de quanto tempo duraria. Por outro lado, *haveria* garantias contratuais caso eu fosse contratada pela produtora do Trevor Stearns. Mesmo em caso de fracasso do programa, eu teria compensações incríveis. Dinheiro, contatos e um currículo reforçado.

Não precisei dizer mais nada, porque Bethany finalmente embarcou no avião. Ela vestia uma vibrante bata Tory Burch e calça capri. Seu cabelo brilhava com luzes recém-feitas.

– Oi, vocês! – ela exclamou. – Isso não vai ser *demais*?

– Veja como ela está bonita – Hollis disse com um misto de orgulho e pesar. – A garota mais linda do Texas, o pai dela sempre diz. – A expressão de Hollis ficou séria quando viu outro passageiro embarcar depois de Bethany. – Vejo que você trouxe Kolby.

– Você disse que eu podia trazer alguém.

– Eu disse mesmo, querida. – Hollis abriu uma revista e começou a folheá-la mecanicamente, a boca apertada. Parecia que Kolby, um jovem musculoso na faixa dos 20 anos, não era o tipo de pessoa que Hollis tinha em mente.

O amigo de Bethany vestia bermuda, uma camisa Billabong e um boné, debaixo do qual se projetava para trás um volume de cabelo clareado pelo sol. Ele tinha a pele bronzeada, os olhos azul-claro e os dentes brancos como porcelana. De um ponto de vista objetivo, era bonito de um modo comum, sem graça, de um jeito que só alguém com feições absolutamente simétricas conseguiria ser.

– Bethany, você está fabulosa como sempre – eu disse quando ela se inclinou para me abraçar. – Como está se sentindo? Preparada para voar?

– Estou ótima! – ela exclamou. – Me sentindo fantástica. Meu obstetra disse que sou sua melhor paciente. O bebê está chutando com tudo agora. Às vezes dá para ver minha barriga se mexer.

— Maravilha — eu disse, sorrindo. — Ryan ficou feliz de sentir o bebê chutando?

Ela fez uma careta.

— Ryan é tão sério com tudo. Não deixo que ele venha às minhas consultas, porque ele me põe para baixo.

Hollis falou enquanto continuava a folhear a revista.

— Quem sabe você poderia se esforçar para fazê-lo sorrir mais, Bethany.

A garota riu.

— Não, vou deixar Ryan com seus desenhos e projetos no computador... encontrei alguém que está bem aqui e sabe como se divertir. — Ela apertou o braço do rapaz e sorriu para mim. — Avery, você não se incomoda por eu trazer o Kolby na nossa viagem das garotas, não é? Ele não vai incomodar ninguém.

Kolby olhou para ela com um sorriso manhoso.

— Na verdade, eu vou te incomodar bastante — ele disse.

Explodindo num acesso de risadas, Bethany o arrastou até o bar, onde os dois remexeram nas bebidas em lata. Parecendo incomodada, a comissária tentou persuadi-los a se sentar e deixar que ela lhes servisse as bebidas.

— Quem é Kolby? — Arrisquei perguntar a Hollis.

— Ninguém — ela murmurou. — Um instrutor de esqui aquático que Bethany conheceu no verão passado. São apenas amigos — ela deu de ombros. — Bethany gosta de ter pessoas divertidas ao seu redor. Por mais que eu adore o Ryan, ele sabe ser aborrecido.

Deixei o comentário passar, embora tenha me sentido tentada a dizer que não era justo criticar Ryan por não ser divertido quando se preparava para casar com uma mulher que não amava e ser pai de um bebê que não queria.

— Nada precisa ser dito sobre isso — Hollis disse depois de um instante. — Principalmente para o Joe. Ele pode comentar algo com Ryan e começar um problema sem motivo algum.

— Hollis, se existe alguém no mundo que quer que este casamento aconteça sem nenhum problema, ainda mais do que você, sou eu. Pode acreditar, não vou dizer nada sobre Kolby para ninguém. Não é da minha conta.

Satisfeita, Hollis me dirigiu um olhar genuinamente caloroso.

— Fico feliz que nós nos entendamos — ela disse.

Outro momento desconcertante aconteceu na recepção do hotel, quando estávamos nos registrando. Enquanto o funcionário do hotel passava meu cartão de crédito e nós esperávamos a aprovação, olhei para o outro recepcionista, que tinha acabado de colocar Bethany e Kolby no mesmo quarto. Acho que parte de mim esperava que Bethany e Kolby fossem mesmo apenas amigos. Eles se comportaram como adolescentes durante o voo de Houston, com sussurros e risinhos, assistindo a um filme juntos, mas não havia nada claramente sexual nas interações deles.

A reserva do quarto, contudo, não deixava margem para dúvidas.

Arrastei meu olhar de volta ao funcionário à minha frente. Ele me devolveu o cartão de crédito e me entregou um formulário para rubricar e assinar. Eu tinha falado sério com Hollis – não iria mencionar nada disso para ninguém. Mas ser parte daquele segredo fez com que eu me sentisse culpada e desonesta.

– Vejo vocês mais tarde – Bethany disse. – Não esperem Kolby e eu para almoçar. Nós vamos pedir serviço de quarto.

– Vamos nos encontrar na recepção dentro de duas horas – eu disse. – A prova do vestido é às 14 horas.

– 14 horas – Bethany repetiu, indo até os elevadores com Kolby logo atrás. Eles pararam para olhar uma vitrine cheia de joias brilhantes.

Hollis parou do meu lado, enfiando o telefone na bolsa.

– Tente criar uma filha algum dia – ela disse, parecendo cansada e na defensiva. – Depois me diga se é fácil. Você a ensina a diferenciar o certo do errado, como se comportar e, no que acreditar. Você faz o seu melhor. Mas, um dia, sua garota inteligente faz algo estúpido. E você vai fazer o que puder para ajudá-la. – Hollis suspirou e deu de ombros. – Bethany pode fazer o que quiser até se tornar uma mulher casada. Ela não fez nenhum voto ainda. Quando fizer, espero que os mantenha. Até lá, Ryan tem a mesma liberdade.

Eu fiquei de boca fechada e assenti.

Às 14 horas em ponto fomos recebidas no estúdio e salão de beleza para noivas de Finola Strong, no Upper East Side. O salão era decorado em tons pastéis, e os sofás nas áreas reservadas eram revestidos com veludo. Jasmine tinha me indicado para Finola, que concordou em transformar meus esboços em um vestido. Conhecida por modelagens limpas e detalhes exuberantes, Finola era a profissional adequada para executar o bordado de época e a construção complexa da saia de cintura alta. A equipe dela era a melhor para criar vestidos de alta-costura, que custavam a partir de 30 mil dólares.

Dois meses antes, uma assistente dela tinha voado até a casa dos Warner, em Houston, para transformar o desenho em um modelo de musselina, feito meticulosamente para caber no corpo de Bethany. Como tinham contado para Finola da gravidez, ela projetou o vestido para ser ajustado com facilidade às formas em constante mudança de Bethany.

Essa era a primeira prova do vestido propriamente dita, com muito dos acabamentos e bordados já incorporados. Nesse dia, a peça seria ajustada para que o tecido caísse com perfeição. Uma das assistentes de Finola voaria até Houston com o vestido pronto, alguns dias antes do casamento, para uma última prova. Alterações adicionais seriam feitas caso fosse necessário.

Enquanto esperávamos num provador com um espelho de três faces gigante e uma área de estar reservada, uma assistente trouxe champanhe para mim e Hollis, e uma taça de água com gás e suco para Bethany. Logo Finola apareceu. Era uma mulher magra de cabelo claro na faixa dos 30 anos, com um sorriso fácil e olhar atento, vivaz. Eu a encontrei três ou quatro vezes durante o tempo em que trabalhei com moda para noivas, mas cada encontro, na Semana de Moda ou em algum evento social, durou poucos segundos.

– Avery Crosslin! – Finola exclamou. – Parabéns pela grande novidade.

– Obrigada – eu ri. – Mas não estou tão convencida quanto a Jazz de que vou conseguir.

– Você não é boa em modéstia – ela me informou. – Com certeza você parece convencida. Quando vai se encontrar com os produtores?

– Amanhã – disse e sorri para ela.

Depois que apresentei as Warner para Finola, esta afirmou que Bethany seria uma das noivas mais lindas que ela já tinha vestido.

– Mal consigo esperar para vê-la neste vestido – ela disse para Bethany. – É uma criação global: seda do Japão, forro da Coreia, bordados da Índia, anáguas da Itália e renda antiga da França. Vamos sair por alguns minutos enquanto você o experimenta. Minha assistente Chloe vai te ajudar.

Após uma volta pelo salão de Finola, retornamos ao provador. Bethany estava diante do espelho, seu corpo esguio e radiante.

O vestido era uma obra de arte, com o corpete feito de renda antiga bordada a mão em um padrão geométrico, com contas de cristal finas como pó de fadas. O vestido era mantido no lugar por finas tiras de cristal, que brilhavam em contraste com os ombros dourados de Bethany. A saia, adornada com contas espalhadas que capturavam a luz como névoa, fluía, suavemente, a partir do corpete alto. Era impossível imaginar uma noiva mais bonita. Hollis sorriu e pôs uma das mãos sobre a boca.

– Que magnífico! – ela exclamou.

Bethany sorriu e agitou a saia.

Contudo, havia um problema com o vestido, que eu e Finola vimos. O drapeado da parte frontal não estava certo. Ela se separava muito mais sobre a barriga de Bethany do que eu tinha desenhado.

– Você está linda – eu disse com um sorriso enquanto me aproximava de Bethany. – Mas vamos ter que fazer algumas alterações.

– Onde? – Bethany perguntou, perplexa. – Está perfeito.

– É o modo como o drapeado cai – Finola explicou. – No mês entre esta prova e o casamento, você vai crescer o suficiente para fazer com que o drapeado se abra como cortinas, o que, por mais que sua barriga seja linda, não vai ficar bonito.

– Não sei como fui ficar tão grande assim de repente – Bethany resmungou.

– Cada gravidez é diferente – Hollis disse à filha.

– Você não está grande, não – Finola procurou tranquilizá-la. – Você é toda magra, exceto na barriga, que é como deve ser. Nosso trabalho é fazer com que esse vestido sirva em você como um sonho, e é o que vamos fazer. – Ela foi até Bethany e segurou punhados do tecido, reposicionando-o e observando o drapeado com seu olhar crítico.

De repente Bethany deu um pulinho e pôs a mão sobre a barriga.

– Oh! – Ela riu. – esse chute foi forte.

– Foi mesmo – Finola disse. – Deu para ver. Você precisa se sentar, Bethany?

– Não, estou bem.

– Ótimo. Estou pensando na questão do drapeado. Só preciso de um segundo. – O olhar de Finola demonstrava um interesse sincero quando olhou para Bethany. – Estou tentando calcular quanto sua barriga vai crescer no próximo mês... Por acaso você está esperando gêmeos?

Bethany negou com a cabeça.

– Ainda bem. Uma das minhas irmãs teve gêmeos e foi um desafio e tanto. E a data de nascimento... foi prevista?

– Não – Hollis respondeu pela filha.

Finola olhou para a assistente.

– Chloe, por favor, ajude Bethany a tirar o vestido enquanto discuto as alterações com Avery. Bethany, podemos deixar sua mãe aqui com você?

– Claro.

Finola foi até Hollis e pegou a taça vazia de champanha da mesinha ao lado dela.

– Mais champanhe? – ela perguntou. – Café?

– Café, por favor – Hollis respondeu.

– Vou pedir para uma das minhas assistentes. Nós voltamos logo. Venha, Avery.

Obediente, segui Finola até fora do provador. Ela entregou a taça vazia para uma assistente que passava e a instruiu a dar um café para a Sra. Warner. Nós seguimos pelo corredor silencioso até um escritório de canto cheio de janelas.

Sentei-me na cadeira que Finola indicou.

– É muito difícil consertar o drapeado do vestido? – perguntei, preocupada. – Você não vai ter que refazer a saia inteira, vai?

– Vou pedir para minhas especialistas em drapeados darem uma olhada. Pelo que elas estão pagando, nós refazemos a merda do vestido inteiro, se necessário. – Ela alongou os ombros e massageou a nuca. – Você sabe qual é o problema com o drapeado, não sabe?

Eu neguei com a cabeça.

– Eu precisaria examinar o vestido com mais cuidado.

– Esta é a regra primordial ao desenhar um vestido para uma noiva grávida: nunca acredite na data de nascimento.

– Você acha que ela está um pouco fora do tempo de gestação que ela diz ter?

– Eu acho que ela está pelo menos dois meses adiantada.

Olhei pasma para ela.

– Vejo isso acontecer o tempo todo – Finola disse. – Maternidade é o ramo que mais cresce dos vestidos de noiva *prêt-à-porter*. Uma a cada cinco das minhas noivas está grávida. E muitas delas mentem a data. Mesmo hoje em dia, algumas mulheres ficam preocupadas com a desaprovação dos pais. E existem outras razões... – ela deu de ombros. – Não cabe a nós julgar ou comentar. Se estou certa quanto ao estágio da gravidez, a barriga de Bethany vai estar bem maior do que esperávamos quando ela entrar na igreja.

– Então é melhor esquecermos o drapeado e substituir toda a parte de cima – eu disse, preocupada. – Mas não deve dar tempo de refazer todo o bordado.

– Vamos pedir para alguém extremamente dispendioso da cidade fazer. Quanto tempo Bethany vai ficar em Nova York? Podemos marcar uma prova adicional para ela amanhã?

– Com certeza. Pela manhã?

— Não, vamos precisar de mais tempo do que isso. Que tal à tarde, depois da sua reunião?

— Não sei quanto tempo isso vai me tomar.

— Se você não puder vir, faça a Bethany estar aqui às 16 horas. Vou tirar fotos e mandá-las para você ver exatamente o que fizemos.

— Finola... você tem certeza do estágio da gravidez?

— Eu não sou médica. Mas posso garantir que essa garota tem mais do que quatro meses de gravidez. O umbigo dela está estufado, o que normalmente não acontece até o fim do primeiro semestre. E o modo como o bebê está chutando? Impressionante para um feto que deveria ter apenas treze centímetros de comprimento. Ainda que Bethany esteja segurando bem o peso, a barriga não mente.

Naquela noite, eu saí para jantar com Jasmine e um grupo de velhas amigas da indústria da moda. Nós nos sentamos em torno de uma mesa para doze num restaurante italiano. Pelo menos três ou quatro conversas aconteciam ao mesmo tempo. Como sempre, elas tinham as melhores fofocas do mundo e trocavam segredos a respeito de estilistas, celebridades e ícones da sociedade. Eu tinha esquecido como era empolgante estar a par de todas as novidades, saber das coisas antes do resto do mundo.

Pratos de *carpaccio* foram servidos, a carne crua fatiada em folhas translúcidas mais finas do que os flocos de queijo parmesão espalhados por cima. Embora o garçom tenha levado cestas de pão com a salada, todas na mesa sacudiram a cabeça em sincronia. Olhei, desolada, para o pão que se distanciava, deixando seu aroma adocicado em seu rastro.

— Nós podíamos comer só um pedacinho — eu disse.

— Ninguém aqui come carboidratos — retrucou Siobhan, diretora de maquiagem da revista de Jasmine.

— Até hoje? — perguntei. — Eu esperava que a esta altura eles já fossem aceitos.

— Carboidratos nunca mais serão aceitos — Jasmine profetizou.

— Meu Deus, não diga isso.

— Foi provado cientificamente que comer pão branco faz tão mal quanto comer açúcar diretamente desses pacotinhos.

— Mande uma cópia do plano *low carb* para Avery — Siobhan disse para Jazz. Ela me deu um olhar significativo. — Perdi cinco quilos em uma semana.

— De onde? — perguntei, olhando para o corpo magérrimo dela.

– Você vai amar o *low carb* – Jasmine garantiu. – Todo mundo está fazendo. É uma versão modificada do plano Cetogênico-Páleo-Detox, que começa com uma fase de intervenção semelhante ao Poder da Proteína. O peso desaparece tão rápido que parece que você está com uma tênia.

Quando os pratos principais foram trazidos, percebi que tinha sido a única a pedir macarrão.

Jett, designer de acessórios de uma grande marca, olhou para meu *penne* e comentou, com um suspiro:

– Eu não como macarrão desde que Bush era presidente.

– O primeiro ou o segundo? – Jasmine perguntou.

– O primeiro – Jett parecia nostálgica. – Lembro dessa última refeição. Carbonara com bacon extra.

Ciente dos olhares delas, detive o garfo carregado a meio caminho da boca.

– Desculpem – eu disse, envergonhada. – Querem que eu vá comer em outra mesa?

– Como você é, tecnicamente, uma convidada de fora da cidade – Jasmine disse –, pode comer seu *penne*. Quando voltar a morar aqui, porém, vai ter que dizer adeus aos carboidratos refinados.

– Se eu voltar a morar aqui – eu disse –, vou ter que dizer adeus a muitas coisas.

Às 13 horas da tarde, no dia seguinte, peguei um táxi até o escritório da produtora Stearns. Após cinco minutos de espera, uma jovem com um corte *bob* bagunçado e um terninho preto *skinny* apareceu para me acompanhar até um elevador. Subimos alguns andares e entramos numa recepção com um teto espetacular, revestido de ladrilhos lavanda e prata, e sofás forrados de um tecido cor de berinjela.

Três pessoas que estavam lá me receberam com tanto entusiasmo que relaxei imediatamente. As três eram jovens e vestiam-se impecavelmente, e abriram largos sorrisos ao se apresentarem. A mulher se apresentou como Lois Ammons, produtora e assistente executiva de Trevor Stearns; depois veio Tim Watson, produtor de elenco; e, por fim, Rudy Winters, produtor e diretor assistente.

– Você não trouxe sua cachorrinha linda? – Lois perguntou com uma risada quando entramos num escritório espaçoso com uma vista deslumbrante do Edifício Chrysler.

– Acho que a Cacá está um pouco velha e precisando de muitos cuidados para ficar viajando – eu disse.

– Coitadinha. Ela deve sentir sua falta.

– Mas está em boas mãos. Minha irmã Sofia está tomando conta dela.

– Você trabalha com sua irmã, certo? Por que não nos conta como começaram a empresa? Espere, você se importaria se eu gravasse nosso bate-papo?

– De forma alguma.

As três horas seguintes passaram tão depressa que pareceram três minutos. Começamos discutindo sobre minha experiência na indústria da moda e como foi começar a empresa com Sofia. Quando mencionei alguns dos casamentos mais bizarros que elaboramos e coordenamos, tive que parar de falar enquanto o trio irrompia em risadas.

– Avery – Lois disse. – Jasmine me disse que você ainda está no processo de conseguir um agente.

– Sim, mas não tinha certeza de que seria necessário, então ainda...

– É necessário – Tim disse, sorrindo para mim. – Se isso der certo, Avery, vamos negociar questões como aparições públicas, direitos de licenciamento e *merchandising,* promoção de produtos, publicações... você precisa encontrar um agente imediatamente.

– Entendi – eu disse, tirando um tablet da bolsa e anotando um lembrete. – Isso quer dizer que vamos nos reunir de novo?

– Avery – Rudy disse –, no que me toca, você é a nossa garota. Nós vamos ter que fazer alguns testes, talvez enviar uma equipe de câmera para o casamento Warner.

– Vou ter que liberar isso com eles – eu disse, sem ar –, mas acho que não vão se opor.

– Você e esse programa seriam uma combinação perfeita – Tim afirmou. – Acho que você pode pegar o conceito de Trevor e fazer uma coisa sua. Você tem uma energia ótima. Nós adoramos a imagem da ruiva sexy, adoramos como você fica à vontade com a câmera. Vai ter que aprender rápido, mas vai dar conta.

– Nós precisamos colocá-la com o Trevor e ver como eles lidam um com o outro – Lois observou, sorrindo para mim. – Ele já te adora. Depois que você conseguir um agente, poderemos começar a pensar em adaptar o programa à sua personalidade e fazer o roteiro do piloto. No primeiro episódio, gostaríamos de trabalhar a ideia de que Trevor é seu mentor... criar alguns dilemas para que você tenha que ligar para ele pedindo conselhos, os quais você não será obrigada a seguir. O ideal é que a dinâmica tenha toques de tensão... Trevor e sua petulante protegida, com muito diálogo arisco... o que isso lhe parece?

– Parece divertido – respondi por reflexo, embora tenha me preocupado a sensação de que uma personalidade estava sendo criada para mim.

– E vai ser obrigatório termos um cachorro – Tim disse. – Todo mundo no escritório de Los Angeles adorou ver você carregando aquela cachorrinha. Mas tem que ser algo mais fofo. Igual àqueles brancos e peludos, Lois.

– Lulu da Pomerânia?

– Não, acho que não é nesse que estou pensando... – Tim balançou a cabeça.

– Coton de Tulear?

– Pode ser...

– Vou fazer uma lista de raças para você dar uma olhada – Lois disse, tomando nota.

– Vocês vão me arrumar outro cachorro? – perguntei.

– Só para o programa – Lois disse. – Mas você não vai precisar levá-lo para casa – ela riu um pouco. – Tenho certeza de que Cacá não iria gostar muito disso.

– Então – eu perguntei – o cachorro seria um objeto de cena?

– Um membro do elenco – Tim respondeu.

Enquanto os dois homens falavam, Lois estendeu o braço e segurou minha mão inerte, radiante.

– Vamos fazer isso acontecer – ela disse.

Sentada no quarto do hotel naquela noite, olhando fixamente para a tela do meu celular, eu praticava o que dizer para o Joe. Experimentei algumas frases em voz alta e anotei algumas palavras num bloco próximo.

Quando percebi o que estava fazendo... *ensaiando* para uma conversa com ele... afastei o bloco e me obriguei a ligar logo para ele.

Joe atendeu no primeiro toque. O som de sua voz, o sotaque familiar e reconfortante, fez com que eu me sentisse bem e, ao mesmo tempo, provocou em mim uma saudade excruciante.

– Avery, meu bem. Como está?

– Estou bem. Com saudade de você.

– Também estou com saudade.

– Você tem alguns minutos para conversar?

– Tenho a noite toda – ele respondeu. – Conte-me o que tem aprontado.

Eu me sentei no meio da cama e cruzei as pernas.

– Bem... tive aquela reunião importante hoje.

– Como foi?

Eu a descrevi em detalhes, contei tudo que tinha sido dito, tudo que pensei e senti. Praticamente só eu falei. Joe manteve-se calado, recusando-se a emitir opiniões contra ou a favor.

– Vocês falaram de números? – ele perguntou.

– Não, mas tenho certeza de que vai ser muito dinheiro. Do tipo que muda vidas.

– Quer o dinheiro mude ou não sua vida, com certeza o emprego vai mudar – ele soou sarcástico.

– Joe... esse é o tipo de oportunidade com que eu sempre sonhei. Parece que pode realmente acontecer. Eles deixaram claro que querem fazer dar certo. Então... não sei se posso recusar.

– Eu já disse antes, não vou atrapalhar sua vida.

– É, eu sei – eu disse com um toque de aborrecimento. – Não me preocupa que você interferira nas minhas escolhas. O que me preocupa é você não tentar ficar na minha vida.

Joe respondeu com a irritação de alguém cujos pensamentos ficam circulando sem uma resposta, assim como os meus.

– Se a sua vida se muda para um lugar a dois mil e quinhentos quilômetros de distância, Avery, não vai ser assim tão fácil para mim ficar nela.

– Que tal morarmos juntos aqui? Nós poderíamos arrumar um apartamento. Não existe nada prendendo você no Texas. Você poderia empacotar tudo e...

– Nada a não ser minha família, meus amigos, minha casa, meus negócios, a fundação que eu concordei em ajudar a cuidar...

– As pessoas se mudam, Joe. Elas encontram modos de manter contato. Elas começam de novo. É porque sou mulher, não é? A maioria das mulheres se muda quando o namorado ou o marido consegue uma nova oportunidade de trabalho, mas quando a situação é oposta...

– Avery, não me venha com isso. Não tem nada a ver com sexismo.

– Você pode ser feliz em qualquer lugar se estiver disposto a...

– Também não é só isso. Meu bem... – ouvi um suspiro breve e tenso. – Você não está só escolhendo um emprego, está escolhendo uma vida. Uma carreira a jato. Não vai ter uma droga de minuto de tempo livre… não vou me mudar para Nova York pra te ver por meio dia no fim de semana e durante vinte minutos toda noite, entre o momento que você chega em casa e a hora que vai para a cama. Não vejo lugar nessa vida para mim, nem para filhos.

Meu coração pesou.

– Filhos – eu repeti, entorpecida.

– Sim, quero ter filhos algum dia. Quero me sentar na varanda de casa e ver as crianças correndo em meio aos irrigadores. Quero passar tempo com elas, ensinar como se brinca de pega-pega. Estou falando de formarmos uma família.

Demorou muito tempo até eu conseguir dizer alguma coisa.

– Não sei se eu seria uma boa mãe.

– Ninguém sabe.

– Não, eu *realmente* não sei. Nunca tive nenhum tipo de família. Morei com partes de famílias despedaçadas. Uma vez voltei da escola para casa e encontrei um homem e crianças desconhecidas. Descobri que minha mãe tinha se casado de novo sem nem me contar. E um dia toda essa gente desapareceu sem aviso. Como num passe de mágica.

– Avery, escute... – Joe começou, a voz suave.

– Se eu tentar ser uma mãe e fracassar, nunca irei me perdoar. É um risco grande demais. E é cedo demais para falarmos disso. Pelo amor de Deus, nós nem mesmo dissemos... – Eu parei de falar, minha garganta se fechando.

– Eu sei. Mas não posso dizer agora, Avery. Porque, neste momento, iria parecer que não é nada além de uma tentativa de fazer pressão.

Eu precisava terminar a ligação. Precisava recuar.

– No mínimo – eu disse –, nós podemos tirar o máximo de proveito do tempo que nos resta. Eu tenho um mês até o casamento da Bethany, e depois disso...

– Um mês para quê? Para eu tentar não gostar de você mais do que já gosto? Para tentar mudar o modo como me sinto? – Havia algo errado com a respiração dele, algo parecia quebrado. A voz dele não estava menos intensa, apesar de ser quase um sussurro. – Um mês para ir contando os dias até o final... droga, Avery, não consigo fazer isso.

Lágrimas afloraram e deslizaram pelo meu rosto em linhas quentes.

– O que eu devo dizer?

– Diga-me como faço para parar de te querer – ele disse. – Diga-me como parar... – ele parou e praguejou. – Eu prefiro acabar com isso agora mesmo do que arrastar por mais um mês.

O telefone tremia na minha mão. Estava com medo. Estava mais assustada do que nunca.

– Não vamos mais conversar esta noite – eu disse, ofegante. – Nada mudou. Nada está decidido, tudo bem?

Mais silêncio.

– Joe?

– Vamos conversar quando você voltar – ele disse, abruptamente. – Mas quero que pense numa coisa, Avery: quando me contou a história da bolsa Chanel da sua mãe, você não entendeu a metáfora. Você precisa descobrir o que ela realmente quer dizer.

Capítulo vinte e um

Devastada e exausta após uma noite sem dormir, apliquei uma camada de maquiagem mais pesada que o habitual na manhã seguinte. Se o visual "olhos fundos" estava na moda, pensei, deprimida, então eu estava com tudo. Fiz minha mala e cheguei ao térreo alguns minutos antes da hora marcada para encontrar Hollis, Bethany e Kolby no saguão do hotel. De lá iríamos de limusine para o aeroporto de Teterboro, a cerca de vinte quilômetros de distância. Pequeno, o aeroporto localizado à margem de Nova Jersey era destino popular de aeronaves particulares.

Dirigindo-me a uma área de estar ao lado do saguão, vi Bethany sentada sozinha junto a uma mesinha perto da janela.

– Bom dia – eu disse com um sorriso. – Levantou-se mais cedo também?

Ela retribuiu o sorriso, parecendo cansada.

– Não consigo dormir bem com todo o barulho da cidade à noite. Kolby está tomando um banho. Quer se sentar comigo?

– Claro, vou pegar um café.

Em um minuto, eu estava de volta à mesa com meu café e me sentei de frente para Bethany.

– Vi as fotos que a Finola enviou noite passada – eu disse. – O que acha do novo desenho da saia?

– Estava bonito. Finola disse que colocariam os cristais nela.

– Então você ficou feliz com o novo modelo?

Bethany deu de ombros.

– Eu gostava mais do drapeado. Mas não tenho essa opção com minha barriga ficando tão grande.

– O vestido vai ficar lindo – eu disse. – E você vai parecer uma rainha. Sinto muito não estar com você ontem.

– Tudo bem, não precisava. Finola foi muito gentil comigo e com minha mãe – ela fez uma pausa. – Ela não falou nada... mas ela sabe. Dá para perceber.

– Sabe do quê? – perguntei, sem qualquer expressão.

– A data do parto. – Pensativa, Bethany mexeu seu café com uma colher. – Estou entrando no último trimestre. Pode ser que eu nem entre no vestido no dia do casamento.

– É para isso que serve a última prova – eu disse, automaticamente. – Vai dar certo, Bethany. – Eu bebi um pouco do café e dirigi meu olhar para a cena do outro lado da janela, observando os pedestres com os pescoços enrolados em lenços, cheios de estilo... uma mulher chique em sua bicicleta... um par de idosos, ambos de chapéu. – Sua mãe sabe? – eu perguntei.

Bethany assentiu.

– Eu conto tudo para ela. Sempre juro que vou guardar meus segredos, mas no fim acabo contando para ela, e me arrependo. Mas continuo contando. Acho que vai ser sempre assim.

– Talvez não – eu disse. – Acredite em mim, não faço muitas das coisas que pensei que sempre faria.

Bethany deixou a colher dentro da caneca e a afastou de si.

– Mamãe disse que você não vai dizer nada sobre o Kolby – ela disse. – Obrigada.

– Por favor, não me agradeça. Não é da minha conta.

– Tem razão, não é. Mas sei que você gosta do Ryan, e provavelmente sente pena dele. Mas não deveria. Ele vai ficar bem.

– O bebê é dele? – perguntei com delicadeza.

Bethany me deu um olhar de deboche.

– O que você acha?

– Eu acho que é do Kolby.

Seu sorriso se extinguiu. Ela não respondeu. Não precisava.

Ficamos em silêncio por cerca de um minuto.

– Eu amo o Kolby – Bethany disse, finalmente. – Não faz diferença, mas eu o amo.

– Você conversou com ele a respeito?

– Claro.

– E o que ele disse?

– Bobagens. Disse que queria se casar comigo e morar numa casa de praia em Santa Cruz. Como se eu fosse mandar nosso filho para uma escola pública. – Ela soltou uma risada forçada. – Você consegue me imaginar casando com um instrutor de ski aquático? Kolby não tem dinheiro. Ninguém me convidaria para nada. Eu não seria ninguém.

– Você estaria com a pessoa que ama. O pai do seu filho. Você teria que trabalhar, mas tem faculdade e contatos...

— Avery, ninguém ganha dinheiro trabalhando. Não dinheiro de verdade. Mesmo que consiga esse trabalho na TV, você nunca vai chegar nem perto do que um Travis, um Chase ou um Warner tem. Não fui criada para viver no um por cento mais rico. Fui criada para viver nos dez por cento mais ricos desse um por cento. É quem eu sou. Não dá para descer. Ninguém desistiria do tipo de vida que eu tenho só porque ama alguém.

Eu não respondi.

— Você acha que sou uma megera — Bethany disse.

— Não.

— Bem, eu sou.

— Bethany — perguntei —, o que você vai dizer para o Ryan quando o bebê nascer dois meses adiantado e ficar óbvio que não é prematuro?

— Não vai importar. Estaremos legalmente casados. Mesmo que Ryan decida negar a paternidade e se divorciar de mim, ele vai ter que pagar. Vou ameaçar contestar na justiça o contrato pré-nupcial. Mamãe diz que Ryan vai preferir pagar a ter que passar por um grande constrangimento público.

Eu me esforcei para não deixar qualquer expressão chegar ao meu rosto.

— Tem certeza de que Kolby não vai dizer nada? Ele não vai causar problemas?

— Não, eu disse que ele só precisa esperar. Depois que o divórcio for finalizado e eu conseguir o dinheiro, Kolby pode ir morar comigo e com o bebê.

Demorei um momento para conseguir falar.

— Que plano perfeito — eu disse, enfim.

Fiquei em silêncio durante a maior parte do voo de volta, meus pensamentos fervilhando. Colocando o fone de ouvido, comecei a assistir a um filme no meu notebook, mas fiquei encarando a tela sem de fato vê-la.

Qualquer traço de compaixão ou pena que eu pudesse ter sentido por Bethany tinha desaparecido quando ela revelou que o casamento não era nada além de um recurso para extorquir dinheiro de Ryan Chase. Bethany e seus pais já sabiam que o casamento não iria durar. Eles sabiam que Ryan não era o pai do bebê. Estavam se aproveitando da decência inata de Ryan, que seria feito de trouxa enquanto Bethany e Kolby viveriam do seu dinheiro.

Tive certeza de que não conseguiria fazer parte disso.

Pela minha visão periférica, vi Bethany gesticular para Hollis, que foi se juntar à filha no sofá comprido nos fundos do avião. Elas sussurraram por pelo menos vinte minutos, a discussão tornando-se cada vez mais agitada, como se o assunto fosse urgente. Meu palpite era que Bethany tinha se arrependido de me contar tudo aquilo, e agora se confessava para a mãe. A certa altura, Hollis levantou o rosto e me encarou.

Sim. Eu tinha sido identificada como um problema em potencial, que precisava ser resolvido.

Voltei minha atenção para a tela do notebook.

Graças à mudança do fuso horário, chegamos ao Aeroporto Hobby de Houston às 11 horas da manhã.

– Que bom – eu disse com um sorriso forçado, enfiando meu notebook na bolsa. – Ainda temos a maior parte do dia.

Hollis sorriu sem jeito. Bethany não reagiu.

Agradeci ao piloto e à comissária de bordo enquanto Bethany e Kolby saíam do avião. Virando em direção à saída, vi que Hollis me esperava.

– Avery – ela disse, calorosa –, antes de sairmos do avião, queria uma conversinha com você.

– Claro – eu disse, igualmente calorosa.

– Preciso lhe explicar algo, porque não tenho certeza de que você compreende bem nosso tipo de gente. As regras são diferentes no nosso nível. Se você tem qualquer ilusão a respeito de Ryan Chase, deixe-me lhe dizer uma coisa: ele não é melhor do que qualquer outro homem. Você não percebe que Ryan também vai manter uma coisinha jovem e doce como opção? Um homem com a aparência e o dinheiro dele vai ter três ou quatro mulheres, no mínimo. Por que você liga se Bethany for uma delas? – ela apertou os olhos. – Você não está sendo paga para criticar ou interferir na vida pessoal das suas clientes. Seu trabalho é fazer esse casamento acontecer. E se algo der errado... vou garantir que ninguém mais faça negócio com você. E vou fazer o que for preciso para arruinar sua chance de apresentar aquele programa de TV. David e eu temos amigos que são donos de impérios da mídia. Nem pense em me trair.

Minha expressão cordial não fraquejou nem por um segundo durante a fala dela.

– Como você disse no começo da viagem, Hollis, nós nos entendemos.

Após sustentar meu olhar por um instante, ela pareceu relaxar.

– Eu disse para Bethany que você não seria um problema. Uma mulher na sua situação não pode agir contra seus próprios interesses.

– Minha situação? – eu repeti, intrigada.

– Uma trabalhadora.

Só mesmo Hollis Warner para fazer essa palavra parecer desprezível.

Propositalmente, fui por um caminho mais longo ao voltar para casa do aeroporto, para ter o tempo de que precisava. Sempre refleti melhor no carro, nas viagens mais longas. De algum modo, o labirinto tortuoso de pensamentos a quarenta mil pés de altitude desembaraçou-se como por milagre assim que pus os pés no chão.

Não dava para negar a importância –, ou melhor, a necessidade – de uma carreira satisfatória. Mas um trabalho nunca poderia ser a coisa mais importante. As pessoas é que são.

O fato era que eu já tinha uma carreira que amava. Eu a construí do nada com minha irmã, e ela era nossa, eu estava no controle e tínhamos muito sucesso. Nós podíamos criar nossas próprias oportunidades.

Conversar com os produtores de Trevor Stearns tinha me dado um vislumbre de como seria ter a vida organizada e supervisionada, com tudo preparado para mim. Um Lulu da Pomerânia branco...? Não, obrigada. Estava muito bem com minha Chihuahua banguela, que, embora não fosse bonita, pelo menos não era um simples objeto de cena.

Percebi que tinha me deixado levar pela ideia de conseguir a grande oportunidade com que sempre sonhei, de voltar triunfante para Nova York, e não tinha parado para refletir se isso ainda era o que eu queria.

Às vezes os sonhos mudam quando não estamos prestando atenção a eles.

Tudo que eu tinha realizado e aprendido, e até perdido, tinha me ajudado a ver o mundo de um modo diferente. Mas, acima de tudo, eu tinha mudado por causa das pessoas das quais escolhi gostar. Foi como se meu coração tivesse sido desembalado e eu pudesse sentir mais. Como se...

– Meu Deus – eu disse em voz alta, engolindo em seco quando me dei conta de qual era a metáfora da bolsa Chanel.

Meu coração era o objeto protegido com cuidado na prateleira. Eu tinha tentado mantê-lo a salvo de danos, tentei usá-lo apenas quando necessário.

Mas algumas coisas ficam mais bonitas com o uso frequente. Os arranhões, os riscos e as rachaduras, os lugares que ficaram gastos, as partes que quebraram e foram consertadas... tudo isso significava que o objeto tinha servido ao seu propósito. De que servia um coração que mal tinha sido usado? Qual o valor dele, se nunca foi testado com alguém? Tentar não sentir nunca tinha sido a resposta para os meus problemas. *Esse* era o problema.

Felicidade e medo andavam juntos dentro de mim, faces de uma mesma moeda que não parava de girar. Quis procurar Joe naquele instante e garantir que não o tinha perdido. Quis coisas nas quais, provavelmente, era melhor não pensar no momento.

A vida que ele tinha descrito... que Deus me ajude, eu a queria. Ela toda, inclusive os filhos. Até aquele momento, tive medo demais para admitir isso, até para mim mesma. Tinha estado dominada pelo receio de me revelar igual ao meu pai.

Só que eu não seria igual a ele.

Ao contrário de Eli, eu era boa em amar as pessoas. Foi a primeira vez que percebi isso.

Precisei tirar os óculos escuros quando a parte de baixo da armação ficou molhada de lágrimas.

Naquele instante, eu precisava cuidar de alguns assuntos urgentes. Mais tarde eu procuraria Joe, quando tivesse tempo e privacidade suficientes. Os sentimentos dele, e os meus, eram importantes demais para serem encaixados entre outras obrigações.

Entrei no *drive-thru* do Whataburger. Esperando na fila para comprar um Dr. Pepper *diet*, pesquei meu celular na bolsa e disquei um número.

– Alô? – veio uma voz surpresa.

– Ryan? – perguntei, limpando o rosto molhado. – É Avery.

– Voltou da cidade grande? – O tom dele ficou caloroso.

– Voltei.

– Como foi a viagem?

– Mais interessante do que eu esperava – respondi. – Ryan, preciso conversar com você em particular. Seria possível você dar uma fugida e me encontrar? De preferência em um lugar que tenha bebidas? Eu não pediria se não fosse importante.

– Claro, eu pago o almoço. Onde você está?

Disse, e ele me orientou sobre como chegar numa churrascaria perto de Montrose.

Peguei o Dr. Pepper e me reanimei com um gole gelado. Fiz mais uma ligação antes de sair do estacionamento.

– Lois? Oi, aqui é Avery Crosslin – tentei parecer triste. – Precisei tomar uma decisão difícil sobre o *Casamento dos Sonhos*...

Para se ter o máximo de privacidade numa churrascaria com bar, o lugar precisava estar ou completamente lotado, ou quase vazio. O restaurante onde encontrei Ryan estava tão lotado que fomos obrigados a ocupar dois assentos na ponta do balcão do bar, onde pedimos nosso almoço. Sempre gostei de comer em restaurantes que servem todos os itens do cardápio no balcão, e para aquela conversa em particular, seria o ideal. Nós podíamos ficar perto sem ter que manter contato visual, o que era perfeito para se discutir algo tão difícil.

– Antes de começar – eu disse para Ryan –, preciso lhe avisar que é uma notícia ruim. Ou talvez seja uma notícia boa disfarçada de ruim. De qualquer modo, vai soar como ruim quando eu contar. Se você preferir não saber, peço desculpas por fazê-lo perder seu tempo, e o almoço fica por minha conta, mas você vai acabar sabendo, então...

– Avery – Ryan me interrompeu. – Devagar, querida. Você está a mil por hora.

Dei um sorriso torto.

– Nova York – eu disse, como se fosse uma explicação. Fiquei surpresa, mas contente com o termo carinhoso que ele disse de modo fraterno, como se eu fizesse parte da sua família.

O barman trouxe uma taça de vinho para mim e um chope para Ryan, e fizemos o pedido.

– Quando se trata de uma notícia ruim – Ryan começou –, prefiro saber logo. Não gosto que tentem amenizá-la. E não me diga qual o lado bom. Se não for óbvio, ele não existe.

– Bem observado. – Considerei várias formas de dar a notícia, imaginando se deveria começar com Kolby aparecendo no avião, ou com a mentira sobre o estágio da gravidez. – Estou pensando em como lhe explicar tudo.

– Tente falar em cinco palavras, ou menos – Ryan sugeriu.

– O bebê não é seu.

Ryan ficou me olhando, inexpressivo.

– O bebê não é seu – repeti mais devagar. Eu me perguntei se era errado me sentir tão bem por contar para ele.

Com extremo cuidado, Ryan fechou a mão ao redor do copo de chope e bebeu tudo sem parar. Ele fez um sinal para o barman lhe trazer outro.

– Continue – ele murmurou, apoiando os antebraços na beirada do balcão, o olhar fixo à frente.

Durante vinte minutos, Ryan escutou enquanto eu falava. Não consegui decifrar o que ele sentia. Ryan era incrivelmente bom em esconder suas emoções. Mas, aos poucos, fui sentindo que ele relaxava, como alguém que carregava um peso enorme há meses e que agora, finalmente, recebia a permissão para largá-lo.

Enfim, Ryan falou:

– O que Hollis disse sobre prejudicar sua empresa... não se preocupe com isso. Eu vou cuidar dos Warner, e você...

– Jesus, Ryan, sua primeira preocupação não precisa ser comigo. Vamos falar de você. Está bem? Estava com medo de que você gostasse da Bethany, e...

– Não, eu tentei. O melhor que consegui foi ser gentil com ela. Mas nunca a amei. – Estendendo os braços, Ryan me abraçou, nós dois ainda sentados nas banquetas do bar. O abraço foi forte e fervoroso. – Obrigado – ele murmurou no meu cabelo. – Deus, obrigado.

Eu não sabia se ele estava falando comigo ou, na verdade, rezando.

Recuando, Ryan me encarou com olhos incrivelmente azuis.

– Você não precisava ter me contado. Poderia ter ido em frente com o casamento e recebido sua porcentagem.

– E então assistir de camarote aos Warner depenando você? Acho que não. – Olhei com preocupação para ele. – O que vai fazer agora?

– Vou conversar com a Bethany assim que possível. Vou fazer o que devia ter feito desde o princípio: dizer para ela que vamos esperar até o bebê nascer e fazer um exame de DNA. Enquanto isso, vou exigir me encontrar com o médico dela para descobrir a verdadeira data de nascimento dessa criança.

– Então o casamento está cancelado – eu disse.

– Já era – foi a resposta decisiva dele. – Vou compensar Hollis pelas despesas já feitas. E quero pagar você e seu pessoal pelas horas trabalhadas.

– Isso não é necessário.

– É sim.

Conversamos um pouco mais, enquanto a multidão que almoçava foi diminuindo, e os garçons corriam para um lado e para o outro com contas, cartões de crédito e recibos. Ryan pagou a conta do nosso almoço e deu uma generosíssima gorjeta para o barman.

Ao sairmos do restaurante, ele abriu a porta para mim.

– Você não contou como foi sua reunião com os produtores de TV.

– Foi tudo bem – eu disse num tom despreocupado. – Tive a impressão de que eles iriam me fazer uma bela oferta. Mas já recusei. Qualquer oferta que fizessem não conseguiria ser melhor do que tudo o que já tenho aqui.

– Que bom que você vai ficar. A propósito... vai ver o Joe em breve?

– Espero que sim.

– Ele ficou rabugento como um touro de duas cabeças enquanto você esteve fora. Jack disse que, da próxima vez que você viajar, independentemente do lugar, terá que levar o Joe junto. Nenhum de nós consegue aturá-lo desse jeito.

Eu ri, embora minha barriga se contraísse de nervosismo.

– Não sei muito bem como estão as coisas entre mim e Joe – confessei. – Nossa última ligação não terminou muito bem.

– Se eu fosse você, não me preocuparia. – Ryan sorriu. – Mas não demore para falar com ele. Pelo bem de todos nós.

Eu assenti.

– Vou colocar minha equipe para desfazer o casamento, depois ligo para ele. – Nós nos despedimos e seguimos para nossos carros. – Ryan – eu disse; ele parou e se voltou para mim. – Algum dia você vai me contratar para planejar outro casamento. E dessa vez vai ser pelo motivo certo.

– Avery – ele respondeu com sinceridade –, eu vou contratar alguém para me matar se algum dia eu ficar noivo outra vez.

········· CAPÍTULO VINTE E DOIS ·········

Assim que entrei pela porta da frente, ouvi Cacá começar a latir, frenética. Ela correu até mim, vindo da área de estar, sem caber em si mesma de tanta empolgação.

– Cacá! – exclamei, largando minha bolsa e pegando-a no colo.

Ela me lambeu e tentou se aproximar, enquanto latia como se para ralhar comigo por ficar tanto tempo fora.

Um coro de boas-vindas veio de vários lugares da empresa.

Era bom estar em casa.

– Cachorros não têm noção de tempo – Sofia disse, chegando até mim em passadas largas. – Ela acha que você ficou fora por duas semanas, não dois dias.

– Parece mesmo que foram duas semanas – eu disse.

Ela me beijou nas duas bochechas enquanto Cacá se debatia alegremente entre nós duas.

– Ah, é tão bom ter você de volta! Recebi algumas mensagens suas, mas ontem você ficou tão quieta e muda a noite toda.

– O que aconteceu nesses dois últimos dias ganha de qualquer dramalhão mexicano – eu disse. – Prepare-se para ficar chocada.

Steven riu e veio me abraçar. Depois de me envolver num cumprimento caloroso, ele me olhou com seus olhos azuis cintilantes.

– Estou à prova de choque agora – ele disse. – Assisti a tantos capítulos dessas novelas que agora enxergo cada reviravolta da trama a um quilômetro de distância.

– Acredite em mim, vou testar seus conhecimentos. – Franzi a testa quando Cacá lambeu meu rosto e senti como a língua dela estava áspera. – Ninguém passou óleo de coco na língua dela enquanto eu estive fora? – perguntei. – Está parecendo uma lixa.

– A Cacá não deixa ninguém tocar na língua dela – Sofia protestou. – Eu tentei. Diga para ela, Steven.

— Ela tentou — ele confirmou. — Eu vi.

— Ele riu tanto que caiu do sofá — Sofia disse.

Eu balancei a cabeça e encarei os olhos emotivos de Cacá.

— Nem quero pensar no que você sofreu.

— Não foi tão ruim... — Sofia começou.

— Amor — Steven a interrompeu —, acho que ela está falando com a cachorrinha.

Depois de cuidar da língua da Cacá, pedi a todos que parassem o que estavam fazendo e se sentassem na mesa de reuniões.

— Durante o resto do dia — eu disse —, vamos nos ocupar de um projeto especial.

— Parece divertido — Val disse, alegre.

— Não vai ser nada divertido — Eu olhei para Ree-Ann. — Os convites para o casamento Warner-Chase já foram enviados? — perguntei enquanto pensava *por favor, diga que não, diga que não...*

— Ontem — ela respondeu, orgulhosa.

Soltei uma palavra que a fez arregalar os olhos.

— Você que mandou! — ela protestou. — Eu só fiz o que você...

— Eu sei. Tudo bem. Infelizmente, isso significa mais trabalho, mas daremos conta. Preciso que imprima a lista de convidados, Ree-Ann. Vamos ter que entrar em contato com todos e emitir confirmação verbal do cancelamento.

— O quê? Por quê? Do que você está falando?

— Temos que desfazer o casamento Warner-Chase.

— Qual parte? — Steven perguntou.

— Tudo.

Tank pareceu ficar pasmo.

— Foi adiado?

— Cancelado — eu respondi. — Permanentemente.

— *Por quê?* — todos perguntaram em uníssono, olhando para mim.

— Isso não pode sair desta sala. Nós não fazemos fofoca sobre nossos clientes. Nunca.

— Sim, todos nós sabemos — Steven disse. — *Explique*, Avery.

Duas horas depois, minha equipe ainda parecia atordoada pela virada nos acontecimentos. Eu tinha garantido a todos que seríamos pagos pelo tempo gasto. Haveria outros casamentos e outras oportunidades para deixarmos nossa marca. Ainda assim, a consolação era pequena quando se pensava que eles tinham recebido a tarefa de desfazer um casamento que aconteceria dali a apenas um mês. Steven já tinha conseguido cancelar a frota de Rolls-Royces e uma das encomendas para as lembrancinhas. Sofia tinha entrado em contato com o bufê, a empresa de locação de mesas e cadeiras, e esperava o retorno de todos. Val e Ree-Ann tinham sido encarregadas de ligar para todos os nomes da lista de convidados e informá-los do cancelamento, alegando não saber os motivos.

– Por quanto tempo ainda teremos que fazer isto? – Ree-Ann resmungou. – Já são 17 horas. Quero ir pra casa.

– Gostaria que ficassem até as 18 horas, se possível – eu disse. – Dependendo de como as coisas forem acontecendo, todos vamos ter que fazer algumas horas extras essa semana, então pode ser bom você... – eu parei de falar quando ouvi uma chave virar na porta da frente.

As únicas pessoas com chave eram Sofia, eu, Steven... e Joe.

E foi ele mesmo quem entrou. Seu olhar escaldante me encontrou imediatamente.

Um silêncio poderoso tomou conta da sala.

Joe parecia péssimo: cansado, com sono atrasado, sem nenhuma reserva de paciência. Ele era grande, estava amuado e carrancudo... e era todo meu.

O som das batidas do meu coração encheu minha cabeça com uma música irregular.

– Ryan me ligou – a voz de Joe soou como cascalho num liquidificador.

A empresa ficou em silêncio, todos escutando com atenção, sem se preocuparem em fingir estar cuidando de suas próprias vidas. Até Cacá subiu no alto do sofá para nos observar com grande interesse.

– Ele contou... – eu comecei.

– Contou. – Estava claro que Joe não dava a mínima para quem estava presente, ou para o que veriam. Seu foco estava apenas em mim. Ele ficou mais corado, seu maxilar, mais apertado, e apesar do evidente esforço para se controlar, dava para ver que ele estava por um fio.

Eu precisava tirar todo mundo da empresa. E rápido.

– Só vou terminar de ajeitar algumas coisas – eu disse, confusa –, e depois nós podemos conversar.

– Eu não quero conversar. – Joe veio na minha direção e parou quando recuei, por instinto. – Dentro de trinta segundos – ele avisou – você será minha. Talvez você prefira estar lá em cima quando isso acontecer – disse, olhando para o relógio.

– Joe... – Eu balancei a cabeça e soltei uma risada agitada. – Vamos, você não pode apenas...

– Vinte e cinco.

Merda. Ele não estava brincando.

Dei um olhar desesperado para Ree-Ann e Val, que pareciam estar se divertindo como nunca.

– Vocês podem ir para casa agora – eu disse para elas. – Bom trabalho, todo mundo. Voltem animados amanhã cedo.

– Vou ficar e trabalhar até as 18 horas – informou a dedicada Ree-Ann.

– Eu te ajudo – Val disse.

Tank balançou a cabeça e me deu um de seus raros sorrisos.

– Eu coloco elas para fora, Avery.

Steven pegou suas chaves.

– Vamos jantar – ele sugeriu a Sofia em um tom casual, como se nada de impróprio estivesse para acontecer. Como se eu não estivesse para ser possuída na sala de estar.

– Dezoito segundos – Joe disse.

Indignada e zonza, eu corri para a escada, em pânico.

– Joe, isso é ridículo...

– Quinze. – Ele começou a me seguir num ritmo calculado. Sentindo-me uma criatura caçada, subi correndo a escada, que pareceu ter se transformado numa escada rolante.

Quando cheguei ao meu quarto, Joe me alcançou. Corri para dentro e me virei para encará-lo bem quando ele fechou a porta. Ele se preparou para me pegar, sem importar para que lado eu fugisse. Mas quando vi as olheiras debaixo de seus olhos e o rubor por cima de seu bronzeado, senti uma pontada no coração. Fui direto até ele.

Seus braços firmes se fecharam ao meu redor. Sua boca tomou a minha, e ele grunhiu com suavidade, manifestando o que podia ser tanto prazer quanto agonia. Por alguns minutos, não houve nada além de escuridão e sensações, com aqueles beijos profundos demolindo todos os nossos pensamentos. Não sei muito bem como fomos parar na cama. Rolamos pelo colchão ainda vestidos, nos agarrando e nos beijando com fúria, nos separando apenas quando a necessidade de oxigênio era inevitável. Joe beijou meu pescoço e puxou minha saia, mais agressivo do que nunca, até eu ouvir fios arrebentando e um botão saltando. Com uma risada trêmula, pus minhas mãos no rosto dele.

– Joe. Vá com calma. Ei...

Ele me beijou de novo, tremendo com o esforço para se conter. Senti a pressão quente e dura dele em mim, e eu o queria tanto que um gemido saltou da minha garganta. Mas havia coisas que precisavam ser ditas.

– Estou escolhendo a vida que eu quero – consegui dizer. – Não há nenhuma obrigação da sua parte. Estou ficando porque aqui é o meu lar e posso realizar meus sonhos aqui mesmo, com minha irmã, meus amigos e minha equipe e minha cachorrinha, e todas as coisas que eu...

– E quanto a mim? Eu fiz parte da sua decisão?

– Bem...

Ele franziu o cenho, seu olhar se arrastando por mim enquanto eu hesitava.

– Joe, o que estou tentando dizer é... não espero um comprometimento da sua parte por causa disso. Não quero que você se sinta pressionado de nenhum modo. Pode demorar anos até que possamos compreender como nos sentimos um em relação ao outro, então...

Ele abafou minhas palavras com a boca, beijando-me até eu ficar embriagada com seu gosto e seu toque. Após um longo tempo, ele levantou a cabeça.

– Você sabe o que sente agora mesmo – ele sussurrou, encarando-me com aqueles olhos noturnos. Um divertimento carinhoso se escondia nos cantos de sua boca. Esse era o Joe com que eu estava acostumada, o que adorava me provocar sem misericórdia. – E você vai me dizer.

Meu coração começou a tamborilar, e não de um modo bom. Não tinha certeza do que ele queria.

– Depois.

– Agora. – Ele apoiou mais de seu peso sobre mim, como se estivesse disposto a ficar assim pelo tempo que fosse necessário.

Eu abandonei todo o orgulho.

– Joe, por favor, não me obrigue a...

– Diga – ele murmurou. – Ou dentro de dez minutos você vai gritar isso comigo dentro de você.

– *Jesus*. – Eu me contorci e me retorci. – Você é o mais...

– Diga-me – ele insistiu.

– Por que tenho que ser a primeira?

Joe me segurava com seu olhar implacável.

– Porque eu quero.

Percebendo que não haveria acordo, comecei a chiar como se tivesse acabado de correr uma maratona. De algum modo, consegui dizer o que ele queria em um só fôlego.

Fiquei ofendida quando Joe começou a rir baixo.

– Meu amor... você falou como se estivesse confessando um crime.

Fiz uma careta e me contorci debaixo dele.

– Se vai debochar de mim...

– Não – ele disse, carinhoso, mantendo-me presa onde eu estava. Ele segurou minha cabeça entre as mãos. Uma última risada escapou de seus lábios, e então ele me encarou no fundo dos meus olhos, vendo tudo, sem esconder nada. – Eu te amo – ele disse. Sua boca, macia como veludo, acariciou a minha. – Agora tente de novo. – Outro toque suave e escaldante de seus lábios. – Não precisa ter medo.

– Eu te amo – consegui dizer, meu coração ainda trovejando.

Joe me recompensou cobrindo minha boca com a dele, explorando-a profundamente. Após um beijo que desmantelou meu cérebro por completo, ele concluiu encostando o nariz em mim.

– Não consigo beijar você o suficiente – ele me disse. – Vou beijá-la um milhão de vezes durante a nossa vida, mas nunca vai ser o bastante.

Nossa vida.

Nunca tinha conhecido felicidade como essa, que desceu até o meu coração –onde normalmente a tristeza começava – e bombeou as lágrimas para os meus olhos. Joe enxugou a umidade com os dedos e encostou os lábios nas minhas bochechas, uma por vez, absorvendo o gosto salgado da alegria.

– Vamos praticar mais – ele sussurrou.

Não demorou para eu descobrir que, com a pessoa certa, dizer aquelas três palavras não era nada difícil.

Era a coisa mais fácil do mundo.

Epílogo

O Au-aubergue do Melhor Amigo estava decorado para o Natal, com luzes penduradas perto do teto e, no saguão, uma árvore coberta de gostosuras para cachorros em formato de osso. Embora Millie e Dan tivessem imposto uma regra de não permitir adoções durante as semanas antes e depois do Natal, para evitar adoções por impulso que poderiam levar a arrependimentos posteriores, o abrigo e o site na internet continuavam bastante movimentados. As pessoas podiam visitar os cachorros e pedir para reservar um até 1º de janeiro, quando as adoções recomeçariam.

Joe preparava a câmera na área de recreação dos cachorros enquanto eu pegava alguns brinquedos na caixa. Estávamos no abrigo em nossa visita mensal para fotografar os recém-chegados. Mais tarde, iríamos até a Galleria para comprar presentes de Natal, coisa que Joe detesta quase tanto quanto eu adoro.

– Comprar é um esporte competitivo – eu disse para ele. – Venha comigo, amigo, e vou mostrar como se faz.

– Comprar não é esporte.

– Do modo como eu faço, é – assegurei, e ele admitiu que provavelmente valia a pena ir só para me ver em ação.

Antes mesmo de Dan abrir a porta para trazer o primeiro cão, eu ouvi uma algazarra de latidos agudos e fiz uma expressão cômica.

– O que está acontecendo lá?

Joe deu de ombros, fingindo inocência.

A porta foi aberta e uma matilha de filhotes de Golden Retriever correu até nós. Eu ri de alegria ao ver as criaturas rechonchudas que nos rodeavam, todas elas com olhos brilhantes, abanando o rabo. Havia cinco desses filhotes.

– Todos ao mesmo tempo? – perguntei. – Acho que não tem jeito de eu conseguir que eles... – Minha voz sumiu quando reparei que cada filhote tinha uma placa amarrada no pescoço. Placas com nomes? Perplexa, peguei um filhote e li a palavra impressa enquanto ele tentava me lamber. – "Você"

– eu li em voz alta. Eu peguei outro. – "Comigo". – Eu olhei rapidamente para Joe, que empurrava outro cachorrinho na minha direção. Eu olhei a placa. – "Quer".

E então eu compreendi.

Arregalei os olhos diante de um borrão repentino.

– Onde está o outro? – perguntei, fungando enquanto aqueles corpinhos incontroláveis pulavam ao meu redor.

– Crianças – Joe disse para o grupo desordenado, que latia sem parar. – Vamos fazer do jeito que ensaiamos. – Ele pegou os cachorrinhos e tentou alinhá-los, só que a ordem estava errada.

Quer. Comigo. Casar. Você.

O quinto filhote, com um sinal de interrogação na placa, extraviou-se para investigar a caixa de brinquedos, enquanto os outros corriam em círculos.

– Você está me pedindo em casamento com filhotes? – perguntei, meus lábios retorcidos num sorriso.

Joe tirou um anel do bolso.

– Ideia ruim? – ele perguntou.

Eu amo esse homem além do raciocinável.

Usei minha manga para enxugar os olhos.

– Não, é maravilhosa... talvez um pouco mal dirigida, mas você não pode fazer nada se lhe falta habilidade para treinar filhotinhos. – Tirei alguns dos filhotes da frente para poder sentar no colo dele. Meus braços se uniram ao redor do seu pescoço. – Como eu digo sim? Você tem mais placas?

– Havia um sexto filhote que deveria estar com uma placa reversível "sim" ou "não", mas foi adotado semana passada.

Eu o beijei apaixonadamente.

– A opção "não" era desnecessária.

– Então...

– *Sim*, claro que sim!

Joe colocou o anel de diamante no meu dedo, e admirei o brilho daquele fogo cintilante.

– Eu te amo – ele me disse, e falei o mesmo, tremendo de emoção. Inclinando-me sobre ele, tentei fazer com que Joe se deitasse no chão.

Ele se deitou, como eu queria, e me envolveu com seus braços. Eu encostei minha boca na dele. Depois de um minuto, ele me rolou, ficando sobre mim, e tornou o beijo mais profundo, mais íntimo. Nosso abraço apaixonado foi interrompido quando os filhotes começaram a subir em nós, e descobrimos que é praticamente impossível beijar quando se está rindo.

Mas nós tentamos mesmo assim.

Este livro foi composto com tipografia Electra e impresso
em papel Off-White 70 g/m² na Gráfica Assahi.